小妖的網

周潔茹◇著

小妖的網 II
周潔茹

目錄

小妖精茹茹

網路是一個小社會。

我面對的不是一群人，一個城市，一個國家，而是整個世界。

二〇〇〇年一月十六日

我在網上玩得很瘋，他們叫我小妖精茹茹。

最早以前我的網路名字是「我在常州」，那是一個中性名字，我可以用那個名字勾引別人，也可以用那個名字被別人勾引，我玩得很好，從中得到了無窮無盡的快樂。

可是我犯了一個大錯誤，因爲自從我出現以後，又出現了很多「我在廣州」，「我在揚州」或者「我在杭州」，很多時候那麼多的「我在什麼州」同時出現，就像召開一個全國性的電話會議，我們把所有的人都弄得眼花繚亂，而且到最後連我們自己也弄不清楚自己是誰了。

這樣的事情其實在聊天室裏非常常見，如果有一個人的名字是「不哭的魚」，那麼必定就會出現一個「不笑的魚」，如果有一個人的名字是「夜半鐘聲到客船」，那麼必定就會出現一個「姑蘇城外寒山寺」，細微的差別，很多時候根本就看不出來有什麼差別。每一個聊天室好像總有那麼一群人，他們就是喜歡搗亂，也沒別的意思，就是搗一搗亂，玩兒似的。他們註冊新名字的時候快極了，誰也趕不上他們。

後來有一個男人對我說，「我在常州」你說的話眞奇怪，像妖精一樣。

多麼漂亮的句子，像妖精一樣。於是我就改名字叫小妖精茹茹了。總之在網路上改一個名字就像換一次人生，什麼都可以重新再來。在日本上班的牛牛牛先生也曾經說過，爲什麼大家在聊天室總改名字呢，還不是爲了重新做人？我同意。

牛牛牛是個很好的男人，我很感激他。在我與一個名字叫做皮靴的職業罵手鬥爭的時候，只有他在旁邊說了一句，請你們都閉嘴。

那是一場每天都可能發生的戰爭，緣自一個女人對一群男人的恨，那是一個很可憐的孩子，不漂亮，單身，年紀也有點大，可是她眞的很可憐，她不過是喜歡揭露男人們的醜惡，於是長期以來一直被很多男人取笑，他們說她惡意攻擊男人，對男人出言不遜，那成爲了所有男人謾罵她的理由。

可是我更願意相信她是一個可憐的孩子，於是再有人謾罵她的時候，我就跳出來了，我說，不許你們再欺負她，你們臭男人這麼喜歡網路聊天，不過是因爲你們有性幻想，眞見了女人，美的你們就愛，不美的你們就罵。

在我說這些話的時候，可憐的孩子一言不發，我不知道她在想什麼。我的一個做讀書版主的朋友也曾經提起過她，他說他從來沒有見過那樣的女人，無論他換了多少名字含蓄並善意地勸導她，她好像永遠都不明白，而無論他罵她什麼，她也都忍辱負重，絕不反抗，她好像永遠都不會生氣。

可是我生氣。我說完了那句話以後就對她說，你不應該這麼懦弱，男人們會永遠都欺負你。那個可憐的孩子果然就回答我說，你在說什麼？我不懂。

然後我就替代了她的位置，我的話成爲了所有男人謾罵我的理由，皮靴就在此時出現了，他開始專業並技術地攻擊我。

所以當牛牛牛說請你們都閉嘴的時候我很感激他，因爲那個時候我已經快要支撐不下去了，據說職業罵手們有無數個事先存備好的文檔，如果他們需要攻擊你，就會飛快地調文檔，更換名字，送出，所以如果他們決定了要攻擊你，就會是一個長篇小說，鮮紅的粗體大字，整屏整屏地刷出來，足以使你崩潰。

而大部分的看客們，他們不會做什麼，也不能做什麼，我一直在猜測他們的臉，有些人很漠然，因爲確實也與他們無關，有些人會覺得很好看，他們決定看一會兒，如果場面大起來亂起來，就會更好看了，還有一些新手，他們被嚇壞了。過了幾分鐘，如果攻擊仍在持續，就會有人很禮貌地說，你們可不可以去別的聊天室解決你們的問題，我們需要這個螢幕說話，還有一些人就會離開，他們對自己說，嗯，現在有點兒亂，我還是過一會兒再來吧。我是這麼想的。

我想只有在批判文章裏看到過自己名字的大人們才會感覺到那種崩潰，當然我實在也不大明白什麼是批判文章，我一直都在抱怨我爲什麼出生於一九七六年，偏偏是一九七六年，那眞是一個特殊極了的年，我好像正好什麼都沒有趕上。

可是現在我終於體會到了，那會是一種什麼樣的感受。

我必須對自己說，我是一個好孩子，無論他們說什麼，我都是一個好孩子。

我會痛苦，因為很多時候我已經分不清楚網路和現實了，我已經認為網路中的那個我，就是我了。我不知道別人會不會痛苦，也許不會，他們已經適應了，並且懂得調節，他們會對自己說，我不過是暫時扮演了一個網路角色，即使有人罵我，可他罵的是網路中的我，那不是我。

也許大人們也是，他們看多了批判文章，也就不痛苦了，他們的心會變得很堅硬。

我和皮靴都只是孩子，因為我們始終都在攻擊對方的性傾向，如果他說你是一個性冷感，我就說你是一個陽萎。一切都沒有道理，就像一個脾氣很壞的菜販子和一個喜歡討價還價的家庭主婦，站在污水橫流的菜市場裏，為了一毛錢，就快要打起來了。

我變得很醜惡，網路是如此可怕，它不過笑了一笑，就輕易地讓我暴露了心的深處最陰暗的醜惡。我想我瘋了。其實很多時候我更願意用別的方式解決問題，如果他願意的話，他可以打我一頓，可是不要罵我。我很脆弱。

當然皮靴也是一個很好的男人，他比誰都要聰明，因為無論我用什麼名字，只要我說一句話，他就會知道是我，而且更令人吃驚的是，他居然會知道我身份證上的名字，我想那是我註冊時一不小心的誠實惹的禍，可他果真是很聰明的。

於是皮靴先生很得意，他開始在螢幕上刷打倒茹茹打倒茹茹，可是他刷滿一萬字就會跑掉，再也找不著了，要到第二天，或者一個月以後，他才突然出現，仍然是刷那一萬字，刷滿了才走，一個字都不會改。他從來都不忘事，如果他從一開始就攻擊我，那麼我就永遠是他的敵人，他很記仇。

我就很笨，我經常會和幾個小時之前還對罵過一場的人打招呼，他們不理我，我就會很固執地問他們，咦？你們爲什麼不理我，爲什麼呀？我做錯什麼啦？

其實我眞的忘了，我在網路裏是一個怪物，和現實中的我有點不一樣。

我想我確實要換一個名字了，我得重新作人，而且我對「我在常州」那個名字也感到厭倦了，我曾經用那個名字給報紙寫網路專欄，我說，聊天室裏的魚實在太多了，我沒有想到那麼多的人會認爲自己是魚，我猜測那些用魚做名字的都是女人，所以我心情好的時候就會泡她們，那些魚每一條都很敏銳，只是打字的速度太慢，並且總打出錯別字來。

聊天室裏所有的男人和男生都會送茶送花給魚，魚們也會嬌滴滴地表示感謝和快樂，可我也是一個女人，我對於魚們的伎倆感到很好笑。我熟識形形色色的伎倆，我的朋友問我，怎樣才可以讓一個已婚男人瘋狂地愛上她？我說，你要讓他知道，你可以給他一切他老婆給不了的。當然那是很無恥的，問題無恥，答案就更加無恥了，但她是我的朋友，很多時候我無法控制我的朋友們在想些什麼。所以我很滿意我的答案，我又說了一遍，你可以給他一切他老婆給不了的。

我和所有的魚搭話，因爲我很想知道她們那些奇異的小念頭，當然她們想的和我想的是絕然不同的。有的魚在聊天室擁有被所有男人寵愛的權利，如果我不小心說錯了話，就會被趕出去，有的魚被一些很壞的男人欺騙，陷入一場沒有結果的網戀，有的魚是男人，當然那也是很常見的，如果別的男人耐心地和他談戀愛，他就會在電腦的背面痴痴地竊笑，就像我現在這樣，當然我也是不高明的，每當我快要泡上一條美魚的時候，就會有一個傢伙跳出來告訴她們，「我在常州」也是一個女人。我很恨那個男人，我一直在查，他是誰？

我做夢也沒有想到，其中的一條魚在看到報紙的第二天就在新浪網的聊天室裏準確地找到了我，她痛罵了我一頓，可是我不能生氣，因爲她說她哭了，她曾經想過要愛我。眞糟糕。

網路上所有的人都在說戒網。我不懂，我上網，因爲我對一切都已經絕望了。我誰也不愛，也不被誰愛，我沒有性伴侶，而且生來就不喜歡女人，我永遠都不知道做一個雙性戀會有多麼快樂。

我出過三本小說集，很快就要出第四本了，我所有的書都可以在網路上找到，我長得不難看，頭髮很長，我很乖，永遠都學不會抽煙，所有聽過我聲音的男人都會愛上我，如果裝潢合理的話，我會是一個眞正的美才女。

可是我對生活很絕望，我唯一的娛樂就是上網。我註冊了很多很多名字，我在每一個奇怪的網站都有名字，可是我都忘了，那麼多的名字，即使它們共用一個密碼，我還是忘了。

所有的人都要戒網，我不要，我只要上網。儘管很多人對我說，你是一個作家，你得寫點什麼。可是我一個字也不寫，我不想寫，也不願意寫，我二十四歲，可是我寫了一百萬字，而那一百萬字裏其實什麼都沒有。

我在聊天室和論壇用很多不同的名字，後來我打算用我的眞名字，因爲很多人都說，網路上的東西沒有一件是眞的，如果你用眞名，他們反而不認爲那是你的眞名，如果你說眞話，他們反而不認爲你說的是眞話，網路的規則，其中最重要的一點就是，互相欺騙。

其實我也很想隱瞞我的身份，我不知道他們會怎麼對待一個正在成長的以寫作爲生的女人，也許很多人都會仇恨我，但也會有一些人喜歡我的吧。也許。

所以我最後決定出現的身份就是一個網路寡婦。我的丈夫整日沈湎於網路，我已經很久沒有醒著看他上床了，我很寂寞，夜夜獨守空房，以淚洗面，我不得不也上網，從網路中得到安慰。可是所有與我搭話的男人們，我總懷疑他們不懷好意，而所有與我搭話的女人們，我總懷疑她們的眞實處境就如同我的網路身份，我變得很緊張，我無法與那些眞正的網路寡婦們一起討論男人的心理快感問題。這個身份實在不適合我。

我更樂於做一個什麼都不明白的好孩子。

我一直都很懷念一個名字叫做「老天使」的男人，那是很多年前了。不知道爲什麼，很多事情，只要過去幾天我就以爲過去很多年了，我想我已經老了。眞可怕。

我第一次去聊天室，第一個和我說話的就是老天使，他很善良，我問他每一個稚嫩和古怪的問題，他都告訴我答案，他說話很慢，從來都不寫錯別字，他說他已經四十多歲了，在聊天室裏眞是很老。他只呆了十分鐘，從此以後，我再也沒有見過他，可是我一直在找他，我再也沒有見過他，我很懷念他。

我眞的很有福氣，我第一次進聊天室就遇到了老天使，他使我知道，要對別人好，可我總是不聽話，後來出現過一個名字叫做桃園的男人，他很笨，不會說話，一天到晚被別人罵，可是自從他的城市地震了以後，他就再也沒有來過，我想他也許死了，我的心裏就會有一點點疼痛，我很希望他不要死，如果他再來，我再也不罵他了。

聊天室改變了我的一生。

之前，我只是使用電腦寫字和收發電郵，雖然我在三年前就已經上網了，我有一個Public信箱和十四個免費信箱，我還有一個花俏的主頁，每天訪問它的人數都會超過一百個。我多麼懷念那段時光，那麼多的空間，它們源源不斷，任由我取用，當然風光早已不再，短短三年以後，你想要申請一個主頁空間，只會在送出報告的很久很久以後才有回音，並且最大的可能卻是，每一個著名的網站，它們已經拒絕再提供任何空間了。

可是我已經有一個主頁了，那是一個美麗極了的主頁，首頁是一隻走來走去，愁眉苦臉的貓，第二頁是無數飛翔的鳥，點擊任何一隻鳥都會看到我的小說，我還做了一個方便娛樂大眾的留言區，他們可以把它當傳呼機用，奔相走告星期六晚上的網友聯歡會。

其實我爲了做這個主頁收集了很多很多動畫，儘管我用不了那麼多的動畫，但我會在空間的時候看它們，它們眞可愛，看一百遍也不厭倦。就像我的很多朋友，他們上網不看新聞，不去BBS站，也不Chat，他們只做一件事情，下載MP3音樂，那些奇怪的MP3，他們聽一千遍也不厭倦。

後來這個主頁被清除了，主要原因是我不更新它，自從主頁完成以後我就再也沒有上傳過一篇新小說，而且我很過河拆橋，我居然不在最顯要的位置標識給我空間的網站大名。他們寫了很多信給我，可是我一點兒反應也沒有，他們就對我徹底死了心。在一個下著小雨的早晨，他們飛快地清除了它。

其實不是我的錯，那時候我在石家莊做訪談節目。我沒有電腦，我只能眼睜睜地看著這一切發生。其實我比誰都要痛苦，睡都睡不著，我是一個狂熱的電子郵件愛好者，我每天都要按五十次以上的接收鍵，即使我知道，它會自動接收，我還是要按。我渴望從中得到資訊，每時每刻源源不斷的資訊。

每次我旅行在外，而且沒有帶電腦，我就會睡不著，我念念不忘我的電子信箱，我會到處找網吧，如果那個城市連網吧也沒有，我就會連夜趕回家。我認爲我已經患了一種輕度的精神病，與網路有關。

我經常會在冬天胃疼，當然那不是我的胃有問題，而是因爲寒冷，我會因爲寒冷而精神緊張，而我精神一緊張，就會胃疼。我相信這也是一種輕度的精神病。

我在飛行的時候一直胃疼，因爲我一直在問自己，去北京？不去北京？這個問題也使我精神緊張極了。

我到了石家莊以後他們給我叫魚包飯，盤子端上來了，飯團上面插著滿天星，我茫然地看著那棵滿天星，我就想起了我的北京情人，他從不在床上吃飯，他說，吃飯的時候就去餐廳，睡覺的時候就去臥室，怎麼可以又睡覺又吃飯的。

我想到這兒，我就笑了一笑，我想如果他也在石家莊，他會說，賞花的時候賞花，吃飯的時候吃飯，怎麼可以又賞花又吃飯的。

然後我就不笑了，我想起來我們在兩年前就已經分手了。

我的工作夥伴把滿天星拿掉，他們說，吃吧，趁熱，很好吃的。盤子裏有三角形的芋艿，半圓形的白米飯，長方形的血糯糕，底部鋪滿了非常辣的魷魚卷，我不停地交換刀和叉，最後我開始用手。

後來他們買了很多冰淇淋給我，後來我一個人坐在床上，一邊吃冰淇淋，一邊背臺詞，晚上就要走場了，我都不知道我要說些什麼，他們要我流眼淚，他們要我談論愛情，他們要我積極、健康、向上，他們說，在這個世界上，最珍貴、最神聖的，是愛情。

我就在床上哭起來了，我哭得一塌糊塗，眼淚把所有的紙巾都弄濕了，後來我哭得制止不了自己，我用被子矇住頭，可還是制止不了，那麼多的眼淚，它們把被子也弄濕了。

我想我怎麼會離他這麼近，眞的，已經很近很近了，車過去，只要幾個小時。

錄完了節目，他們有車去北京，在他們去北京的時候，我坐在床上看電影頻道，看完了電影以後我就對自己說，算了，別去北京了，你的故事已經結束了。

然後我就回家了。

然後我就發現我的主頁不見了，那是我的心血，可是它不見了，我仍然清晰地記得，我的留言板上最後的一個留言。

你去過沙漠嗎？

我愛美眉

這個星期的《電腦報》上有一篇文章叫《火星上的熊貓》，是說網上的MM數量就像地球上的熊貓，而會玩遊戲的MM就像火星上的熊貓。

Shiryu

我即使已經不再叫做「我在常州」了，我已經徹徹底底地只用小妖精茹茹那個名字說話了，可是一切都無濟於事。我發現很多人都在用同一個名字—「小妖精菇菇」，它和我的新名字果然沒有什麼分別，而且它的密碼似乎是公開的，誰都可以去用，那麼就不是單純的玩兒似地，搗一搗亂了。我相信那是一場有很多人參與的驅逐，因爲我的身邊還出現了「天堂裏的妖魔」和「萊茵河邊驅妖人」。

我收到了一封信，來自小妖精菇菇中的一個，我相信她是一個好孩子。

她說菇菇是一個集體惡作劇，很多人都在用，緣由是大家認爲茹茹罵人罵得過份，但現在這玩笑已經有點過份了，我跟他們說說讓他們別用了，茹茹罵人時也照顧一下別人的感覺好嗎？

我給她回信說，好孩子，謝謝你，不過你不用跟他們說說，就讓他們用吧。

也許這也是一種網路規則，如果他們其中的一個人有仇恨，那麼那也會是一種集體的仇恨，到最後，仇恨變得很龐大。

也許世界上所有的仇恨都是這麼來的，起先只是一個人與另一個人的仇恨，後來它變成了一群人與另一群人的仇恨，再到後來，就變成所有的人，人與人之間，都有仇恨。

我上網向他們道歉，我說我以後再也不說性幻想那個詞了，對不起。

我不會換名字，即使我眞的很生氣，我也很累，可是我絕不會再換名字了。

我迷戀網路，我迷戀它。

我曾經很清醒，我只是用最少的時間下載我需要的軟體和資料，我只是看一眼新聞的標題，我唯一做的事情只是搜索每一個中外文網站，我找到了很多瘋狂轉載我們小說的網站，我在整理證據，我想在秋收以後與他們總結帳。

可是我再也看不到自己的留言板和討論區了，那些可愛的四處蹓躂的人們，他們喜歡在我的留言板上寫字，他們讚美我，也教訓我。他們愛我。

我必須給自己重做一個主頁。

我也偶爾去一下聊天室和論壇，我在聊天室不過說一句天氣眞好就另開了一個去論壇的窗口，可我在論壇裏也是不活躍的，我想大概是因爲我根深蒂固的觀念，我不可以說話，因爲無論我說什麼我都沒有稿酬，一分錢的稿酬也沒有，我還得倒貼網費和電話費進去。

被電腦吃了所有資料的古先生說他貼到BBS上的貼子夠出兩本書了，可是他自己也說，推掉傳統媒體約稿卻偏要往那上面寫東西，想來確實是有點精神不止常。

我去過他的自由撰稿人論壇，那是我開始職業寫作的第一天，我也不知道我說了什麼話，可是有人跟我的貼子，那是一個很奇怪的男人，他說，你眞是一個感性的姑娘（姑娘？）然後他又說了一句，注意，是感性，不可以倒念。

我也喜歡跟貼子，不過我所有的貼子都沒有內文，標題就是正文，簡短極了，我說過，我職業地認爲，我說很多話，可是沒有錢，所以我不可以說太多的話。

比如有人說，他的一生有三大最愛，王小波，石康，還有陳蕾。我的跟貼就會說，有必要告訴一下陳蕾，她一定笑得花枝亂墜。

比如有人說，打倒安妮寶貝。我的跟貼就會說，安妮寶貝招你啦？

後來讀書版主給我寫信說，如果你再貼灌水貼子，我們就決定封了你。眞可怕。

而事實上，那些不寫也不發表的孩子們，他們都寫得好極了。就像甯財神和安妮寶貝，如果所有的網民都說他們是最著名最優秀的網路作家，那麼當然也有他們的道理。

儘管我從來也沒有看過他們的小說，我是一個職業作家，我曾經和所有的職業作家們想的一樣，網路上沒有好小說，可是後來，我不得不承認，眞正的高手，他們只在網路上寫作，或者這麼說，他們很邊緣。

他們使我緊張極了，眞希望他們沈在水底裏，永遠也浮不上來。

那眞是一個流行極了的新新句子——「浮出水面」，另外兩句是「托起明天的太陽」和「一道亮麗的風景線」，它們出現的頻率非常高，在每一家地方台和地方報紙的頭版頭條上，它們每天都出現。

我仍然很清醒，我只不過有一陣子沈醉於光碟遊戲，它與網路沒一點兒關係，那是一個名字叫做《金庸群俠傳》的遊戲，也是我唯一購買的正版遊戲軟體，建議零售價六十九元人民幣，不貴吧，可是買一張盜版只需要四塊錢。當然，我是作家小妖精茹茹，我支援正版，打擊盜版，如果有人沒有經過我的授權就使用了我的作品，我就會狀告他們侵權，我要告他們。

回到《金庸群俠傳》，它只要求我找齊「飛雪連天射白鹿，笑書神俠倚碧鴛」共計十四本書，就可以修成正果，打道回府。我當然沒有完成它。我嘗試過幾百個光碟遊戲，可是我只打通過一個遊戲，它的名字叫做《樂樂木桶鎭曆險記》，說明書上說這個遊戲非常適合八歲以上的好孩子們玩。

飛雪連天的過程中，我完全迷失在遊戲與現實中間，成爲了一隻蝦米。所有的一切均如它的宣傳廣告所言：

一隻江湖小蝦米
躍登武林盟主寶座的傳奇故事
窮山惡水　洞天福地

我根本就分不太清楚遊戲和現實，它們有什麼分別。我的一切欲望都得到了滿足，施暴的欲望，毀壞的欲望，受虐的欲望，得到財富和聲譽的欲望。

可是我無能爲力，我完成不了它，它是如此龐大，波瀾四起，我焦灼、憤怒，想把它們一網打盡，但是很難，我得動腦子，不停地動腦子，我頭痛欲裂，什麼也幹不了，我只是坐在那裏，盯著螢幕，無數機關和情報在源源不斷地出現，裏面有很多花樣、道具和藥丸，我要把它們都搞到手，我已經不去管外面會發生什麼了，我的臉緊貼著它，我吸納它放射出來的氣霧。我滿足。我天旋地轉。我欲罷不能。

每天遊戲裏的我走完地圖，功力就會增強，可是現實裏的我卻變成了一個廢物，什麼也幹不了了。我已經無法拒絕它，起初我認爲它只是一個遊戲而已，可是我被遊戲戲弄了。

我開始厭倦，厭倦所有的一切。

可它確實是一個非常嚴肅的光碟遊戲，因爲我同時在進行另一個遊戲《神劍怪俠傳》，那個遊戲的開頭部分就是一場床上戲，這場美妙的床上戲鋪開了以後龐大的劇情發展，神劍的過程中，我總是和鬼怪們打架，打滿一定數額的小鬼就得和一個大鬼再打一次，我得了錢財就換行頭，我被紅顏知己們暗戀，我看盡世態炎涼、人間滄桑，我逛了窯子，與一個秀美可愛的小妓女吟詩作畫，那眞是一筆花費巨大的嫖資。

那位小姐先是自稱才女，琴棋書畫詩酒花，樣樣精通，待我交過銀子以後，她忸怩作態說道，先前有位客人做過一首詩，題在這繡榻旁的粉牆上，小女子記性好，把詩熟爛于心，客人聽好：床前脫光光，伊要地上雙，舉頭捉小鳥，低頭吃香焦。

這位才女把我嚇壞了，後來我一直在思考，如果我是男生，一個品學兼優、寒暑假偶爾玩一玩遊戲的好孩子，遊覽至此，也定是想入非非，功課都不要做了。

我甦醒過來，終於意識到自己在浪費青春，就此收手，永不再玩。

一個奇怪的遊戲足以使我對所有的光碟遊戲都徹底絕望，所以再有《風雲》那樣的遊戲來，我只是聽一聽它的主題音樂，就平靜地退出了。

一次七十年代人的集體做秀，也足以使所有的人都認爲生於七十年代的寫作者們不過是喜歡做秀，所以無論我們寫什麼，他們只是看一看我們的臉，就平靜地合上了書頁。

眞是悲慘極了。

我希望我的《小妖的網》出版以後，我也可以坐在北京的美麗人生吧宣稱，中國七十年代後女作家靠做秀出名的日子將一去不復返了。

很多年前，我只有一台蘋果PC機，我用它學習Basic語言。後來我有了一台單顯286電腦，我開始寫作，它的顏色是如此單純，我寫了我的第一個小說《獨居生活》，時年十七歲的我在我的處女小說裏寫道，幸福來得太快就不再是幸福。後來我拆了它，賣出了部分原件，我又買了一些記憶體，換了主機板，硬碟和顯示器，總之除了機箱和鍵盤，它什麼都被我換過了。再後來我有了一台TOSHIBA筆記本，它在第三天就降了一千伍百元人民幣的價，最後我給自己買了一台國產聯想電腦，很多年以後它變成了一個女人，一個很像我的女人，她會悲傷，悲傷得哭都哭不出來，她也會

生氣，一生氣就當機，可是她痊愈得很快，眞的很像很像我。

我們都很孤單，所以很多時候我們互相安慰，從對方那裏得到快感。

所以當電腦店對我說，它實在太老了，必須更換，我就破口大罵起來了。他們把她拆成了很多碎片，他們粗手重腳地清洗她，他們傷害了她，他們說她不過是一台機器，可她其實是一個女人，她有生命，善良，而且懂愛。眞的。

還有我的印表機，他更像我的孩子，我經常安靜地看著他，我滿足於等待的時間，充滿成就感，他吐出的紙頁上，新墨像水一樣浮在紙的表面，時間長了，才凝固成字。

以前我說過，寫詩是做愛，寫散文是自瀆，寫小說是生孩子。當我老得不成樣子了，我在暮色裏凝視著我的孩子，用最溫柔的眼神，他們存在，白紙黑字，天眞並且單純，我會很滿足。現在我會說，電腦是我的情人，印表機是我的孩子，我擁有他們，我就很滿足。

我最喜歡他們搭售的教育類軟體中的一張《老鼠讀書咬文嚼字》，我每天都聽裏面的孩子奶聲奶聲地念兒歌。

小老鼠，偷油吃，上燭臺，下不來。

小白兔，白又白，愛吃蘿蔔和青菜，蹦蹦跳跳真可愛。

……

後來我打電話給一個女人，我聽到了她的電話錄音，小兔子乖乖，把門兒開開，我要進來，現在是電話錄音，請你留言，嗶⋯

我黯然地掛掉電話，有點傷感，我突然意識到，如果女人們開始回憶童年，那麼，她們已經老了。

我一直都認爲是兒歌啓發了我寫《點燈說話》和《吹燈做伴》，那是兩篇改變了我一生的小說，它們的題目來自一首北京民謠。

小小子，想媳婦做什麼呀？點燈說話，吹燈做伴。

後來有人打電話對我說，小說是一種近乎下賤的東西，這個世界上最乾淨的也只有兒歌了。我確實也沒有反駁他，因爲很多男人都在抱怨，這個沒有處女的世界，我們多麼絕望。他們似乎比女人更痛苦，因爲他們只能在幼稚園找女朋友，只有她們，才是處女。

新的時尚和前衛，不再是群居時代或交換性伴侶，而是參加維護貞操的處女協會，它成爲了一種新生活和新概念，誰都想來插一腳。這個飛起來的時代。

我完成了我的新主頁，它的首頁是我十八歲時候的臉，鬱悶極了的一張臉，除了臉什麼都沒有露出來，如果還有人看得出來性感，那麼就眞奇怪，那時候我是一個處女。

再也沒有什麼動畫和留言本了，什麼CGI、JAVA，一概都沒有，點擊我的臉就能進入主頁，簡單極了。儘管很多人都說那種感覺非常不好，可是我說我的感覺好。

我認識了玫瑰啦啦，玫瑰啦啦顯然和我生活在同一個城市，在我宣傳我的新主頁的時候，這位玫瑰啦啦小姐貼出了一個驚人的貼子，她說，大家都不要看茹茹的小說，因爲茹茹是一個壞女人，據說她抽大麻，吃搖頭藥，跳舞很出格，而且在樸樹的歌迷會上，她居然跳了出去，親吻他的臉。

玫瑰啦啦的貼子把我嚇壞了，我馬上就跟貼子說，第一，大家還是要看我的小說，如果你們都不看，我的書就會賣不出去。第二，我不抽煙，也不會抽大麻、吃搖頭藥，我會嘔吐。第三，雖然我確實參加過樸樹的歌迷會，因爲有人給我票，我不去就會傷他們的心，可是我很乖，一直都坐著，我根本就沒有跳出去，也沒有一丁點兒親吻樸樹的企圖，我發誓。我幹怎麼啦？我不過是在一個捧著鮮花的老女人朗誦席慕蓉詩歌的時候，說了傻逼兩個字，我已經夠小聲的了。我怎麼啦？難道你就是那個朗誦席慕蓉詩歌的老女人？

玫瑰啦啦說她當然不是。

然後我們就約在一家餐廳吃飯，那天下大雨，我的寶藍色睫毛膏都被雨淋化了，它們弄傷了我的眼睛，我根本就看不清楚坐在我對面的玫瑰啦啦長什麼樣。但是我可以肯定，那是一個非常奇怪的女人，因爲從一開始她就堅持用英語和我說話，我說我的英語很poor，她就很歧視地看著我，

玫瑰啦啦說她再過幾個小時就去瑞士了，巧的是我們居然還眞能見上一面。

我說是啊是啊，不過您別再在論壇毀我啦。

玫瑰啦啦說，你別當眞，網路上的東西沒一樣是眞的。

我說，可是我眞當了眞。

然後我們不談這個了，我們各自談了談自己的戀愛。玫瑰啦啦說她的男朋友剛回澳大利亞去，

他在的時候，他們夜以繼日地做愛，那個男人非常愛她，他願意為她放棄一切，回國。

我想了一會兒，然後告訴她，我的男朋友在非洲的喀麥隆，一個名字叫做雅溫得的地方，他至今也不願意為了我放棄一切，回國。不過他也快要回來了，因為他被蚊子咬了一口，中國駐喀醫療隊把他送進了醫院，他躺了十天，每天都輸一種名字叫「奎林嗎克斯」的藥水。他說他再也不敢呆在那兒了，他會很快逃回來。

玫瑰啦啦就大笑起來了，她說他們都回來了反而不好，他們會約束你，什麼都不讓你幹，現在兩個人每天通通電子郵件，在ＩＣＱ裏說說話，感覺也挺好的，即使他在澳大利亞，在ＩＣＱ裏他卻像在身邊。

我說，啦啦你比我幸福，因為他根本就不懂電腦。

那麼，玫瑰啦啦同情地看著我，那麼他懂什麼呀，你會看上他？

我說是啊，我得對自己說很多遍，這是我的男朋友，這是我的男朋友，我說了很多很多遍，才接受這個事實。

玫瑰啦啦又笑，你怎麼會認識一個非洲男朋友？

我說那是兩年前了，我剛剛和我的北京情人分手，我開始沈迷於酒精和藥，我每天都得喝很多酒吃很多藥才能睡著，我活在幻覺裏，可是無濟於事，每天深夜我的尖叫仍然足以使我的父母從床上驚跳起來。

我媽就打電話給她最親密的同桌，那位阿姨有一個很乖的兒子，剛剛從馬來西亞回來，她們一起把他介紹給了我。一切都像演電影一樣，我們被雙方的父母安排在一個中式茶樓見面，大人們努力使我們知道對方有多好，然後他們就離開了。那天我穿了一件湖藍顏色的軟緞旗袍，戴著翠玉鐲子，撲著粉，筆直地坐著。

我們都不知道說什麼好，我們互相看對方的臉，看了整整一個下午。

我們逛了一次街，吃了兩次飯以後，他就被派駐到非洲去了，像閃電一樣，連他自己也沒反應過來。

可他是一個好孩子，他每次打電話回來都要提醒我，他會回來的，他要回來娶我。

可是我們連手都沒有牽過，我每天早晨醒來都覺得那是一場夢，我都不記得他的臉了。

玫瑰啦啦大笑，她說，眞的，太傳統了，傳統的愛情，像電影裏演的一樣。

我說，那麼什麼才不是傳統的愛情呢？

玫瑰啦啦說，就像我和我的男朋友，我們從網路中認識，在網路中熱戀，直到我們見了面，我們還是互相深愛著，我們通過網路使我們的愛不中斷。

我淡淡地笑了一笑，我說，有時候我會想，傳統的愛情也沒什麼不好，很多時候甚至甚於自己找的愛情。因爲他對我眞的很好，盲目的好。他現在唯一的娛樂活動就是學習西班牙語，不過因爲我說了句我要去布宜諾斯艾利斯，我說我要去看他們跳探戈舞，他馬上就去學西班牙語了。他很忙，而且他的工作不需要他使用法語之外的其他語言，可是他很努力很努力地在學了。我再也不敢說任何一句話了，我怕我的每一句話他都會認眞。

玫瑰啦啦羨慕地看著我。

然後我們不得不分別，玫瑰啦啦提著她的行李，她說她不得不走了，可是我們緊握著對方的手，遲遲都不願鬆開。而且我和玫瑰啦啦都堅持爲對方付帳，我們堅持了很久，最後我們各自付了各自的帳。

我看著玫瑰啦啦的背影，歎了一口氣。我想那眞是一場夢，我眞的記不得他的臉了，我不知道他什麼時候回來，我只知道他很忙，他整整一年的時間，百分之七十在雅溫得，百分之二十在加納，還有百分之十在巴黎，可是沒有百分之一給我，他再也沒有回來過，即使他對我眞的很好，可是我在和一個影子談戀愛。

我變得不清醒，對一切都絕望。我不再活在酒精裏，可是我開始上網，我迷戀它。

世紀末的精神鴉片

《第一次的親密接觸》說的是一個名字叫做「痞子蔡」的男人和一個名字叫做「輕舞飛揚」的女人在網路上的愛情，他們深深地相愛，後來輕舞飛揚死去，她留下了這個世紀最經典的一段話：

如果我還有一天壽命，那天我要做你女友。

我還有一天的命嗎？沒有。所以，很可惜。我今生仍然不是你的女友。

如果我有翅膀，我要從天堂飛下來看你。

我有翅膀嗎？沒有。所以，很遺憾。我從此無法再看到你。

後來我再在聊天室裏看到那些孜孜不倦的色情男女時，我就會很悲傷，我會想，像痞子蔡和輕舞飛揚那樣的愛情，這世上果真只有一次嗎？

後來我在網上認識了一個好男人，他只跟我說話，說了很多話，後來他說他只有五分鐘了，他不得不走。我就說，如果你真的只有五分鐘，我會做你的女友。很多觀眾都大笑起來了，他們說，真荒誕。

可是他說，欺騙也好，戲說也好，我都無怨，只要有那五分鐘的真實，我就會記住一輩子。

我相信他的話。我知道我們都在一個無聊極了的房間裏，可是不去那裏，還有什麼地方可去呢？

我和他們，都是太孤單的人。

《那麼多的魚》

給我寄《第一次的親密接觸》來的是雪山飛狐，他同時還寄來了輕舞飛揚的照片，一個站在公共汽車旁邊微笑的女孩子，燦爛極了。我給雪山飛狐回信，我說，照片一定是假的，你們眞蠢。可是雪山飛狐說，一定是眞的，即使是假的，配上小說看，就是眞的了。

雪山飛狐是第一個從網路上認識我並且愛上我的男人。

他最初只是可愛的四處蹓躂的人們中的一個，他看到了我的主頁，給我寫來了電子信。

我的新主頁使我收到了很多很多信，我想那是因爲沒有留言板的緣故，給我寫信的人不過是要讓我知道，他們去過了。但是所有的信都不夠長，我想那是因爲他們每天都寫很多很多電子信，他們有著豐富的寫電子信的經驗，可是他們所有的信都得不到回覆，於是他們再也不會傾注太多的感情寫信了，但他們也絕不放棄。

第一封長信來自雪山飛狐，雪山飛狐說他在美國讀電腦，他不掙錢，所以很窮，他在我的主頁逗留了兩個小時，他驚異於它的簡潔，除了小說，再也沒有其他了，他得非常謹慎地對待我的小說，因爲稍有不愼，他就會爲了他的愛好而讓肚皮遭受不白之冤。

像對待所有的主頁批評者們一樣，我把他的名字放進了通訊薄，收到他們信的時候我回信，說，喜歡你的文字，常來信；（或者是，多謝批評，再聯繫；）過節的時候我給他們統一送電子賀卡，我眞喜歡那種無紙卡片，它們形式多樣，豐富多彩，最重要的是它們比紙便宜，或者這麼說，它們比紙環保。

以後所有的環保公益廣告都得這麼做，主角是一台墨綠色的類型電腦，電腦款款地說，環保是新概念，環保是新生活，過節了，請大家都使用電子卡片，它比傳統卡片前衛，而且永遠都不會腐爛。

我在想，也許也應該把趙半狄和他的熊貓撤一個下來，換成電腦。趙半狄手持煙捲對電腦說，我抽煙你介意嗎？電腦說，我滅絕了你，你介意嗎？

雪山飛狐很快就又來了一封信，這次他說，我的長篇大論居然只換來了你的七個字，外加兩個標點符號，我看了整整三遍啊，還是那七個字，外加兩個標點符號。

當然，收到這樣的信，我就再也無法等待到過節了，我立刻給他發了一張美麗的電子賀卡。

他在三十秒鐘後就回信了，看來，要做個成熟的男人，我還得走很長的路。

我就坐在電腦前面笑起來了，我開始給他寫信。其實我最不喜歡寫信，儘管我每天都被電了信淹沒著，我只是喜歡打開它們時的感覺，像破開太陽，而紙做的信，我更樂於拆它們，撕破紙張，清脆的破裂的聲音，無比美妙。

至於寫信的人，以及信的內容，它們對我來說實在不怎麼重要。

如果對方每天每天都寫信給我，我就會寄動畫給他，畢竟那是一舉手就可以做的事情，貼附件，寫上主題，很多時候主題都不必要，發送，那些活潑的動物就安全並快捷地送達了。就像尋呼台的群呼服務，這項服務在春節臨近時尤其重要，只需要把號碼提前報到呼台，那麼多的號碼，一個號碼就是一個人，在十二下鐘聲響起的時候，他的呼機上就會出現「過年好」的字眼，那些字在同一刻也顯現於其他呼機的螢幕上，美好的祝福啊，它分成了幾十萬份，每人一份，眞好。

每逢過年我就開始幹這樣的事情，我給每個人都派卡片，一模一樣，環保的電子卡片，老少皆宜。

沒有人認爲這有什麼不對，我的朋友雅雅很多年以前就這麼幹了，當年她突然決定去廣州生活，臨行前，她於匆忙中列印了一封信，然後複印幾百份，散發出去。信是這麼寫的：

原諒我沒有時間逐一給每一位朋友寫信，但請相信我對你們每一個人的掛念。你們不會理解我的離開，可是我要離開。雅雅。

很多年以後，朔依布勒也說了類似風格的話：誰知道錢哪兒去了，它就是不見了。

令我驚喜的是，雅雅給我的信略有些不同，她在紙的最下方寫了一句：「夢露好嗎？」

夢露是我和我的朋友雅雅、念兒共同助養的孤兒，五歲，由於生來殘疾而被遺棄，從此住在國家福利院裏。自從雅雅去了廣州，念兒去了海南以後，那個孩子就歸我獨自助養了，可是我也沒能堅持多久，一個冬日的午後，我餵過那個可憐的孩子吃完最後一匙米飯，就悄無聲息地從兒童福利院裏永遠地消失了。

所以每當海南的念兒和廣州的雅雅在電話裏問及夢露的時候，我就會停止說話，咳嗽一番後，說，我多麼思念你們，眞的。

那兩個聰明的壞女人也就會順水推舟地說，亞龍灣的沙子像天使的眼睛那麼純淨耶。或者，普利的川菜又比以前貴了耶。

很多年以後，我開始接聽電話過渡性全面失憶，那是一種非常可怕的疾病，通常表現在，與對方說著說著話，很突然地，就不知道自己是誰了。

直到世紀末的八月，我在海南走路走到了一塊鐵皮上，被送進了三亞市人民醫院，十月，我又在廣州從一家湘菜館的石臺階上滾了下來，我才意識到，是那個可憐的孤兒的根，過了這麼多年，從來就沒有消失過。

我給雪山飛狐寄了一篇東東，當然「東東」就是「東西」的意思，我不得不稱它爲「東東」，身在網路，但不照網路的規矩辦事和說話，就會被看作是一個異數。連網路外面的人都知道，我們管所有的男人都叫「青蛙」？管所有的女人都叫「恐龍」？

我不知道那是爲什麼，因爲根本就是沒有道理。

總之，我在我的東東裏說我經常和我的女朋友們爭辯，誰比誰更痛苦。

雪山飛狐說他看我的東東看得頭很暈，他還沒有明白過來，我想說什麼。

我想那是因爲雪山飛狐遠在美國，而且平日看我的東西甚少，所以他根本就不知道我文章中所說的那些女朋友，她們一概漂亮，富足，但是有很多問題。而她們通通都是一個人，就是我。

但是雪山飛狐有一句話也很有道理，他說你無法幫助你的朋友，因爲你自己的痛苦，痛苦於痛苦是無助的。

我聽過他的這句話以後就不再問自己問題了，確實，痛苦於痛苦是無助的。

所以當雪山飛狐說他的一生有兩個大煩惱，第一是他的領導總對他指手劃腳，第二是，他已經死在網路裏，爛得骨頭都沒有了。我眞是不懂。

我就說，飛狐大哥，領導們總是要指手劃腳的，這是常識，每個孩子都知道，至於您的第二大煩惱，那怎麼會是煩惱呢？網路是精神寄託，現實太嚴酷，不想看它，就到網路裏去，也沒什麼不好，如果你認爲網路是最大的樂趣，那麼更不必要認爲深陷網路是罪，找尋樂趣是人的天性，不要克制它，明白？

雪山飛狐就說，不跟你說了，不痛苦於痛苦也是無助的。

其實我不過是在安慰他，因爲我正面臨著與他一模一樣的問題，我甚至在自己的日記也寫到，世紀末的精神鴉片不再是愛情，而是網路。

我曾經以爲我可以從人的關係中脫離出去，只要我上網，我只需要一根電話線和一張龐大的網路，就可以處理好一切事情，可是我取信、覆信，還是身在關係中，到處都是人。

我開始生一種與網路有關的病，當疾病開始嚴重，我開始寫一篇與網路有關的小說。小說裏的女人沈迷於網路，夜以繼日上網聊天，最後孤獨地進了精神病醫院。後來發生的一切正如我的小說裏所說，我的朋友念兒果眞由於輕微的精神創傷，住進了一零二精神病醫院。雅雅的臉都嚇得白了，雅雅不再讓我寫她，雅雅說，你要永遠忘了我，你從來就不認得我。

雪山飛狐後來就對我說，你不要寫太痛苦的東東，你爲什麼要責難自己？每一個作家都遭受過巨大的苦難，而且至今生活在悲劇中，可是你始終都得向人們展示純眞和理想。

我有一點兒吃驚，我說，雪山飛狐你說什麼，你說我是一個作家？

雪山飛狐說，是啊，你是一個作家，我在你的主頁上看到你說，沒有男人你會鬱悶，不寫作你會死。

我仍然很吃驚，我說你多大了？他說他二十六歲了。我就說，哦，你眞是一個孩子。

雪山飛狐說我們都是孩子，我們都一樣，已經分辨不清楚現實生活與網路社區了。他說他要崩潰了。

我說爲什麼？他說他的一個BBS好朋友自殺了。當然我們所說的自殺，其實只是說一個人扔掉了他的網路帳號，從此再也不上網了，或者他更換了他的網路帳號，給自己起了一個新名字。

雪山飛狐說他最接受不了朋友的突然消失，即使那只是一個虛擬的網路朋友。

我說，沒什麼可傷心的，這就是網路規則。

當我再次說到網路規則的時候，雪山飛狐開始生氣，他說所有的規則都是可以建立也可以刪除的，還有你一直抱怨的盜版和侵權的問題，其實軟體人員和作家都在互相拆對方的台，作家用盜版的Word寫小說，軟體人員經常會買到盜版的小說集，然後益智休息，於是我們都僅僅是脫貧了，誰也沒能致富，眞正致富的是那些看得懂文字，但卻不把文字當做生命的傢伙。

我說，算啦，我和軟體人員沒什麼話可說。我只知道，既然我們都能夠操縱我們的帳號在網路的虛擬空間中生活，那麼在我們的上空，一定還有精神的我們在操縱著人間的我們的肉體帳號，進行這遊戲一般的生活。

雪山飛狐說他恐懼極了，如果他在深夜裏親耳聽到我說這種話，就會睡不著覺。

我們始終只是在通電子信，我們在電子信裏說話，雪山飛狐每天都給我寫兩千字的信，有時候我會回信說，收到了。有時候我什麼也不說，只寄一隻抽煙的貓給他，或者寄一隻奔跑的熊給他。

我想很多時候我眞惡毒，我只對我的朋友們惡毒，我心安理得享受他們對我的愛，從來沒有想過還要付出。

雪山飛狐後來從一個陌生的信箱發了兩封一模一樣的中文信和英文信過來，問我有沒有亂碼？

我回信說，很好，兩封都沒有亂碼，中英文對照，像簡明世界名著。

雪山飛狐又說，其實那是一個測試，因爲他們實驗室的網已經斷了，只能通過專線連入Internet，他以爲他發不了信，就試驗了一下。他說不知道爲什麼，我有一個很壞的感覺，也許我會失去你。

我說我什麼時候被你得到過？開玩笑。

雪山飛狐就說，他愛上我了，其實他從第一次給我寫信的時候就已經愛上我了。

於是我再也沒有給他覆信，我對自己說眞糟糕。

有人在BBS上說，網戀的前奏就是電子信，然後是ICQ，然後是電話聊天，然後是通過比特的傳輸做愛，最後便要眞刀實槍地見面了，而這一刻的激情爆發往往是最後的終結時光－網路愛情百分之九十九點九見光死。

而我和雪山飛狐，還沒有經過ICQ和電話做愛，居然就，網戀啦？太糟糕了。

雪山飛狐一如既往地來信，他說，在期待了很久以後，我終於知道，再也不會有你的消息了，一個水瓶座的女人是不願意讓別人過度地侵入自己的生活的，我解釋不了我在未能收到你的信時所產生的恐懼，因爲和你書信交流令我快樂，這種完全柏拉圖式的精神愉悅，它令我快樂，給現實生活加上美麗的僞裝對我來說就像是毒品，可能劇毒，但我卻願意在麻醉中獲得心靈的自由。

我發現我的心靈有一點兒疼痛，於是我安慰他，我說你別這麼想，以後會好起來的，我們都會好起來的。網路畢竟不是生活中最重要的，像「輕舞飛揚」那樣的女人，只存在於網路上，而像《第一次的親密接觸》那樣的愛情，你得明白，那只不過是小說而已。儘管我也相信，有些小說是用身體來寫的，特別是網路愛情小說。

後來雪山飛狐問我，我不愛他是不是因爲他是一個工科男生，滿腦子高斯方程、正態分佈什麼，一點兒也不幽默。

我說，你看了《大話西遊》沒有，他說他看了，我說，你看了《喜劇之王》沒有，他說他也看了，我說，你都記得些什麼。

他說他記得周星馳說，曾經有一份眞誠的愛情擺在我的面前，但是我沒有珍惜，等到了失去的時候才後悔莫及，人世間最痛苦的事莫過於此。如果上天可以給我一個機會再來一次，我會對那個女孩子說：「我愛你」。如果非要把這份愛加上一個期限，我希望是——一萬年。

他說他記得張柏芝說，老闆，我走了。

我沈默了一會兒，然後說，你已經夠幽默的了。

後來雪山飛狐終於平靜下來，他開始問一些其他讀者都問的問題，他問我平時有什麼愛好，整天寫作？或整天花枝招展地跟女伴們出去玩？喜歡燒烤嗎？

我也就平靜地回信說，我沒有什麼愛好，也不經常和女伴們出去，花枝招展地逛街或者泡酒吧，我們只吃過一次燒烤，因爲我們更喜歡本幫菜，這就是我們的生活。我們知道怎麼對自己好一點。

從此就再也沒有了雪山飛狐的電子信，一切正如他自己所說的，遇到網路是我的大幸，還是我的不幸，我不知道，但它是我命裏的宿緣，是一定要來找我的，所以我很坦然地待它，但我卻總不能坦然地待網路另一端的你，這眞是致命的誘惑，勾去了我的魂魄。我只能離開。

後來我常去的聊天室新來了一個名字叫做Flying的孩子，Flying說他學物理，他曾經把愛情和高等數學放在一起比較，他可以把握住高數的定理，但卻無法掌握愛情的玄機，因爲愛情沒有邏輯與定數，對他來說，愛情是一道眞正的難題。

我們都安慰他，我們說，你還小，以後會好起來的。

Flying只和我說話，說了很多話，後來他說他只有五分鐘了，他不得不走。我就說，如果你眞的只有五分鐘，我會做你的女友。很多觀眾都大笑起來了，他們說，眞荒誕。

可是Flying說，欺騙也好，戲說也好，我都無怨，只要有那五分鐘的眞實，我就會記住一輩子。

新千禧年的第一天，我收到的第一封電子信是一隻背著雙肩包流浪的動畫狐狸，狐狸展開一封信，信上寫著大字：我是雪山飛狐，你還記得我嗎？

也許我們同時都感到了語言的滯澀，因爲某種感動一旦過去，長久留在心中的就只能是隻言片語。倘若我們都無法從這裏體味到超出生命本質的情感世界，那麼一切的一切都會隨著時間的飛逝而變成流星的一瞬，可是我們應當相信那曾經有過的一瞬間的眞實。至少我相信。

還記得嗎？那個Flying？其實是我，爲了和你說話註冊的新名字，當你在聊天室裏向Flying說出，如果你還有五分鐘，我會做你的女友時。我幾乎失聲痛哭。

原諒我說出了這些，我知道愛不是一廂情願，不愛就是不愛，我明白。

……

不知道你現在在哪裡，不要告訴我，你在非洲啊。

念兒這一生

我必須打開電視，唱機或者調頻電臺，任何一樣能夠發出聲音的機器，我得讓我的房間裏有一點兒聲音。我太孤單了。我的冷清的房間和冷清的我。我想我要瘋了。

二〇〇〇年一月二十日

念兒從海口回來以後就開始喜歡說話，念兒每去一個城市都會帶回來一個壞習慣，念兒從廣州回來以後就開始喜歡煲湯，念兒從上海回來以後就開始喜歡購物，我不希望念兒再去什麼地方了，她的壞習慣會越來越多。

念兒打電話問我在幹什麼。我說我在爲我的新主頁調格式，已經調了兩天了。

念兒又問我什麼叫做Winzip？我說你眞幸福，你開始用電腦就已經有Winzip了，我那個時代可是除了CCED什麼都沒有呢。念兒說我從一開始就遇到了CIH，你那個時代有什麼？我說不跟你這個電腦盲廢話了，你有什麼話就直說吧。

念兒說，爲什麼我能收到E信，卻發不出去E信。

我儘量說得通俗易懂，我說，發郵件用的是SMTP伺服器，收郵件用的是POP3伺服器，一般來說，這兩個伺服器的IP位址是分開的，如果你能收到信，那就是說你的POP3是好的，如果你發不了信，那就是說你的SMTP有問題。

念兒茫然地看著話筒。

我想我還是什麼都別說了吧，無論我說什麼她都會很茫然。我就說，總之，你的電腦壞了。

念兒就說，那麼我搬到你這兒來住吧，我需要每天用電腦，我需要它。

然後念兒就搬過來了，而且她把她的狗也帶來了，她說我太閒了，會有很多時間餵她的狗，而且總有一天，她得把它託付給我。

在我們說話的時候，小念一直看著我。小念還沒有女朋友，小念經常坐在那裏發呆，看風景，念兒說小念真寂寞啊，可是小念是這麼好的一個孩子，小念很帥，也很乖，唯一的樂趣就是看電視，可是到現在小念還找不到女朋友。

念兒說小念以前有過一個青梅竹馬的女朋友，一起長大，一起玩的女朋友，可是小念的女朋友在去年結了婚，念兒給小念找別的女朋友，找了很多，可是小念看都不看一眼，直到小念以前的女朋友生了寶寶，小念還沒有找到女朋友。

念兒很傷心，念兒說小念這一輩子都要打光棍了。我安慰她說，這有什麼關係呢？這說明小念專一嘛，這樣的好狗哪裡還找得到？

名字叫做小念的好狗就在旁邊聽著，一聲不吭，在我和念兒都哀怨地望向它的時候，它轉過身去慢慢地走開，背影還是那麼寂寞。

小念這次和念兒一起搬過來住了，我想我以後每天都得按時餵它，我眞可憐。

從海口回來喜歡說話的念兒告訴我，她的這一生裏有兩個男子，一個喜歡穿黑衣服，一個喜歡穿白衣服，都是很英俊的男子。

我說念兒你看張愛玲看瘋了，你這一生還沒有過完呢。

說這些句話的時候我們都在醫院裏，我的脖子上豎了一個堅硬和奇異的東西，它支撐著我的頭，不讓它掉下來。

之前，我一直都以爲我的頭就快要掉下來了，我整天都這麼想，我認爲那一天遲早會來到，我正在吃飯，或者正在說話，可是很突然地，我的頭滾下來了，像光碟遊戲裏的妖怪。於是我經常雙手捧住自己的頭，希望能減輕脖子的負重，可脖子還是很疼，越來越疼。

再到後來，我的頭倒是沒有掉下來，只是我的左手臂徹底沒有了知覺，那是一個正常的早晨，有明亮的太陽，我一醒過來，事情已經發生了。

我躺在床上，忍受著無法言說的疼痛和恐懼。我清晰地記得，昨天我睡不著，用我的電腦聊了一晚上天的念兒鬼鬼祟祟地翻箱倒櫃，找了很多藥騙我吃，當然她沒有成功，而且還被我罵了一頓。

我仍然睡不著，我翻來覆去，突然就看見一個男人坐在我的床沿上，我尖叫了，當然尖叫也是無意義的，因爲我也知道當頸椎炎發作的時候我會有幻覺，幻覺當然是不好的，它使我無法分辨什麼是眞的，什麼是假的，如果我看見有男人坐在我的床沿上，而它卻有兩種可能，一種是幻覺，一種不是幻覺。疾病使我把幻覺和現實攪到了一起，我拿不定主意的時候就不得不尖叫。我痛恨疾病。

念兒陪伴著我，她沒抱怨什麼，可我知道她就快要容忍不下去了。

新新人類的新友誼其實只是說，年齡相仿的幾個女人，受教育程度類似，生活體驗類似，並且喜歡看同出產地的時尚雜誌，用同品牌的護膚彩妝，那麼她們就會經常在一起，她們一起逛街，一起喝咖啡，一起討論男人，當然她們從沒有想過還要一起上醫院，儘管醫院也時常出現，但通常只與洗牙或專業臉部護理有關，如果只是陪著在醫院做普通的牽引，她們就會很不高興，露出難看的嘴臉。

我從二十歲開始，每年都得一種病，第一年是頸椎炎和腰肌勞損，第二年是胃潰瘍，第三年是間歇性的妄想症，第四年才剛剛開始，我希望我不要再得新的病了。

我身爲一個過於年輕的老病號，在醫院裏享受最優惠的待遇，那些英俊的醫生們啊，他們都認得我，他們在私下裏秘密地打了一個賭，他們說，在十年之內她必然地會腰椎間盤突出，另一些則對時間提出了否定，他們認爲要更早一些，比如五年之內。

當然這些毛病都是寫出來的，可我寫了這麼多字，卻總是吃力不討好，我剛剛翻到了一張都市報，我看到了一句話：「訂在『70後』女作家商業寫作的恥辱柱上。」

我希望有一個好女人自願地被「嚴肅的寫作」訂到恥辱的柱子上去，她承擔我們所有的罪，而那個女人最好不是我。

現在我除了眼珠子可以動，其他都動不了，於是我只能靜聽念兒盡情地說話，念兒說她的這一生裏有兩個男子，一個喜歡穿黑衣服，一個喜歡穿白衣服，都是很英俊的男子。

念兒說話的聲音很高，可我們都不擔心別人會聽到什麼，我與念兒相處多年，我們有自己的語言，那些繁瑣的字母代號和跳躍的敘述，只有我們才明白。就像我們在網上，我們管所有的男人叫DD，所有的女人叫MM，當然那純粹是爲了快捷地敲鍵盤，因爲所有的大俠們寫中文字都太慢，而我們在網路上的每一分鐘都是要付錢的。

我的每一分錢都用來閱讀網頁，有一個今日作家網，由我們的組織操辦，裏面有很多免費的小說和新聞，可是很多被隆重推薦的大牌們，他們從不用電腦，更不用說網路，他們絕不會知道自己的臉及作品做在網頁上會有怎樣驚人的效果。

我聽說用筆在紙上寫字會有一種思想感情，或者這麼說，用筆在紙上寫字會有一種強烈的氣流溢出，於是寫作的同時又可以鍛鍊身體，如果眞是這樣，寫字就又是一種奇異的氣功。於是我嘗試了一下，筆卻使我的手指非常累。

當然這也是現實，我們從一開始就使用電腦寫字，使用網路查資料，而老一代的寫作者們，他們會爲網路的侵權行爲生氣，儘管那不全部是網路的錯。我不生氣，我熱愛網路，我非常耐心地等待網路規則。

我知道會有很多人罵我，當然無論他們罵我什麼都是有理由的，我總是出現得不合時宜，就像很多年前有人聯名狀告網路侵權的時候，我卻公然在一家北京報紙上說，大家不要生氣，請不要生氣，合適的規則會出現，不會太久。所以很多時候我真的很笨。

我還在新世紀來臨之前賣出了我的六十萬字小說的電子版權，一切正如那位原從事電子版權交易的張經理所說，「今後一旦國內網路趨向正規化，電子商務迅速發展，網上書店一一開張，我們還有什麼可賣的呢？難道都先匯一筆美元到國外去，再把作家們的電子版權買回來？」

可是我很滿意，我一丁點兒也不覺得我把自己賣賤了，儘管他們給的實在是太少了，我曾經以爲他們會用美元付款。可是我很滿意。其中最重要的一個原因就是我已經在網路上搜索到了很多很多與自己有關的網站，而裏面大部分的網站都是我從來都沒有聽說過的，我相信還會越來越多，這已經是事實。我找不到律師去告他們，我也不知道他們在哪裡，而且我很怕律師，我從小就很怕和律師說話，所以我只能把自己已經暴露在網路上的文字全部都賣掉，也許買方會統一解決掉那些紛爭，如果他們能夠因此而賺一筆大錢，就更好了。

我還對自己說，現在我只有二十四歲，我賣出的是我二十四歲以前的小說，以後我會寫得更好，我還年輕。這樣，我的心裏就好過起來了，至於其他的寫作者，我不是他們，所以不知道他們會怎麼想。

所以當電腦專家郭良先生批評我的時候，我仍然振振有詞，最後我居然使用網路語言，我說，懶得說啦，閃樂。

所以念兒也有念兒的語言，能聽懂念兒語言的只有兩個人，現在這兩個人分佈在中國的廣州和常州，就是過春節，她們也互相見不著。

念兒曾經很落魄，她孤單一人，連我都不太願意搭理她。

這時突然出現了一個像她父親那樣愛她的男人，他帶她到南方最好的城市買衣服，不過那個時候他們雙方都不太明白對方要幹什麼，他們曖昧得很，他們走在街上，可是靠得不很近，晚上吃過飯，他們也各自回各自的房間，直到現在，那個男人仍然像父親那樣愛著念兒，他給她一切她要的，可他從沒有碰過念兒的一根頭髮。

所以那個男人，從總體上來說，他是一個好男人。

所以那樣的男人是每個女人都嚮往的，既安全，又實惠。

他們一起來到了白衣男子的店，念兒去挑衣服，而那個像父親一樣的男人則坐下，開始翻報紙，喝茶。白衣男子很年輕，而且像一切言情小說裏所說的，他英俊極了，除了頭髮和眼睛是黑色的，其他的一切，全是白色，他穿一身白，那種面料，有著無法言說的魅力。在他的店外面，停著他的白顏色跑車，白得眩目。

店裏所有的服裝都來自他的設計，只兩種顏色，黑與白，它們配在一起，很奇異。有一種M2，也只有這兩種顏色，它們是世界上最好看的顏色，我有一模一樣的M2鞋，一雙白，我穿著它談理想，很正經，一雙黑，我穿著它什麼都可以幹，除了談理想。

念兒只喜歡紅，念兒二十年來穿的戴的都是紅，念兒就是穿了慣常的一襲紅去了白衣男人的店，可就在那一刻念兒突然覺得紅是一種俗氣極了的顏色，念兒需要立即就從架子上拿一片白罩住自己。

念兒的腦子裏已經一片空白了。念兒是一個經歷豐富的女人，去過很多地方，見過很多人種，如果一個男人，可以讓念兒在一瞬間就腦子裏一片空白，那爲那個男人一定是個少見的尤物。

念兒買下了一套衣服，而且是自己付帳，那是一套難看極了的設計，可是貴得驚人。所以那個男人，他一定不是靠賣衣服來養自己，因爲我從沒有聽說過他的牌子，而且太好看的男人，通常會有些別的捷徑來完成事業。

念兒選的是一款很長很長拉鏈的裙，那條拉鏈被白衣男子設計在了裙的背後，也許所有的男人都喜歡這種設計。

在我和念兒最喜歡的De Beers鑽石廣告裏，這款設計就出盡了風頭。一個畫好了妝做好了頭髮的女人，站在鏡前穿深藍長裙，她試圖自己解決好拉鏈，可她試了幾次，那條拉鏈仍然很頑固，此時，一個男人走近她，輕輕抬手，拉鏈就被漂亮地處理了，女人回眸淺笑，手指間有亮光在閃，是他們的愛，一枚鑽石戒指。就這樣。

我和念兒坐在沙發上看電視，每次行文至此，我們就會倒抽一口冷氣，陷入沈思。年輕一點的美女，只要自己願意，就會有很多像父親或者不像父親的男子奔過來爲她們拉拉鏈，而我和念兒的心都太堅硬了，我們每次爲自己拉拉鏈都要出一身汗，我們的指間也沒有華貴的光，即使只一閃。

可我們也經常脆弱，我們也經常地想，只要有一個男人，他肯爲自己拉一回拉鏈，那麼，就應該嫁給他。

想想而已。我們都太堅硬，念兒每晚都在西餐廳彈鋼琴，我每晚都坐在電腦前寫字，我們都很想活下去，不然我們不會那麼折騰自己。

白衣男子親手設計的拉鏈給我們的念兒帶來了一點小麻煩，可當他滿懷著歉意爲客戶整理衣衫的同時，拉鏈又變化成了小機遇。

念兒敏銳地感受到了那隻手的溫情，像水，輕柔地從背部滑過去了。

像做愛前的撫慰。

念兒希望時間靜止，水在流，永遠在流。他果眞停留住了，也許是因爲念兒的美。只是手，只是一隻手，卻是全部，就像在電話裏做愛，很多時候遠遠好過眞正的做愛。

我和念兒都還很年輕的時候，我們很空閒，每天看盜版影碟，有一部很好看的電影，爲自七十年代初的美國，那個時候我們還沒有出生。

我們坐在沙發上，看到一個小女孩，她夢見有斑點的豹，於是她醒來，看見自己的父母在燭光中做愛，她嚇壞了，她尖叫，然後奔跑，然後她長大了，過放蕩的生活，她被帶入交換性伴的俱樂部，沈醉在很多手和腳中。

我和念兒坐在長沙發的兩端，我們緊張得很，誰也沒有動一下，直到很多年以後，我看一本口述實錄的書，書裏說，七十年代，人們以一種對待哲學的態度對待交換性伴侶這種事情，與陌生人性交後，他和她會起身與對方握手，並且很正式地介紹自己。我一點兒也不吃驚，因爲很久以前我和我的女伴念兒，我們一起看類似的電影，出了一身汗。

電影中的那個女人後來被拐騙到很遙遠的地方，她終於逃出來，在太陽下，她奔跑，她以前的情人奇蹟地出現，她以爲她終於得救，她不知道做什麼好，於是她和她的情人找到一個電話亭，他們在電話亭裏做愛，然後，那個男人整理好襯衫，棄她而去，女人獨自站在原地，在太陽下，這時，追捕女人的龐大隊伍出現，他們向她包圍過來，而她只是望著她的情人離去，她的眼神，不知道爲什麼，我一直記得她的眼神，記了很多年，並且會永遠記下去。

後來我對愛情很迷惘的時候，我問一個經驗豐富的老男人，我說是不是我學會了煲湯，我就會抓住男人的心。他笑了笑說，男人喝完了湯，然後該幹什麼還幹什麼去。我聽了以後對愛情很失望，我發誓我一輩子都不要煲湯。

而念兒煲一手靚湯，念兒說過她最大的夢想就是與會喝湯的男人在金子做的床上做愛。

我說，我的夢想就是我在睡覺前看見床頭櫃上有一疊人民幣，我摸摸它，覺得很滿足，我最大的夢想就是第二天那疊人民幣還在，一張都沒有少。

所以我和念兒不一樣，念兒永遠活在神話中，我比她現實得多。

但是念兒運氣好，她找到了一個父親，那位父親帶她出去買衣服，她在店裏又看到了一個好看的白衣男子，她被那個男人的相貌迷惑住了。

這個時候黑衣男子出現了，他的身邊是一個美得可以用驚豔來形容的女子，但是她分明要敲他的竹槓，她像一隻蚌那樣張開翅膀撲向那些衣服，她什麼都要，這也要，那也要。

她的樣子太饑餓，於是店裏所有的人都放下了正在做的事情，望著她。念兒沒有什麼表情，念兒也是個女人，念兒說過她什麼紅眉毛綠眼睛都見識過，所以她從不驚奇。

黑衣男子很年輕，而且像一切言情小說裏所說的，他長了一張什麼都無所謂的臉，除了他耳垂上的那些環是銀白的，其他的一切，全是黑的，他穿一身黑，那種面料，有著無法言說的魅力。如果念兒往店外面看，就會看到白顏色車的旁邊，新停了一部黑顏色車。

現在好了，兩個男子，他們都出現了，除了顏色不同，其他的，他們一模一樣。

黑衣男子看都不看一眼那個正在瘋狂購物的女人，他神秘地笑，然後環顧四周，他看到了一身素白的念兒，他專心地望著她，一直望著，一直望著，再也沒有移開過。

那是一個壞透了的男人。念兒後來說，他一點兒也不在乎身邊的女人，他不在乎錢，也不在乎女人，他純粹就是爲了應酬她，她要來，他就帶她來了，她要買什麼，他就由著她買，可他一點兒也不在乎她，他只認爲那女人是一隻寵物狗，因爲她是寵物，所以他什麼都滿足她，可是他從心的深處歧視她。

然後呢？我說，你說的只有感受，沒有故事，我想知道接下來的故事，那個撫摸你的白男人，那個盯著你看的黑男人，那個坐著喝茶的父親男人，他們接下來做什麼？

什麼接下來？念兒說，接下來我就回家了，你又不是不知道，我不是還給你捎了個銀手鐲回來嗎？

我說念兒你閉嘴，你說你這一生只有那兩個黑白男人，而那兩個男人卻在同一地點同時出現，他們一個趁著職務之便摸了你的背，另一個則色瞇瞇地望了你半天，一個小時以後他們全部都消失了，從此以後你再也沒有見過他們……你以爲你在寫小說啊？

我太生氣，生氣使我暫時忘卻了脖子的疼，我沒有來得及說更多的話，念兒飛快地收拾了一下她的東西消失了。

夜晚，我去念兒彈琴的西餐廳找她，我想知道，念兒工作時的樣子，我坐著，聽她彈那些軟綿綿的曲子。

念兒在八點整有十分鐘的休息時間，她走下來陪我說話，她暗暗地罵我，她說，你眞蠢，你到這兒來幹什麼？你知不知道坐在這兒也要花錢？

我說念兒你放心吧，我只要了一杯水，他們只問我收了拾塊錢。

念兒仍然露出了十分心疼的表情，於是我安慰她，我說，我又沒有在這兒點菜，我知道你們餐廳的菜出了名的難吃和貴，可是念兒，爲什麼每天還有這麼多的人來呢？

念兒說，因爲這兒可以開超出消費範圍的大面値發票。

然後我說，那麼爲什麼那麼多洋人，他們也喜歡這兒？他們又不要發票。

念兒說，因麼他們根本就不知道自己在吃什麼。

這時我們的旁邊出現了一個肥胖的德國男人，他的臉很巨大，鼻子很紅。他說，兩位小姐可不可以陪我們喝一杯啤酒。

念兒說對不起我們不會喝酒。

那麼，那個巨大的男人說，喝茶可以嗎？陪我們喝茶可以嗎？

對不起我們也不會喝茶。我說。

念兒的領班跑過來，我看見她的嘴在動，我不知道她說什麼，我只看見她的嘴，塗得很紅，說起話來那片紅越來越紅，遮住了她的整張臉。

然後，很突然地，念兒站起來，走到旁桌，她飛快地端起一杯啤酒，灌了下去，然後她飛快地回到鋼琴前，繼續彈琴。

我坐著，茫然得很，不知道發生了什麼，可我又不能自己走到念兒和鋼琴前，問她，你幹什麼？

我只能等在原地，望著遠處的念兒，發呆。

九點，念兒下班。念兒說，你知道嗎？剛剛坐在我們旁邊的那桌人。

我說，那桌德國人？

念兒說，不是不是，是坐在你身後的那桌男人，他們說，快看快看，那兩個女人在跟老外談價錢呢，六七百就可以談成一夜了。

我回頭，那張桌子空空蕩蕩，人早已經走了，只有他們吃剩的殘菜盤子層層堆著，一片狼籍，醜陋得像一堆屎。可我一丁點兒也沒有聽到，他們說什麼，我什麼也沒有聽到。

我說念兒你這個蠢女人，你爲什麼不早說，你早說我去踢翻他們的桌子。

你踢什麼桌子？念兒疲倦地一笑，說，我們不就是像他們說的，陪了酒了？

我說，你他媽才陪了，我可沒有。說完我就開始後悔，於是我又說了點別的，我說念兒你被剝削了，其實很多生意都是爲著你來的，他們只爲了看一看你的樣子。

念兒還是哭出來了，念兒邊哭邊說她頭痛。

我說怎麼會？我整夜整夜頭痛是因爲我坐在電腦前寫字，你整天彈鋼琴，爲什麼會頭痛？

念兒還是說她頭痛。

我仔細地想了一想，然後問她，你吃了什麼古怪的東西沒有？

念兒也仔細地想了想，說，沒有，我只是長智齒，太疼，所以昨天我去拔牙了。

就這些？

就這些。

好吧。我說，我頭痛，因爲我整夜寫字並且整夜接電話，我每天每時每刻都接電話，後來我右邊的太陽穴痛得快要裂開了，我就把慣常戴在左邊耳朵上的耳釘移到右邊耳朵上來戴，後來再有電話來，我再試圖用右耳朵聽，那個耳釘就會把聽筒隔開，我就再也不能用右耳朵聽電話了……

有什麼效果嗎？念兒說。

當然。我說，自從我換過耳釘以後我就不再偏一邊痛了，我的左太陽穴也開始痛，兩邊一平衡，痛就輕緩了。

念兒說，可我們不一樣，我的痛是從神經開始，我感覺得到，我的神經在一跳一蹦地，像一根線，馬上就要斷了。

我笑了笑，我說念兒我們不要去想太複雜的東西了，我們看周星馳的電影吧。那時候已經凌晨兩點了，我最喜歡在凌晨兩點看電影，我一直在等那個鏡頭，我就等周星馳說「一萬年」，我就可以哭出來了。我看了幾十遍了，每次我都哭得一塌糊塗，我覺得我很丟臉，我看周星馳的電影，可是我哭了。我眞丟臉。

這次我在沙發上就哭出來了，我哽咽得喘不過氣來，差一點憋死。

念兒不哭，念兒很耐心地問我，到底至尊寶是先遇到了紫霞仙子，還是先遇到了白晶晶？

我說我不知道。

然後念兒很嚮往地看著周星馳的臉，說，我從來也不知道年輕男人的愛，那會是什麼樣的。

我說，念兒你眞傻，年輕男人沒有錢，也沒有車，他們只買得起一捧花。

然後我關掉電視去睡覺，而念兒又開始用我的電腦上網，與陌生人聊天。她已經加入了網路社區，給自己買了一套小洋房，她給自己找的網路職業是一家時裝雜誌的副編審，她在網路上也養了一條名字叫做小念的寵物狗，她每天都買彩票，她還有一個網路男朋友，他們感情很好。

我試圖在睡前與念兒說話，可是她不理我。我就寫了一張便條貼在印表機上，我在便條上說：我知道你已經上癮了，可我實在也做不了什麼。有時候網路是一種負擔，又是一種精神鴉片。別忘了明天一早去買牛奶，巧克力的那種，你已經把我冰箱裏的牛奶全都喝光了。

寫完，我上床，睡著了。

第二天早晨，我接到了電話，我趕到太陽廣場，他們對我說，你認得這個女人嗎？他們把念兒指給我看。我點頭。他們就說，這個女人從凌晨五點開始就站在太陽廣場，她請每一個路過的人吃飯。他們說實在看不出來她有什麼病，因爲她打扮得很時髦，可是她固執地要請每一個陌生人吃飯。我們只能檢查她的手提包，他們說，我們只找到了你的電話號碼。

念兒不說話，念兒的兩隻手臂被他們緊緊扣著，但是她不吵也不鬧，樣子很健康，像她平常的樣子。

這次是我陪著念兒去醫院，醫院很近，可我卻覺得它很遠很遠，那段路，我們怎麼走也走不完，我叫了輛人力車，念兒很輕盈地坐了上去，像我們平時逛街的樣子。我和念兒很聰明，我們都知道的士起步價要拾元，而人力車只要五元，還可以看風景。

我們坐在人力車上，念兒說，我們去哪兒？

我說，我們去看病。

念兒平靜極了，念兒說，哦。

我從來也不知道年輕男子的愛，那會是什麼樣的。念兒又說。

我說，念兒你眞傻，年輕男人沒有錢，也沒有車，他們只買得起一捧花。說完以後我開始哭，我想我哭是因爲我和念兒一樣，我們都很想知道，年輕男子的那一捧花。即使只一捧花，也還是幸福。

水瓶星座

在特洛伊城裏，住著一位俊美的王子，他的容貌連城中美女都自歎不如。

有一天，宙斯來到特洛伊城，他看到王子，不禁驚歎，人間竟然有如此俊美的王子。宙斯回到神界，每天都朝思暮想，有一種邪惡的想法在他的心中醞釀。他又來到特洛伊城，變成一隻大鷹，抓住了王子回到神界。

從此，特洛伊王子在天上變成水瓶，負責給宙斯倒酒。

小妖精茹茹，每當你夜晚望著星空時，有沒有看到一個閃耀的水瓶星象，正在倒酒的樣子呢？

MYOU

我在冬天出生，水瓶星座。

我有一個夢。我在我的小說《飛》裏說過，我五歲，我在枕頭下面放了一隻玩具飛機，我媽媽問我那是爲什麼，我說，我有一個夢，每天晚上，我都要坐著我的飛機在天上飛。

後來有人打電話告訴我，他們看到何向陽先生說，多少使我對七十年代人有些好感的也正是五歲起就藏在主人公「我」枕下的那只玩具飛機，它像一個被珍存的理想一樣，放在那裏，十七年了。我很感激他。

因爲我很不幸，我選擇了寫作做我的職業。

我看到了一個五歲的男孩，他不知道自己該去什麼國家。我還看到一個五歲的女孩，她把她的貓放進微波爐煮了五分鐘，她向所有的孩子展示她的傑作，那只可憐的貓失去了尾巴和腿，可它沒有死。

我曾經對成人世界厭倦，我不想長大，我總是在夢裏回到我的童年。可是那些五歲的孩子們，他們使我對童年世界也感到厭倦。

我從四歲開始拉小提琴，我的父親母親以爲我會成爲一個優秀的小提琴手，可是他們找錯了老師，我的提琴老師，她一生的不幸和痛苦，使我從四歲開始就對男人們恐懼。

我的初戀情人開車撞死了。我和我的第二個情人分手以後，他很快結婚，他使我整整一年都厭惡寫作，一個字都寫不了。後來我愛上的每一個男人都是有婦有夫，我爲了擺脫那種罪惡，開始沈迷於網路，我看到了數以萬計的網戀實錄，我的身邊每時每刻都有人從網路中找到愛人，可是我很不幸，我談了一次不成功的網路戀愛，就此戒網，再不提網戀二字了。我說過了，我很脆弱。

我的父母努力要令我明白，我有男朋友，他在非洲，每個月寫一封信給我，有時候他的信會跑到臺灣去，他們發現了錯誤也不把信還給我。

他從來都不知道什麼時候打電話給我才合適，因爲他那裏天亮了，我才剛剛進入黑夜，他那裏很熱，我這裏卻下大雪，他醒了，我還睡著，我們的顛顛倒倒的日子。

我也許會嫁給他。但更大的可能是，我什麼人也不嫁，我一個人過著，永遠。

我還在《飛》裏說，我出生的那一年大地震，我看到了審判江青，我還看到了好看的電影，在一大片油菜花（油菜花？）地裏，一個穿著紅毛衣，紮著小辮，手裏揮舞著一條紅紗巾的姑娘，朝著不知名的前方奔跑。（慢鏡頭）她跑啊跑啊，臉上溢著健康的紅暈，卻總是跑不到頭。我實在不知道這部電影的名字，如果你知道，麻煩你打個電話告訴我，對於那個鏡頭我有著非常的好感，我希望能夠找到它再次重溫一遍。

我的朋友看過我的小說以後就去找資料了，他們在兩年以後才找到那個鏡頭的出處，他們打電話告訴我，那部電影叫做《被愛情遺忘的角落》，是峨眉電影製片廠一九八一年攝製的農村題材影片。

一九八一年，多麼好的日子，那一年我五歲。

我的朋友們說，很好，你注意到了紅毛衣，那麼你從五歲開始就已經是一個小才女了，因爲紅毛衣是整部電影最富於表現力的細節道具，是純眞愛情的象徵。

我有點茫然，我說其實我很笨，我只記得那個鏡頭，我根本就不知道它有什麼意思。

我從五歲開始寫詩，我都寫了十年了，才發表了一首詩，我在我的處女詩《霧》裏說，這個互相看不見的世界，讓我們挽起手來吧，衝破這層層迷霧。大意如此。

兩年以後，我改寫小說，我的小說很快就發表了，我在我的處女小說《獨居生活》裏說，我的同桌女同學跑到上海去，跳黃浦江自殺死了。我媽檢查了我的小說以後問我是不是受了《一江春水向東流》的影響？

我也有點茫然，我說什麼叫做一江春水向東流？

後來我在一家旅行社打暑期工，每個周末我都帶一個龐大的團去杭州，西湖美景兩日遊，我帶得很好，每個人都喜歡我，老闆也喜歡我，他說他要加我工資，可是開學前的最後一個星期六，我在花港觀魚導掉了兩個新加坡男人，他們沒能自己找回來，於是我一分錢也沒有得到。

當下一個暑假來臨，我在我們城市的第一家民營呼台找到了工作，他們總是排我一個人值夜班，我每天晚上都接到騷擾電話，然後我打電話給另一家呼台的夜班尋呼先生，騷擾他們。我只拿到了很少的一點錢，他們說我是未成年少女，不需要太多的錢。

然後我就拿著我的工資袋去找我們老闆，我一點兒也不害怕，我在初中二年級的時候就代表全年級和校長對過話，我不怕再來一次，即使把對手由校長換成了尋呼台老總，我也不會害怕。

我在辦公室裏看到了我們老闆的朋友，他是我爸，我爸被我的出現嚇壞了，從此以後他再也不讓我出去打暑期工了，他說他有很多錢，可以養我一輩子，可是後來我辭了宣傳部的職以後，他又說他不養我了，他說，你淪落到流氓無產階級去了。

當我反抗他，說自己是一個知識份子的時候，我爸就給了知識份子一個沈重的耳光，而且他對我說，請你給我滾，滾了以後就不用再回來了。

我是我爸唯一的孩子，他居然也跟我翻臉，可見，所有的父親憤怒起來都會翻臉無情的。

我從事宣傳思想工作有三年之久，我非常鬱悶，每個人都知道我爲什麼鬱悶。期間我把我所有的鬱悶和愛都寫下來，我每天都寫到淩晨，寫了一百多萬字，我賺了足夠吃飯的錢，可是我爸仍然不讓我辭職。

我去電臺做DJ，每周一三五，深夜十一點到十二點的節目，我很累很累，可是我故意折磨自己，從小我就是一個自虐狂，我知道，如果我不可以用酒精麻醉自己，我就只能用疲勞麻醉自己，只要我很累很累，我就沒有空去想體制和不合作的事情了，我會累得睡著。一切都好了。

小時候我總是問我媽我爲什麼必須活著，當我媽悲傷地看著我的時候，我就會說，總有一天一切都會結束的，我自己來結束。我會把我媽弄哭，那時候我還是一個孩子。

後來我喜歡我們幼稚園的一個男孩子，他長得很好看，可是他不知道我喜歡他，因爲他牛來弱智，活不過十歲，我就站在大雨裏淋自己，我生了一場大病，整天咳嗽，從此以後，我一絕望就咳嗽。

我總是傷害愛我的人，唯一的方法就是殘害自己的身體。

我終於在新世紀來臨之前離開了宣傳部，我曾經複印了我一九九六年的年終個人總結，我複印了五份，準備每年都交一份上去，交完以後我就升職，或者辭職，可我只交了三份，從此以後就再也不需要交了。

我做了我的最後一檔電臺節目，和聽眾們告別，當然這與我的辭職沒有任何關係。有一個小女孩打電話進直播間，說：茹茹姐姐，不要走。可是我仍然要走，因爲那個時候我已經很危險了，我的導播每天都告訴我，有一個男人站在廣電中心的大廣場上等你，他穿著西服，捧著百合花。

他使我精神緊張，每天我醒過來的第一件事情就是考慮要不要換節目檔，當我的要求被台長拒絕以後，我每天一醒過來就考慮要不要調班，我的做二四六節目的搭檔，我每天每天都找他調，我們的節目變得沒有規律，有時候我們倆都去上節目了，有時候我們倆都不去，導播找不到我們就播一個月前的錄音卡帶，居然也有聽眾聽的出來，寫信到台長室，舉報我們。後來我的搭檔被我煩死了，他開始躲我，無論如何都不肯回我的電話。

本來我完全不必這麼緊張，可是我們隔壁電視臺的女主持下節目的時候，被人襲擊了，就在廣電中心的大廣場上，他用刀刺她，每一刀都很惡毒，她抱住自己的頭，捂住臉……對方使用的是小水果刀，所以她沒有死，在醫院裏住了一個月就又來上班了，表面上看她沒有任何傷痕，可是只有我知道，她從此以後再也不能穿吊帶睡衣了。

案件發生的三天前，我還陪她去買了一件吊帶睡衣，當時她很猶豫，要一件可愛的絨布睡袍，還是要一件性感的透明睡衣？我告訴她，我們還年輕，必須要穿得少，以後年紀大了，穿卡通絨睡袍才可愛。她就高高興興地買了那件吊帶睡衣，她說她準備穿給她的情人看，她的情人在另一個城市，離她很遠，一個月才見她一次。

現在她的情人還會要她嗎？

我想我不會比她聰明，如果有人在百合花的下面藏了一把水果刀，當他抽出刀來的時候我只會發呆，我根本就不會想到捂住臉。

我搬出去住了。我寫處女小說的時候搬出去過，寫完我就搬回來了，因爲我要開學了，我得問我的父母要學費。

我又搬出去了，不過這次我是被趕出去的，一分錢也沒有。

從此以後，我一直都寫小說，再也沒有幹過別的。

我在我的寫作間裏孤獨地過著，沒有人管我，我媽會打電話給我，我不接，她就在我的錄音電話裏絮絮地說話，我一邊寫字，一邊聽她的聲音，慢慢地哭。

後來我坐在床上看報紙，我看到一個年輕的母親，她下班回家，發現剛上幼稚園的孩子躲在房間的角落裏，抱著一條毛巾抹眼淚，就問孩子出了什麼事，孩子說，我不想長大，我要是長大了，爸爸媽媽就要老了，老了以後，就要死了。我永遠也不要長大。

我就捧著那張報紙哭出來了，我哭了很久，哭得天都暗了。

然後我打電話給我媽，我一句話都說不出來。我媽緊張極了，問我，出了什麼事？

我說，我想請你們吃飯。

我媽沈默了一會兒，然後說，好吧。

我給自己化了一個妝，我已經很久沒有收拾自己的臉了，我不出門，也不吃飯，我夜以繼日地喝牛奶，當小念餓得尖叫的時候我給它做飯，也給自己做飯。我沈醉在網路裏，一個字都不寫。我的心越來越堅硬。

我戴了去年生日時我媽送的玉如意，那時候我比現在更糟，我總覺得我的一輩子都過完了，我開始憂鬱，經常頭疼，並且厭世。

那天我很早就睡了，有電話打進來，我媽在客廳接了電話，我聽見我媽說，是念兒啊，她睡了。我還聽見我媽說，你是她的好朋友，你勸勸她吧，她什麼都不跟我說，我很擔心。我還聽見我媽說，我知道她煩惱，可是她在我們面前裝得很高興，她裝出來的，我知道。

我媽聽完電話，照慣例到我的房間裏查看門窗和燈，她以為我睡著了。她關了唱機，關了燈，關了窗，出去，又回來，給我的窗下了保險。

我在黑暗中，我說，你幹什麼？

我媽嚇了一跳，她說，我把窗關關好。

我說，不要關窗，我胸悶，我要透氣。

我媽站在窗那邊，過了好一會兒，她說，要關，要關，我眞想把窗釘死，我總怕有一天你會眞的跳下去。

我沒有說話。我看不見我媽的面孔，在黑暗中，她看不見我，我也看不見她。只有寂靜，多麼寂靜啊。

我在黑暗中開始流眼淚，我的眼淚把枕單都弄濕了，我沒有發出一丁點兒的聲音，我側著臉，拼命咬住枕單，想控制住自己的眼淚。枕單很清潔，我媽每天都把被子和枕單拿出去曬，我媽說過，晚上你睡在床上就會聞得到太陽的味道。可是我的眼淚越來越多，我把一切都弄濕了。

第二天早晨，我睜大著眼睛坐在床上，希望永遠這麼坐下去。我媽走到我的床前，把一塊玉掛到我的脖子上，她說，生日快樂。那塊玉很涼，可是眞奇怪啊，它馬上就與我融在一起了，再也覺不出它的涼。我媽說，這是一個玉如意，選如意，是因爲如意是你的名字，如意上的蝙蝠和雲紋，是討「流雲百福」的口彩。

我想起來我在二十二歲的時候自殺過，一九九八年的一月二十八日，我和我的父母決裂，我試圖用死來結束一切，因爲我太惡毒，不知道要什麼樣的傷害才能讓他們痛苦，我想我要死了他們才會後悔，他們才會痛苦，我要他們痛苦，我要去死，我死了就好了。

那些往事啊，只隔了兩年，卻像隔了一輩子一樣，現在我若無其事地活著，可那塊陰影一直烙在母親的心裏，她緊緊地抓著我，她怎麼也不放手。

我還是經常地做壞事，我知道我墮落了，就會不停地墮落下去，我有惡念，我做壞事，我卻握住我的玉如意，乞求它原諒。它像母親的眼睛，讓我知罪。

我從沒有這麼愼重過，我給自己化妝，化了一個小時，因爲我的手一直在抖，小念一直盯著我看，它瘦了，自從念兒生了病以後，它也生病了。

我幾乎認不出我媽了，她憔悴極了，眼睛紅腫著，剛剛哭過的樣子，我眞認不出來了，我面前的這個蒼老的女人，她會是我媽。我媽曾經是一個眞正的美才女，可是她被我毀掉了，她的半生都被我這個壞孩子毀了。

我沒看見我爸，我知道他不見我，我媽說他臨時有事，上午就飛成都了。

我抑制住眼淚，沒心沒肝地大口吃菜。

我想起來，十五歲那年，我拿到了第一首詩的稿費，十塊錢，我請爸媽吃燒烤，小小的桌子，我們一家三口圍坐著，很親密。新鮮的肉片放在鐵板上，熟了，發出淡淡的香味，盤子裏盛著切成小片的麵包片、灑了孜然粉的羊肉串，碧綠的蔬菜，我和我爸我媽，我們慢慢地吃，慢慢地說話，儘管那時候我已經是一個問題兒童了，我不太愛說話，經常皺眉，上課時敢於反問老師問題，並且組織罷課，去校長室找校長理論。

我爸高興壞了，我爸笑著說，小茹會掙稿費啦，可是小茹有很多心事呢，一點兒也不像小時候，一回家，急忙就坐在晚餐的桌子前，絮絮地講學校裏的事情給我們聽，小茹在想什麼呢？

我說我在想，我將來會是一個作家。

我懷念那樣的日子，電視聲音開得極大，房間裏面暖暖的，一家人坐在沙發上，開著小燈，誰也不說話，只聽得見每個人輕輕呼吸的聲音。我多麼懷念啊。

我媽說，聽說念兒出事了。

我說，沒事，她找了一個心理醫生，現在好多了。

你們都還是孩子。我媽說。

不。我說，我長大了，我沒工作，可是我也沒有餓死，我能掙錢養活自己。

我媽悲傷地看我，我知道，你現在在寫那些奇怪的小稿養自己，可是，別再寫了，回來寫小說吧。你小時候跟你爸說過，你會是一個作家。

我沈默。然後我說，我知道我該幹些什麼，我已經長大了。

我媽說，不管怎麼樣，即使你已經是一個年紀很大很大的女人了，在我們眼裏，你仍然是我們的小孩子。

我埋頭吃菜。以前我陪我媽看MTV天籟村，那些歌每一首都要唱，愛你啊你愛啊我愛啊愛我啊。我媽說眞奇怪，一天到晚愛啊愛的。我說這是現在的趨勢嘛，越沒有的東西才越想著要有。我媽就說，眞正有愛的人可從來都不說來。

我一直在想我媽爲什麼會這麼說話，她像我這麼年輕的時候唯讀《三國志》，就像我唯讀《西遊記》一樣，可是《三國志》和她又有什麼關係呢？她結了婚，四年以後生了我，從此，她就再也沒有自己了，她這一生，都只爲了我這個孩子，我卻使她傷心。

我曾經收集我媽說過的所有漂亮句子，寫成了一個媽媽語錄。

以前我總是一邊吃飯，一邊說，空虛啊，眞是空虛。我媽就說，難道你這一碗飯都吃進空虛裏去了嗎？

以前我穿露背裝上街，回家，我媽會說，你帶回來了一背眼睛。

以前我說，我理想中的烏托邦就是沒有政府，沒有軍隊，不需要工作，但是每個人都能吃飽。我媽說，我理想中的烏托邦就是女兒你每天晚飯後能夠洗碗。

以前我寫作到深夜，會問我媽，深更半夜，你一個人在大街上走，這時你突然發現有人在跟蹤你，你怎麼辦？我媽說，我關掉電腦，去睡覺。

我笑了一笑，很快我就不笑了，一切都過去了，我知道我現在的處境。

我媽問我還恨不恨我爸。

我說我從來都沒有恨過他，我說我後來想想我爸還是有道理的，如果我沒有在宣傳部呆過，我就會變得很瘋狂，我會什麼都幹得出來，變成一個徹徹底底的壞女人，幸好我沒有，至少我現在還很理智，知道用純潔的精神思想和寫作。

我媽說，你恨不恨你爸今天沒來，飛成都去了，你爸確實是臨時決定的……

我說，沒關係，沒事的，眞的。

兩年前，我在我父親五十五歲大壽的那一天，偷偷地飛北京，去看我的北京情人，因爲我和他的感情發生了危機，我不得不去。我還欺騙我爸，說我得到念兒那兒住兩天，我得寫我的新小說，後來我回家，發現我走前買給我爸的生日蛋糕，我爸一口都沒吃。我知道我爸深深地受了傷害，他對我徹底絕瞭望，根本就不願意再搭理我。

其實，我在飛行的時候一直都希望飛機能夠掉下去，我無法償還愛，用身體，或血，都償還不了。當我們遇到強氣流，飛機開始搖晃，所有的人都恐懼，可是我不能恐懼，因爲我太墮落，我欺騙所有的人，卻把罪給他們。

後來我才知道，神不會爲了懲罰我而懲罰飛機上那麼多的人，懲罰會在以後來，一個合適的地方和時間，一切都是公平的。

我媽仍然悲傷地看著我。我媽說，你爸吐血吐得很厲害。

我回到自己的房間，我的冷清的房間，小念在陽臺上看風景，我知道他寂寞。

我回憶我媽說過的話，你爸吐血吐得很厲害。我就哭出來了，我聽到了心破碎的聲音。

我看見花在盛開

以前我總是在黑暗來臨的時候才恐懼，可是現在，我一閉上眼睛就恐懼極了。在黑暗中。如果我一直這麼墮落下去，我就會永遠都看不到光，永遠都在黑暗中，我知道那是很恐懼的，還有無止境的痛苦，可我還是墮落下去。

我在夜深的時候洗澡，我閉上眼睛，我馬上就感受到了恐懼，我開始尖叫，但尖叫也是無意義的。我對自己解釋說，你閉上眼睛，惡會來，你不閉上眼睛，惡還是會來，所以，無論我閉不閉眼，惡都會來。

小時候我認為惡是一個固體，長得很醜陋，而且無所不能，到現在我才知道，惡其實是從心裏來的，它有很多碎片，分散在每個人的身體裏，很多時候人都被它控制住了。

我尖叫了，因為惡從心裏出來了，包圍了我，它使我變得不快樂，邪惡，攻擊性，傷害別人，又傷害自己。即使水都進到我的眼睛裏，讓我疼痛，我也要睜大眼睛，不知道為什麼，我一看到光，就會安靜。

很多時候我無法選擇，因為我聽見兩個女人在爭吵，一個很奴性，熱愛利欲，另一個的臉總是離我很遠，我看不見她，但她讓我知罪，卻寬容我所做的，可是我很茫然，我等待她們有個結果，可是她們爭吵了二十年了，還沒有結束。

《是誰使我在深夜裏尖叫》

每個女人都一樣，很多年前她們清水臉，後來她們哂傷妝，再到後來她們粉紅兔子妝，再到後來，她們裸妝，其實也就是清水臉。

我在最繁榮的步行街上找到了一輛沒人管的三輪車，我坐了上去，開始看她們，我的目光跟隨著女人們的顏色游移，她們有些是寶藍色的，有些是紫紅色的。我經常會爲了看女人而上街，我喜歡看她們，她們有的很難看，有的很美。

對面的商場裏擠了很多人，外面的人要擠進去，裏面的人要擠出去，他們進進出出，快樂極了。很突然地，我對面的這些人，全部都消失了，我看見一個瘦弱的女人，坐在商場門口，一張大桌子的後面，她的桌子上擺放著凌亂的塑膠杯，盛熱八寶粥的罐缸，她埋頭清點粥的數量，然後仰起臉沖著每一個路過的人微笑。

我向她招手，她很快就明白了，她端著一杯粥，橫穿馬路，緩慢地向我走來，她很注意姿態。五顏六色的八寶粥，杯子裏有一把玲瓏的小勺子，我小心翼翼地捧著我的粥，讓自己坐得更舒服些。我的手指開始暖和起來。

周潔茹

小妖的網 65

我看見一個可憐的孩子，天氣多麼冷，她卻穿著短裙，長出膝蓋一小段的薄襪子，裙子和襪子中間露著一段眞正的腿，天氣太寒冷了，那段腿已經完全變成了青色。她像一隻兔子那樣蹦蹦跳跳，她的小皮包遍佈了劣質皮革黯淡的黑斑點。

我撿到過那樣的一隻小皮包，裏面有一個窮女孩子的全部，劣質口紅，斷了的眉筆，小圓鏡，身份證，零碎錢，還有一張未婚證明，一切結婚要用的資料和介紹信，還有她的男朋友寄給她的分手信，那個男人說了很多很多藉口，他說他愛她，可是他不能娶她。

我把那個小皮包交到派出所的時候他們都冷冷地看我，我不喜歡他們。他們冷冷地收下了，往桌上一放。我說，你們可以從她的身份證找到她，你們一定要把這個包還給她，這些東西對她很重要。可是他們冷冷地看我，連收條都不寫一張。

我想也許是因爲我的年紀太小了，我二十歲，在C市工業技術學院電腦系念三年級，現在我在放寒假，我馬上就要念完書了，我會永遠都放假。

我的青黃不接的二十歲，沒有人會認眞地對待我。

我也做不了青春活力了，我有一點兒老，十五歲的小女孩子叫我阿姨一點也不過份。

有一個男人很大聲地問那個可憐的孩子，妞，冷不冷？我猜測他從北面來，我們這兒從沒有妞這個詞。辭彙很重要。

當我和雅雅都還是問題少女的時候，我們坐在酒吧裏，和每一個看我們的男人說話，有兩個男人每說完一句話，就用牛逼這兩個字做結束點綴。那時候我和雅雅剛剛去了一次南京，我們就問他們是不是南京男人。

那兩個男人很和藹地告訴我們，他們不是，南京男人只會說傻逼。

很多年以後我和雅雅在廣州，我總是聽到他們優雅地說，順著小母牛的後腿往上爬。後來我問一個廣州男人，我說，你們說的那麼長的一個句子究竟是什麼意思呢？那個男人說，哦，就是夠牛逼的意思了啦。

那時候我已經開始職業寫作了，我在深夜寫作，在白天睡覺，我會爲了看一個人去看一部奇怪的電影，是這樣，我爲了能夠看到竇唯而去看了《北京雜種》，我更喜歡年輕時候的他，像我的朋友雅雅說的，他還年輕著，他還沒有面對著一個女人猜疑她或者被她猜疑。

其實我在二十歲就看到了《北京雜種》的劇本，是雅雅辛辛苦苦抄的本子，那時候已經九十年代了，我曾經勸她說，你應該去複印，手抄本是什麼年代的事情了。雅雅說她在行爲藝術，她幻想手抄一萬部電影的劇本，然後展覽它們。當然現在她早已經放棄了。請原諒我們的年輕，那時候我們還年輕著。

我在四年以後看到了眞正的電影，我看到一個名字叫做毛毛的女人，她懷孕了，孩子的父親卡子要求她拿掉孩子，在雨中，他們爭吵，然後毛毛失蹤了，然後毛毛躺在手術臺上，可是墮胎是一種罪，然後卡子走來走去，卡子抽煙，最後卡子找到毛毛了，孩子哭了。

其間崔健和竇唯不停地唱歌，崔健比竇唯唱得多，但是他沒有竇唯帥。藏天朔爬在窗臺上，他還是那麼胖。直到結束，我還沒有聽到何勇唱《鐘鼓樓》，我愛那首歌甚過一切。

電影有英文字幕，我看到他們把「牛逼」翻譯成了「So Cool」，我就笑起來了，我在想如果它願意更換片名那麼它就有可能被更多的人看到，當然我的這個念頭很蠢。

但是每一部電影都是有時間的，如果它一直被拖延著，就會變得不重要，或者要等到很久以後，它也許會被很久以後的孩子們喜歡。就像三十年前巴黎的五月，他們說：「我們會回來的。」牛逼=So Cool。夠牛逼=順著小母牛的後腿往上爬。真是有趣極了。

好了好了，回到我的二十歲。

可憐的孩子已經消失不見了，有很多目光在我二十歲的身體上游離，從臉上到腿上，又從腿上游離到臉上，我發現不再是我看她們了，而是她們看我，她們的目光像冬天的太陽光，有一點兒暖洋洋地，照耀著我的身體，讓我像一隻貓那麼快樂和慵懶。

我不知道她們的生活，她們是怎麼過的？她們會抽煙。她們可以睡到下午。她們也會讀書的吧，她們會讀席娟的小說還是張曼娟的小說呢，據說那些都是言情精品。也許吧。總之我的時代已經不流行張愛玲和三毛了。張愛玲不道德，據說她先同居，再結婚，道德的人們說，如果那個男人是漢奸，就更不叫同居了，而叫姘居。三毛死了，道德的人們說，她欺騙所有的人。

我不讀那些，我要麼讀《西遊記》，要麼就讀《漢字dBASEIII原理與應用》。

我看見有兩個巡警向我走過來，他們靠得很近，顯得很要好的樣子，他們好像在很遠的地方就注意到我了。

我想我沒有妨礙市容吧，我只是坐在步行街一輛無主的三輪車上吃了一杯八寶粥，我怎麼了？

他們一邊目不轉睛地看我，一邊竊竊私語，腳步開始快起來。我開始慌張，慌張極了。他們很快地走到了我的面前。

嗨。巡警說。通常巡警是不會說這個詞的，但他確實說了。

我仔細看他的臉，發現他是我從小學到初中的同桌高粱。

你一點兒也沒變。他說。他穿著皮茄克，硬綳綳的皮鞋，他的肩上掛著一個難看的很像手提電話的小東西，上面攔腰貼了一條白色的膏藥膠布。我看他旁邊的巡警，他的肩上也是那麼一個難看的小東西，卻渾然一體的黑，於是我就知道一定是我的同桌把他的機器摔壞了，他一向是個潦草的人，從小到大就是這樣。

他的同事看著我的臉，皺著眉，很憂愁的樣子。那是一個很英俊的男人，長得與高粱有幾分相似。於是我就很放心，我繼續坐在三輪車上，仰著頭看他們。

我又想起了雅雅，雅雅說她在大街上看到她過去的男朋友，差一點嚇死，雅雅看見他穿著制服，腰間別著電警棍和手銬很威武地在街上走，他也是一個巡警。

他對雅雅說了很多話。

你知道嗎？在和你分手的的第二個月，我在訓練中受傷，整整昏迷了三天三夜，當我醒來的時候，無邊無際的恐懼和寂寞包圍了我，我只有一種感覺，那就是對你的恨。

雅雅說，你跟我說這些幹什麼？你不會抓我吧。

我的心裏面就出現了雅雅的臉，雅雅慌亂地說，你不會抓我吧。然後我笑了一笑，抬起頭來看著他們兩個人，他們都有一米九吧，太陽光從他們的肩膀中間逃了出來，我閉上了眼睛。

事情就是這樣，從小到大，所有的老師都不喜歡高粱，他們說他是一個無可救藥的壞孩子。但他卻去做了警察。

電話聯繫，啊？他從口袋裏拿紙和筆，一邊左顧右盼，我猜測他在顧慮別人的目光，他不想損壞人民警察的形象，我知道，可我還沒有介意呢，我在和他們互相凝視，然後我們說話，然後他拿出了紙和筆，別人一定以爲是我幹了什麼見不得人的事情，現在正被睿智的人民警察盤問。

他的同事神秘地笑了一笑，偏過了頭，不再看我。

我沒有和他聯繫，我病了。

大概是因爲著了涼，我總是生病，我從一樓爬到四樓也會累，我累得喘不過氣來，並且清清楚楚地聽到自己的骨骼發出了格格格的聲音。我在想我的將來，我會變成一個婀娜多姿的淑女，我會一直坐在電腦前面，從年輕一直坐到年老，我不午睡，也不喝茶，我不喜歡說話，我只會工作，工作就是運動。

我想起了我的初中，那時候我也同樣厭惡運動，體育老師滿懷激情地啓發我們：「世界上最幸福的事情是什麼？就是剛剛跑完一千米後的休息！」我蹲在角落裏，喘著氣，我看見高粱年輕的面孔上滾動著健康的汗珠，他黝黑的皮膚在太陽的照耀下散發著美麗的光芒。

我想我愛上高粱了。

那已經是過去很久的事情了。我們總是很容易地就忘記了小時候的小心思，而且它再也不會自己逃出來了，雖然我們曾經羞答答地把它一字一句記錄在日記本上，秘不示人。有時候很偶爾地，它逃出來了，我們也只是淡然地看看它，心如止水，它便失望地飄遊一番，奪門而去。

我病了。我躺在床上，蓋著厚厚的被子，頭痛欲裂。下午雅雅來看過我，帶來了一個飯盒，她得意地打開那只飯盒，裏面是一隻油膩的煎蛋，蛋白焦了，蛋黃還是稀的，上面重重地灑了一層鹽粒。

我親手做的。雅雅說，我知道你生病以後親手做的。我說我不吃。

雅雅看著手裏的飯盒，臉色馬上就變了。於是我不得不從床上坐起來，哆哆嗦嗦地撥弄那片金黃色的稀液。愉快地咬了一口。

好好吃。她溫柔地俯下身，淡香水的味道撲面而來。她滿意地推開門走了出去。

雅雅眞是一個美女。我望著她的背影甜蜜地想道，如果我們一起走在大街上會使很多男人撞電線杆，我們是珠聯璧和的一對。

我認識雅雅已經十幾年了，我們是小學同學，初中同學，高中同學，我們又同時考砸了最重要的一次考試，和所有的破落生們一起，被扔進了C市工學院。可是雅雅不來上課，她說與其念一個壞學校，還不如什麼都不要念，雅雅跑到電臺去，做了一個DJ。

當我坐在電腦前研究分支程式設計的時候，她卻在電臺如魚得水，風光極了。我們都很忙，我們不見面，也不通電話，但我們知道對方還活著，很健康。當然在我生病的時候她還是出現了，難能可貴地顯露一下她的手藝，隨後她又會離我而去。

然後我就去開會了。這是我的第一個筆會，我在我們省會城市的一家純文學刊物上發表了兩個中篇小說，他們給我的小說起了一個好聽極了的名字—本省中青年作家作品小輯。年終的時候，他們又給了我這個機會，讓我得以看到他們的臉，同時也被他們看一看我的臉，於是我必須要去，不僅要去，還要做出欣喜若狂的得寵模樣。

我的頭已經不太痛了，但我只想睡覺，我果真就在他們領導的講話聲中睡著了。

我開始知道，筆會是一種什麼樣的東西，筆會就是領導講話，吃飯和娛樂活動，男人和女人由不相識到相識，他們聚集在了一起，在一種完全新鮮的狀態卜，他們眉來眼去，演繹出無數動人的故事。總之誰也不是在自己的城市裏，誰都可以隨心所欲，在別人的天空下做一做自己一直以來想做的事情，拖家帶口消磨了人的激情，可是開會讓人海闊天空，活力四射，只有回到自己的城市，他們才會回到原來的生活中去，他們很平靜，好像什麼都沒有發生過。向來如此。

我遇到了一個從我們城市走出去的男人，他們總是給我們的城市丟臉。整個會議上我只看見他跑來跑去，獻殷勤，討好漂亮小姐。

最後他坐在了我的旁邊。你說話的風格很像Fa國女作家薩岡，他說。他就是那麼念那個法字的，在此之前我從來也不知道法字是可以讀成降調的，我想我要多看看港產片。

你經常看她的書吧。他把臉湊了過來，但是我的眼睛都睜不開了，我只想睡覺，我一心一意地想要睡覺。然後他放棄薩岡，開始敘述卡夫卡，他在我的耳邊喋喋不休。卡夫卡是什麼？什麼是卡夫卡？那三個字迷惑了我，讓我不知所措。

他怎麼不去勾引別人？大概是因爲我最小吧，或者我看上去最容易被勾引，他想用卡夫卡打動我？可是我不讀他的書，我唯讀《西遊記》，卡夫卡很難打動我這樣的問題少女。我茫然地看著他，做出一副很弱智的表情。

我看見美麗的徐娘在宴會上頻頻舉杯，她們老氣橫秋。卡夫卡傾過身子，口齒清楚地告訴我們一句名言：女人並不一定要守身如玉，但是一定要守口如瓶。這是名言，他又重申了一遍。

女人們捂著小嘴兒吃吃地笑，但我不是一個徐娘，我還是一個學生，我的表情就很弱智，我睜著大眼睛，我很茫然。然後我喝醉了。

我在酒精中回家，我搖搖晃晃地走過車站廣場，我爬上了一輛奇怪的車，我發覺它實在是太高了，我的窄裙子束縛著我的腿，在我抬腿的時候，裙的開叉滑開，露出了我的腿。司機看著我，我不看他，我裹緊了長大衣，衣服的下擺終於嚴密地掩住了我的腿。

夜深人靜的晚上高粱打來了電話，我正在吃地瓜幹，現在它是天然食品，包裝精美，有益健康。

你一直沒有給我打電話。他說。

高粱，你有槍嗎？我問，我不知道我爲什麼要說這一句話，我可以什麼都不說，但是我說了。

有。他說。

我問了一個古怪的問題。

你有沒有受過傷？我歪著頭，用我美麗的牙咀嚼天然食品。

你不能說這種話。高粱在電話的那頭抽煙，雖然我看不見他的面孔，但是我聽得見他抽煙時的喘氣聲，那是一種很煽情的聲音，特別是夜深人靜的時候。

你連小偷歹徒什麼的都沒有碰上過嗎？你只是扶老太太過馬路，送迷路的小女孩回家？

高粱又抽了一口煙，煙草味道已經通過電話線通到我的房間裏來了。

你今天晚上怎麼不用在大街上晃來晃去啊？

我今天在機房值班。高粱說，電話那頭果然傳來了電臺的聲音，有一個大嗓門的男人在說著什麼，然後電話被打斷了，我聽到高粱也在用大嗓門說話，很快地，他又回到電話前面來了。

喂。他溫柔地說。

你在上班時間打私人電話。我說，你們警長知道了會給你處分。

沈默。我想也許高粱正在屏息觀察著門。

高粱你怕死嗎？我說。

我不怕，高粱說，可是我知道你很怕死。他小心地說完了這些話。

他的話使我心情壞透了。我的確怕死，怕得要命，我比誰都要怕死，我想起了我的學校，別人都不知道的事情，但是高粱知道，我開始害怕，因爲他瞭解我的過去，提起往事，我才意識到，其實在他的面前，我一直都是赤裸裸的，我做過的和我想要做的，他都知道。我有些沮喪。

我的小學，那時候有許多飛鳥和蟲子，它們討人喜歡地到處亂爬，發出各種各樣的聲音。我坐在太陽下面，語文老師正在用難聽的方言講課文，他的眼珠靈活地在我們的臉上轉動。我兩隻腳間得發慌。書包帶子垂在課桌下面，軟塌塌地給我一種很舒服的感覺，我就把腳伸出去踏在帶子上，繃直了，馬上就有了一種盪秋千的快樂。同桌的高粱全神貫注地看了我一會兒，然後從鉛筆盒裏摸出一隻紙管子，罩住了一隻飛來飛去的綠頭蒼蠅。

然後就下課了。

一隻麻雀撞上了教室的玻璃，翅膀撲撲地響。坐在窗子旁邊的男生一把就捉住了那個小東西。他擠眉弄眼地沖著大夥兒笑，緊緊握住那隻恐慌的鳥，它正在拚命地掙扎。他小心翼翼地抓住了它的兩隻小腳爪，然後很動情地沖著滿教室正在歡騰的男生女生笑了笑，慢吞吞地把麻雀舉過了頭，一下子就把它撕成了兩爿。他手裏舉著還在蠕動的鳥的大腿，血肉模糊。我的笑僵滯在臉上，我一下子就吐了出來，吐了一地。

我的頭像書包帶子一樣軟塌塌了，周圍都是嘔吐物發出的氣味，高粱面孔陰沈地下座位，不情願地去拿掃帚，他是當天的值日生。掃完以後他就從我的鉛筆盒裏搶我的橡皮，我已經沒有力氣了，我的頭歪在了課桌上，眼巴巴地看著他。他耐心地把我的橡皮切碎成了小塊，然後又放回到我的鉛筆盒裏去。我恨死了他。

有醫生要來給我們打針，那是很可怕的事情呢。他們說，男生要打在腦門上，以後就變成白癡，女生打在肚皮上，以後就不會生孩子了。他們交頭接耳地討論這件事情，模樣很詭秘，當然也有好心地女生告訴我，她們準備下午逃到隔壁橫街小學去。

當然生不生孩子是無所謂的，那不是太重要的，只是打針會很痛，我打過針，我知道那種痛。

那個下午我還是去了。整個學校都空蕩蕩的，校長正不知所措地在樓梯口徘徊，他好像並不想管我，我就一個人往教室去了。

教室裏也空蕩蕩的，只有高粱坐在那裏，我昂著頭走過去，坐了下來，我們先是裝模作樣地看了一會語文書，教室裏很寂靜，除了他隱約的喘氣聲，只有鳥清亮的鳴叫聲迴旋在樹叢中。

好像除了我和高粱，這地方再也沒有第三個人了，然後我們都坐到靠窗的位置上去了，那裏可以清楚地看到校門口。

好像已經過了很久了，沒有人來上課，也沒有人拿著針筒走近學校，我們都有點坐不住了。

我問高粱，你怎麼不回家呢？

我不怕。高粱說，又轉過頭看我，你怎麼不回家呢？

我沒有家裏的鑰匙，又沒有別的地方去。我撐著頭看窗子外面的天，天空很晴朗。

他們要來給我們打針了。高粱說。

你怕死嗎？我說。

高粱笑了笑，我不怕。他用力跳上了課桌，顯得很威武。

我怕。我說，我怕得都在發抖呢。

那，我們走吧。高粱遲疑地說。於是我很快地就從教室的後門跑出去了，高粱緊緊地跟著我。

我們來到了學校花園的一堵牆下面，牆上爬滿了小薔薇花，只有紅色和白色兩種，牆的後面密密麻麻地成長著蒲公英金黃色的花。

他們肯定是找不到我們了。我吐了一口氣，開始放鬆。整個下午我都在玩一種名字叫做《向前進》的橡皮筋遊戲，我一個人，興致勃勃地跳，累了，就在花叢中尋覓夜來香花籽，塞到褲袋裏去，我想把它們帶回家去種。

高粱已經翻到牆那面去了，那兒有一條河，裏面的河泥黑油油的，散發出一種成熟了的臭味道，還有探頭探腦的泥鰍，我看見高粱撿來了兩根樹枝，他趴在那兒撈啊撈啊，但他什麼都沒有撈到，只有河泥不斷地濺到他的臉上。

然後我就升初中了。但是報到的第一天我就遲到了，我站在那張粉紅色的紙前面，尋找著自己的名字，眼淚都要出來了。

我的新班主任有著很慈祥的面孔，她的臉很滑，沒有皺紋，她把我帶進教室，我看見我的新同學們從書本中抬起頭來盯著我看，竊竊私語。

然後他們很客套地鼓了一會兒掌。

我坐了下來，發現高粱坐在我的旁邊，他文靜地抿著嘴笑，現在他是我們班的體育委員。

我在操場上閒逛，上課鈴響了，我在潮水般湧向教室的人群中迷失了方向，我撞上了一棵梧桐樹，我有一種花在盛開的感覺。沒有人注意到我，我也沒有立即地感覺到痛，我只是在看見自己流出來的血以後才哭了出來，鮮血像花一樣綻放，鋪天蓋地。我模模糊糊地尋找我的同學，卻不知道他們到哪兒去了。我躺在那裏，覺得周圍的聲音越來越小，我好像要飛起來了。我想我要死了。

高粱發現了地上的我，那個時候我正緊閉著雙眼，頭上很奇怪地開了一朵紅花。高粱抓住我的頭髮，扛著我的肩，把我從地上弄了起來，然後他從體育室裏推來了一輛舊自行車，讓我坐到上面去。我上車，低著頭，把紅紗巾拉下來蓋住了臉。

高粱用力地蹬車，我的眼淚和血都蹭到了他的後背上。

醫療室裏有張舊桌子，上面還有沒有擦乾淨的血跡，陳血和不斷新鮮的血給了這張桌子非常瑰麗的色彩。那個清閒的年輕醫生用粗長的針縫補我的額頭，尖利的針尖穿透著我的皮肉，我還沒有任何的痛覺，我只是怕，怕血再這樣流下去，我就會死掉。我發著抖，嘴唇慘白。

沒事了。醫生靈巧地穿針引線，安慰旁邊顯得十分著急的高粱。只是，剪刀放在哪兒了？他一手提著線頭，一手到處翻東西找剪刀，高粱也到處翻東西，幫忙找。

哦，在這裏呢。年輕醫生看到了剪刀，他一揮手把剪刀上面的蒼蠅趕走，然後細緻地用剪刀剪下線。那根線始終長在我的額頭上讓我煩惱，當它被快速地抽走後，我知道我光潔的額頭已經一去不復返了，上面有了一條隱約的疤痕。

語文老師讓我站起來回答問題，他問了一個奇怪的問題，我低著頭，我根本就不知道他在說什麼。於是他命令所有的同學念課文，他走到我的旁邊，臉湊得很近。我不敢抬頭，我只聞到一種強烈的臭，從他的嘴裏散發出來。

我的手無措地放在課桌上，那是一雙白晰的小巧玲瓏的手，現在它正在散發著熱氣，驚慌失措地動。一隻粗壯的大手忽然抓住了那兩隻小手，粗糙的皮繭開始在柔嫩的手指上滑動。

我吃驚地睜大了眼睛，但是我不敢發出聲音，也沒有掙扎，因爲我很懦弱，我沒有把手抽出來，我站在課桌的後面，傾斜著身體。我無助地看著他的臉，驚恐萬分，我的眼淚就要流出來了，但我拼命地忍住，讓滾燙的眼淚再變冷再回到身體中去。

我已經站不住了，頭在暈，眼前有金色的花在旋轉，天旋地轉，我想只要我死去了，一切也都會結束掉了。但是我沒有，因為我很怕死。

他在笑，眼白閃著光，那樣的眼睛讓我寒冷。爲什麼會這樣呢？我們在上課，他是語文老師，但是現在他卻抓著我的手。爲什麼會這樣？

他的動作開始粗暴起來，他盯著我的臉，反反覆覆地說，這個題目你怎麼不會呢？這個題目你怎麼不會呢？

高粱沒有像其他人那樣埋頭念課文，他看語文老師，看我，最後一直凝視著我的手，那雙手已經沒有了血色，象死去了一樣僵硬。

老師，他突然說，你在幹什麼？

語文老師的手迅速地離開了，他惡狠狠地瞪高粱，眼睛裏有火。高粱開始埋頭看書，好像什麼都沒有發生。

很多女人都會因爲這種童年經歷而有了障礙，她們一遍又一遍地洗滌自己的手、身體，洗得皮膚都要腐爛了，她們仍然以爲自己不乾淨，也許在她們以後的生活裏不會再有健康的愛情了，很難。她們不知道自己爲什麼會那樣警覺地逃開愛撫的手，但這不是她們的錯。

我沒有障礙，也許吧。我只是有一點兒恐懼。

我換了一隻手拿話筒，展開另一隻手仔細地看，手還是很漂亮的，溫熱細膩，在燈光下有淡淡的暈。

高粱你還記得你曾經拿小刀切碎我的橡皮嗎？

有這樣的事？我不記得了。他說。

那麼高粱你還記得別的什麼事情嗎？

沈默。我的記性不太好，過了很久他才說，我都忘記了。

睡吧。他掛上了電話。

我睡了，甜蜜地睡著了，我想明天就和高粱約會。

我被雅雅的砸門聲驚醒，她像一個潑婦那麼砸門，她問我想不想玩新花樣。

她站在我的對面，化著新鮮的妝，暗香浮動。雖然我很累，但我也是一個喜歡新花樣的孩子，在我們出生的那一年所有該結束的都結束了，新生事物開始頻繁地出現，我們心安理得地享受，應接不暇。

我看見雅雅的背後，有一群男男女女正在探頭探腦。

古怪的遊戲，與戰爭有關。

我分到了一把槍，很像眞的，我還穿上了防彈衣，非常不美。然後就開始了，他們飛快地進入了叢林，水泥和螢光粉做的熱帶雨林，在燈光下，也很像眞的。我聽見有人中彈，他發出了可怕的尖叫聲。

我站在原地發呆，茫然極了。我親眼看著雅雅向我走來，在離我很近的地方，她停下，向我開槍，我的身體很重地震動了一下，她消失了。

周圍都是子彈劃破空氣的聲音，我看見很多人在我身邊跑來跑去，燈光發暗，每個人的臉都是綠色的，他們的牙齒閃著銀色的光芒。我很茫然，我到處亂走，最後我找到一個角落，蹲了下來，我想我很安全，我不殺別人，別人也就不會殺我了。

可是他們找到了我，他們仍然向我開槍，他們射中了我肩上的小機器，它開始聲嘶力竭地喊叫。

終於結束了，一切都結束了。雅雅幫我從電腦裏抽成績單，可是她嘲笑我，她說你穿那麼窄的裙子，怎麼跑得動？如果眞打起來，你早就死了。

我頭痛，我對自己說，怎麼辦呢？我適應不了，如果眞打起來的話，我不要自己被淘汰掉，儘管我跑起來確實有點力不從心，也許果眞是因爲我的裙子太窄了。

我想起了高粱，我想起來他有一把眞槍，但是他的槍不可以用來玩樂。

雅雅拉我去看電影，雅雅說那是一個由Fa國女人寫的東方故事，自從我開過筆會，我就一直那麼讀法字。雅雅說那個女人的名字叫杜拉斯，她的故事叫《情人》。我說我不認識她，我不看薩岡，當然也不看杜拉斯，我已經看了幾百遍《西遊記》了。

我們沒有臉紅，我們二十歲，我們還是處女，可是我們看到了男人和女人做愛，一點兒也不臉紅，類似的東西在我們的周圍跳來跳去，我們熟視無睹。

我和雅雅一邊吃非油炸類健康食品，一邊討論他們爲什麼做。雅雅說，那會很疼，因爲她不愛，她只是爲了錢，只爲了錢，所以很骯髒，很疼。

可是他給她洗澡，他們會洗掉一切，血，錢，欲望，一切骯髒的東西。我說。

不對。雅雅說，有些東西是怎麼洗也洗不乾淨的。

我點頭，我發現這比《西遊記》深奧，我一直想從孫悟空那裏找到愛的痕跡，他怎麼不愛女人，美女他也不愛，他誰都不愛，是有人限制了他的愛？還是他的理想限制了他的愛？

二十歲的雅雅和我嚴肅地討論了錢與性的關係，在我們的問題少女的時代，我們討論得很隱晦。最後雅雅說，總之，那是一件很骯髒的事情。

我們對視了一眼，滿意地點點頭。

我在很多年以後才發現，所有年長的男人都喜歡給他的小女人情人洗澡，他們想要洗去什麼？時間？或者罪？

然後就是夏天了，我仍然沒有找過高粱，我想是因爲我太忙了，我總是有很多書要念，我就像一隻勤奮的蟲子，不斷地把東西搬來搬去。

我也不知道雅雅在幹什麼，我聽說她有了新的男朋友。

她梳了兩條麻花辮，戴著有黑色邊的男式帽，她把帽簷壓得很低，她穿著亞麻布的直筒短裙，她纖細的腰際鬆鬆松地繫了透明的帶子。她把腳架到柵欄上，然後我們城市裏一輛漂亮的塗著彩色馬匹的城市獵人靠近了她，就像神話一樣。

我想一定是雅雅主動地吻了玻璃窗後面的年輕男人，雖然她是一個風光的電臺DJ，她被所有聽電臺的男人性幻想，可她終究是一個小女孩。

我猜測雅雅坐在那樣的車子裏被安全帶捆綁著，就像一隻五花大綁還手舞足蹈的貓，必然地，雅雅和她的情人行駛在高速公路上會釀造車禍，她的情人的三根手指必然會被壓縮成為兩個？一個？然而一切都沒有發生。雅雅在一個小時之內愛上了她的情人，他們的愛情在高速公路上開始，超過一百四十碼了吧，車子盲目地往著前面飛，急切、沒有目標地，但是沒有人會注意到的，上了這路，慢也是慢不下來的。

出了這城市，你沒有約束了，你的情人輕鬆地駕馭著你就像輕鬆地駕馭著車一樣。你忘了你要的愛情了？你忘了你要的婚姻了？我們都知道從古到今錢權終是重要的，只是，雅雅你怎麼忘了，你曾經對我說過那是一件多麼骯髒的事情啊，原來你一直都是口是心非的。

直到一切都已無法改變，我才知道事情發生了。

我再也不會上街去看女人了，我的年紀越來越大，我爸把我弄到宣傳部去做了一個眞正的機關公務員。我所學的電腦專業，它們一點用處也沒有，我所學的一切，除了五筆字型，它們全部都過時了。我越來越忙，我每天都穿著黑色的制服出入電梯口，我腳步匆忙，文件夾裏裝滿了公文。

一直沒有高粱的消息，他不給我打電話，也不回我的傳呼，我很擔心他，我知道他一直都是很潦草的，所以我擔心。

我愛上了高粱嗎？不顧一切地愛上他了？只是因為我在大街上見了他一面，我就愛上他了？還是因為那種愛陪伴著我的成長，所以我珍惜它。我不知道。

下雨了，天氣潮濕，我給高粱打電話，這一次他消失得太久了，我想他又會在機房值夜班吧，他的運氣一直都是很好的，他從沒有碰上過不法之徒，也沒有執行過特殊任務，他只是在大街上走來走去，過幾年他就會平安地調去派出所，管理一些雞毛蒜皮的小事情。

他們告訴我高粱是一個很好的同志，他調到管理高速公路的路警隊去了。那天天空很晴朗，陽光明媚，但是他和他的車衝出了高速公路，他們撞壞了護欄，欄杆很昂貴，他們撞壞了很多，他們滑行得極快，停也停不下來……

我放下電話，我開始顫抖，我又重新體會到那種要死去了的恐懼，但是再也不會有男孩子的眼睛沈默地看我，讓我安靜下來了。

原來這麼多年以來，我始終都沒有逃脫過那種被遺棄被傷害的夢魘。我深深地怨恨自己，全都是我的錯，是我的錯，但一切都無濟於事了，我知道他已經走了，從那一刻開始我才知道原來我所有的支柱都是他，原來我一直都是愛著他的，然而現在所有的一切都沒有了。

我疼痛，疼痛極了，我哭都哭不出來，喊都喊不出來。

他是我的初戀情人。

窗子外面的空地裏，有我當年種下的夜來香，她們擠在鋼筋水泥的中間，散發著淡淡的清香。夜晚的天空中，我看見星星向我眨眼睛，繁華似錦。

棉襖與通姦有什麼關係

每天早晨我都起不了床，可是我每天都要趕七點的車，八點，我要準時坐在辦公室裏，我實在爬不起來，於是我在唱機裏放那張唱片，每天早晨Eagles唱到welcome to the Hotel California，我就掙扎著起床。

《從這裏到那裏》

不上網的人只看電腦廣告就會認爲，只要買他們的電腦，連上電話線，享受就由此開始。你坐在電腦前面，撥號上網，你會得到一切滿足，想吃什麼就有什麼，想看什麼就有什麼，一切都交由電子商務，只要你有電腦，又有錢，幾分鐘以後，就有人按你的門鈴，送上食品或書籍，滿足極了。

而所有購買極品手機的人也都認爲，只要去電信局辦一下手續，就給你開通手機上網，語音信箱，以及一切廣告上宣揚你會擁有的夢想。

我們都錯了。

即使我們給錢，他們也不幹。就如同我們在北京深冬的夜晚餓了，我們想打電話叫外賣，可是即使我們給很多錢也沒人給你送，我們就會恍然大悟，原來電話和錢不是萬萬能的啊。

很多人都以為我幸福。我是一個機關公務員，我二十一歲。生活才剛剛開始。可是我想過如果我違背不了這種生活，我就死了算了。

後來我站在一幢九層樓的窗子後面捲竹簾子的時候，我想的問題就是，現在我要跳下去，儘管天上的月亮很圓，可是我要跳下去。可是，為什麼這張簾子就是捲不上去呢？

眞可笑，他們把房子裝潢得非常精美，但在窗子的處理上卻非常失敗，他們居然把竹子掛起來當窗簾，當我終於捲起那幾斤竹子以後，我又得旋窗把手，我非常用力，可它紋絲不動，於是我用了更大的力……當我終於開了窗以後，我往下看了一眼，我又看見了密密麻麻的晾衣杆，如果我要跳下去，我就得從那些竹杆間躲閃著跳躍著下墜。

我歎了一口氣，把轉椅挪到窗臺前，我踩過椅子，順利地坐到了窗臺上，只幾秒種，簡單極了。我沒敢再往下看，於是我往天上望，我對自己說，月亮多麼圓。月亮多麼圓。

我以一種奇異的姿態蹲在窗臺上，臉朝內，腳朝下，風吹亂了我的頭髮。我小時候做過腦筋急轉彎問題，有一個人從九樓的窗臺上往下跳，為什麼沒有死？我小時候很聰明，我會回答，因為他往房間裏面跳。

但如果現在再問我這個問題，我只會說，他為什麼跳？可不可以不跳？

我在爬長城的時候，看見過一個面如死灰的女子，一個人，死死抓住護欄，一步一步，慢慢地，倒退著下臺階。現在我就像她一樣。

好吧，我想我可以開始了。

在我終於做完了這一切，爬上了窗臺，閉上了眼睛……一對年輕夫婦破門而入，衝過來，勒住了我的脖子。

於是，我這一生的第一次自殺，就這麼結束了。

後來我分析自己的行爲，我想我並不想死，不然我做那麼多事情做什麼呢？我既捲窗簾，又旋窗把，又移動椅子，我一定發出了巨大的聲響。我也許是在等待，他們會知覺，可以及時把我救下來，我就可以不去死了，但仍然有尊嚴。

至於他們爲什麼救我，我想到，這是他們的房子，如果我跳下去並且死了的話，會是不吉利的事情。他們一定怕我的鬼魂認得路，又找回來。

我喜歡做點什麼，即使是我的夢，它們也會做點什麼。

我曾經每晚都夢見我趕飛機，趕火車，趕汽車，總之，不管我趕什麼，我都趕不上。

現在我總夢見我招計程車，而計程車總是不停。

我做過一個夢，我在去墳場的路上，每一輛計程車都亮著空車標誌的燈，可是我招手，它們卻不停，它們無視我，從我的身旁駛過，無數輛車，都這樣。

我醒了以後在床頭櫃上記錄下了這個夢，然後去找答案。如果我不及時記錄下我的夢，那麼只要再過幾秒鐘，那個夢就會消散得無影無蹤。夢境是所有秘密的答案，能夠到達夢的深處，難極了，而且即使進得去，一醒，就又全部忘記了。

所以，我保留著在床上放紙和筆的習慣，記錄好了夢，我再睡去，多麼好。

他們看了我的夢的記錄後，說，這個夢是說，你還年輕，你要好好活著，所以你招車，車不停，明白了吧。

我目瞪口呆，我說，哦。

我最新的一個招計程車的夢，發生在長沙，儘管我從來都沒有去過長沙。下大雨，我招計程車，當然夢裏的我自己也知道，我是什麼也招不到的，可是這個夢要好些，車還是停了，不過每次都有男男女女突然衝出來跟我搶計程車。所以，我仍然什麼也招不到。

做完這個夢的第二天，我的一個南京朋友坐在上海的酒吧裏喝酒，打了一個電話來，問我，嘿，想去長沙嗎？

眞令人吃驚。

好吧，我記錄了從一九九八年六月一日到一九九八年六月二十六日的夢，它們完整極了。如果有誰要研究它們，以及它們的答案，我很樂意提供最眞實的夢境。

我喜歡的是這一個夢。它發生在六月二十三日。星期二，晴。

那時候我還在宣傳部上班，那一天是我們體檢的日子，我被抽了血，肚子上又抹了一層不分明的油脂，在等待著做各項檢查的時間裏，我餓得要命，差一點眩暈。

有一個房間的外面居然排了漫漫的長隊，多麼可怕，當我試圖與她們站到一塊的時候，有幾個好心的阿姨問我，你結婚了嗎？

我說，沒有。

她們就說，那，你是不必要做檢查的。

爲什麼？我說，這是我的福利，爲什麼我不要檢查？爲什麼？

結果她們很生氣，她們露出了猙獰的笑容，齊聲高呼：那你就檢查吧，檢查吧，檢查吧……整條長廊裏立即充滿了她們的聲音，餘音繚繞。

這個夢是這樣的，我在陰暗的房間裏，我坐在電腦前寫報告，申請去陝西安康地區扶貧支邊的報告，我熱血沸騰，洋洋長言，結果，電腦當機了，什麼都沒有了。醒了。

做完這個夢的第二天，也就是六月二十四日，我和團委書記莫曉心，以及電視臺播音員鍾麗兒一同走進了組織部長的辦公室，我們的年齡分別是二十二歲和二十三歲，以及二十九歲。在此之前，組織與我們進行了無數次談話，未果，今天是最後的談判。

我們三個人都表達了自己的決心，我們堅強地攥緊了自己的拳頭，說道，不怕苦，不怕累。

組織部長溫和地看著我們，說，這樣的，我也考慮了很久，莫曉心同志要主持團委工作，當然是不可以去的嘛，而鍾麗兒同志的播音工作也是走不脫人的嘛，至於小妖精茹茹同志，倒是很合適的嘛。

誰也沒有料到，我馬上就跳了起來，我說，爲什麼是我？爲什麼是我？！憑什麼？！！

我把他們都嚇了一跳。我至今仍然深深地記得他們的表情，他們用很受傷的眼睛瞪我。

我眞懷念那段日子啊。從一九九六年八月到一九九九年八月，我做了整整三年的宣傳幹事。他們給了我豐富多彩的故事和經驗，所以每當我想寫點什麼的時候，我總想告訴大家，我那美妙的宣傳部的生活，我所遭遇到的一切，它們都奇異極了。

七月的最後一天，我上街買了我的第七件旗袍，那是一件結婚時穿的紅旗袍，織錦緞面，手繡了金枝玉葉，金絲繞的蝴蝶盤鈕，嵌了珍珠。當然我買它不是爲了要結婚，而是希望現在買了它，將來可以升値。

同時我買了七件吊帶小背心，之前我只有兩件，一件寶藍色，一件黑色，只兩件，我也和我的領導吵了一次架。領導說，你不要穿得太少，因爲這裏是機關。我說，眞奇怪啊，不可以穿著吊帶裙做一個處女，倒可以穿著棉襖通姦。

當然我說完這句話以後領導暴跳如雷了。

但也不完全是我的錯，因爲我說這話的時候是下午一點鍾，中午十二點我喝了一瓶酒，我不可能在一個小時之內就把一整瓶酒精完全消化掉，所以我說完了那句話以後還很得意。

後來我醒了，我開始後悔，因爲穿棉襖通姦這句話深深地影射了不相干的其他人，我並不想影射他們的，可我還是影射了，總之我很後悔。

於是我馬上跑到外面去洗頭，我想只要我洗過頭，一切就過去了，水會沖掉很多煩惱，然後我就把頭髮的一部分挑染成了銀白色，我也不知道我爲什麼要這麼幹，大概是因爲美容院裏的小姐都表揚我漂亮，我就染了，無論如何，即使染了頭髮的我不漂亮，我也不抱怨，爲了染它們我花了很多錢，我不可以跟我的錢過不去。

然後我就和我銀白的新頭髮一起去參加經濟工作會議了，幾分鐘以後有人把我從會議上叫出來，他說了很多話，要我在下班前就去買一件厚衣服穿上，並且把頭髮弄回原來的顏色。我微弱地反抗了一下，終於順從了。買制服和染黑頭髮花了我更多的錢，所以我的心情惡劣極了，因爲買非工作用制服的錢和把頭髮染來染去的錢是不能報銷的。

當然現在的年輕人和二十年前已經完全地不一樣了。隔壁的組織部新來了一個年輕人，年輕人喜歡在上班的時候打電話，有一天年輕人打電話，她的領導看了以後很生氣，當然他早就覺著她不是什麼好東西啦，於是他走過去，說，你又在打什麼電話？

年輕人冷冷地看了一眼她的領導，然後繼續對著話筒說話，很無視他的存在，於是他更加生氣，他伸出手奪她的電話筒，當然他是無意識地，他很無意識地觸碰到了她的手，她馬上就跳了起來，惡狠狠地甩掉話筒，尖叫：流氓！

從八月一日開始，我就坐在家裏了，永遠都不再需要上班，我穿著睡衣在房間裏走來走去，不知道怎麼笑才好。

我睡了一天一夜。我媽說她聽到了我在夢裏笑，後來她問我，你笑什麼？我說我笑了嗎？我笑什麼？

我再也不用在食堂裏吃午飯了，我吃了這麼多年，終於有這麼一天了，我不用吃了，其實一切從七月就開始了。後來很多人問我爲什麼？爲什麼突然就不和我們一起吃飯了？他們說，你要走了嗎？

我說我不走，我愛你們，我親愛的領導和同事們，我拒吃不過是因爲鏟子勺子們長了眼睛，人不同，菜們就會有些不同，奇怪的是，部門不同，菜們也會不同。現在我生氣了，我不吃了。

這一次我影射了我們食堂的勺子，就如同我影射棉襖與通姦的關係一樣。

與我的童年不同，我可以和我的同學們一起罷課，聲討學校，現在我卻不可以和我的同事們一起拒吃，聲討政府食堂。我一直在想，我要找一個機會，我要把那些湯湯水水合理地潑出去的，我一直在找，可是直到我離開，我還沒有找到。

當然這只是一個藉口罷了。我不過是想在我工作的地方四處看看。我從來都沒有關心過我的周圍，現在我要離開，於是我應該看到點別的什麼，我不希望自己回憶往事，就是一個熱鬧的機關食堂，每一張臉都很饑餓。

我們門前的街上有一家肯德基，十四家蘭州拉麵館，兩家中式速食店，我把每個店都吃了一回，後來我固定地在一家拉麵館吃面，每天都吃，他們的麵成爲了我固定的午飯，直到我離開。

那個店訂了份晚報，我看完一版副刊，麵就來了。我每天都去，老闆娘認得我了，我再去，不用說什麼，她就會端麵來。我從不說話，也沒有人來干擾我。我坐在那裏，可以看到很多人。

很多都是附近工地上幹活的人，幾個人一起，熱鬧得很，說著他們的語言，我每天都看見他們，他們吃很多，從不抱怨，偶爾，他們會要一瓶啤酒，就著麵喝啤酒，居然也喝出了幸福。

有時候會看到情侶，嘔著氣，互不理睬，後來，慢慢地，就和好了，拉著手離開。

我坐在角落裏，和他們不一樣，可我很想融入到他們的裏面，像他們那樣，喝一口酒就會幸福，像她一樣，男朋友太窮，只請得起一碗麵，卻也還是幸福。

我想起來一個冬天，我在旅行中，夜深了，我在一個小車站等火車，那是一個很奇怪的車站，它很老了，燈光昏暗，沒有空調，也沒有鐘，有很多人躺在裏面睡覺。

我提著我的箱子，到處找餐館，那眞是一個奇怪的地方，火車站的附近，什麼也沒有，除了一個小報亭，什麼都沒有。我走了很多路，終於找到了一家店，兩個老太太的店，冷冷清清，賣砂鍋。

我坐下來，要了個砂鍋做晚飯，砂鍋很燙，裏面充滿了各種各樣的東西，可是，它是多麼難吃啊。我一個人，穿著很少的衣服，我面對著一個砂鍋，旁邊是我的行李，我吃著吃著就哭出來了，那是很反常的，因爲我經常出門，這樣的事情我經歷得太多，我從不抱怨，可是，那個晚上，我因爲一個難吃極了的砂鍋哭得一塌糊塗。

後來我才知道，我哭不是因爲砂鍋難吃，而是因爲，明天我還要趕回去上班。

現在我每天都去吃麵，我在等待著離開，它太漫長，我知道他們在考驗我，看我還能夠堅持多久。

有時候我去得太早，店的生意好極了，每張桌子都坐滿了人，老闆娘也總會挪個地方給我，就像我讀過的一篇寫咖啡館的文章，他們總有固定的客人，咖啡館裏太擠，老闆娘總也會變出個位置來。

有時候我去得太晚，店裏只有我一個人，老闆娘坐在櫃檯後面，睡著了。太陽照著她的小拉麵店，它那麼小，可是很亮。我就想，做一個機關公務員會很鬱悶，做一個電臺DJ會很危險，做一個女作家會很不幸，無論我做什麼，都不如這個老闆娘，守著這個小小的店，卻是最大的幸福。

然後，有整整五個月，我的日子都在網路和飛機上渡過。我很好，我在網路裏找到了愛，儘管那種愛無比動盪，令我死去活來，而且還沒有成功。我在飛機上看到了另一架飛機滑出跑道，我們飛機裏只有我尖叫，把空服都招過來了，因爲我做過一模一樣的夢，在我的多夢的一九九八年，我每天晚上都做一個同樣的夢，我其他的夢都是灰色的，人物會變化，結局也會變化，我可以操縱我的夢，當夢裏出現鬼怪的時候，我會對自己說，我在自己的夢裏會對自己說，嗯，現在有些恐怖了，醒過來吧。於是我就醒了。

或者我安慰自己，現在我在做夢，嗯，沒什麼可怕的，跳過這一段吧，繼續。然後我的夢就跳躍了，往我喜歡的方向發展。

眞的。我從不欺騙我的夢。我發誓。

我不再像我的小時候，做了惡夢以後就哭泣，孩子們總以爲夢境裏的一切就是現實，或者在以後的現實裏，它總要發生。孩子們的夢清徹極了，孩子可以看到很多東西，長大了，就看不到了。

只有一個夢，它不斷地重複，而且我操縱不了它，它有劇情，從開始到結束，我改變不了任何一個情節。這個夢就是，我的飛機飛不起來，它左拐右彎，就是飛不起來，然後我往外面看，就看到另一架飛機滑出了跑道。每天晚上我的飛機都不斷地飛不起來，每天晚上我都往外面看，一看，那架不幸的飛機就又滑出了跑道。

現在它終於實現了。

如果我一直都坐在宣傳部的辦公室裏，我就永遠也不會親眼看到飛機滑出跑道，我的夢也永遠都不會得到兌現，我會一輩子都生活在疑慮中。

我想起來了那個年輕人，年輕人還在組織部裏，每天都閒著，沒有人理她，她也不理任何人，很快地，機構改革她就會下崗，並且餓死。我高興得很，高興極了。

男女都要

有些事情是從一開始就知道結果的，就像我的第一次戀愛，我曾經有過無數次戀愛，每一次我都希望這是最後一次了，我迫切地想做一個壞男人的最後一個女人。可是每一次都會結束，很快，我從來就沒有耐心重複我做過的事情，尤其是戀愛，所有的戀愛都只是在幸福中痛苦，或者在痛苦中幸福，我有什麼必要讓自己一而再再而三地幸福或痛苦呢？我不想做壞男人的女人，不想做好男人的女人，不想做第一個女人，也不想做最後一個女人，我什麼都不想。而且要去分辨一個男人的好壞，根本就沒有道理。於是我現在的戀愛，連結果也沒有了。

我的朋友們都認為我十五歲時候的那個電臺DJ是我的初戀情人，那些認為顯然是錯了。那是很多年前的一件事情了，那時候我真的還是一個孩子，我從早到晚地欺騙他，心安理得，於是那不是愛，真實的狀況是，如果我愛那個男人，我會儘量克制住不去欺騙他，也許很偶爾地，我說些謊，我解釋那是一種輕度的精神病，很多時候我無法分辨什麼是真的，什麼是假的，有時候幻想中的東西會跳出來，變成真的，把我自己都騙過了。

我曾經用一天的時間來思考我寫作的理由，活下去的理由，我顯然是有些走火入魔了，當我思考到最後，回到什麼都毫無理由的時候，我停止。在我還很小的時候，戀愛，婚姻，生活，一切都沒有開始的時候，我就已經思考過了，我為什麼要活著，這個問題折磨了我很久，直到我父母站出來解釋，他們說，就像你出生和死去都無法選擇一樣，你活著，因為你必須成為我們的精神支柱，沒有你這個孩子，他們說，我們會孤獨，會覺得沒有意義，於是我們決定要生下你。我們從不怕自己死去，可是我們怕你死去。那真是非常殘酷的，在我還很小的時候，我父母就對我說，我們怕你死去。我的侷限在於我有最愛我的父母，他們為了要我活著，把精神支柱拿出來做理由。可我在很長的一段時間內都惡毒地認為，生孩子是一種自娛自樂，是違背自己必須死去，是想讓自己生命延續。可是生過孩子就會知道，什麼都理解錯了。於是我不去想孩子，不去想婚姻，不去想戀愛，到最後，愛情只是在我無法選擇的生活中，自個兒找的一點樂趣。

原因在我，從一開始我就是絕望的，我曾經妄想愛情能改變我，我哭了，笑了，我快樂，我墮落，我思念，仇恨，焦灼，充滿欲望，我想徹底死去，可我錯了，我看待生命都是絕望的，我還想怎麼樣呢？我的苦悶不是沒有人愛我，而是我什麼人都不愛，即使強迫自己去愛，還是不愛。所以我真不知道以後要怎麼過了。

《一直單身下去的理由》

梅花在常州做過一個主題派對，名字叫做「我們很IN，如果你不喜歡，你就很OUT，EQ很低，不再是很Q的新人類！！！」我們都對梅花說這個名字太長，而且攻擊性太強，會有奇怪的事情發生。

果然，那個夜晚的十一點一刻，音響燒起來了，不是那種形容人亢奮程度的燒，是眞的燒起來了，燃燒，火花，白煙霧，嗶嗶叭叭狂響。

梅花穿了一件藍衣裳，我沒有看她的臉，我只看得見她的藍衣裳。音響燒起來了的時候，我們都傻了。

中間是一段空白，因爲我已經不太清醒了。我醒過來的時候已經坐在梅花的房間裏了，梅花客氣地讓我不要煩她，於是我就很識大體地和樂隊出去喝紅酒了。

我高興，我不知道爲什麼我要這麼高興，這樣的高興只在一九九四年出現過一回，那一年曹威來了，邊唱邊問，想什麼呢？

那次的運動是雅雅做的，雅雅爲了省錢，找了個三流舞廳，而且雅雅爲了省更多的錢，連那個三流也沒有全部包場下來，於是舞廳就合情合理地賣了很多舞票出去，於是曹威只唱了一小會兒，舞客們就自動地跑到舞池中央舞蹈起來了。

於是我就高興，高興極了，過了這麼多年，我再也沒有像一九九四年那麼高興過。當時我們有很多人，當時我們的人都在做藝術，有個藝術女人就站在我的旁邊，說，我要回家去笑。我雖然高興，可我認爲笑是不必要的，於是我對她說，你回家笑什麼？你要笑就在這裏笑好了。很久很久以前的事情了，那些往事啊，不知道爲什麼，我只記得我說過的這一句話，其他的，我都忘了。我怎麼了。

一九九九年，樸樹來了，這次的運動是雅雅的妹妹做的，雅雅的妹妹用了一種「企業搭台文藝唱戲」的策略，於是雅雅妹妹省了比雅雅還要多的錢，雖然省錢，也有缺點，那就是運動不再是運動，它成爲了一台周年獻禮工程，然而雅雅妹妹還是對的，對極了。

我們都長大了。

在雅雅去廣州前，我們曾經計畫過要做一個「紅」的主題派對，因爲我在二十一歲的時候寫過一個名字叫做《紅》的小說，可是它出現的時候卻叫《告別辛莊》了，後來我就又寫了一組名字叫《紅》的實驗散文，可它出現的時候已經叫《古典愛情》了，雅雅很同情我，雅雅說，即使你再寫一個名字叫做《紅》的小說，你再寫一個名字叫做《紅》的實驗散文，到後來，它們必然會被改爲《白》或《藍》什麼的。

於是我們就開始籌備這個命名爲「紅」的不賣門票的派對，我們只要求所有參與者都有正當和健康的職業，我們希望他們自由發揮，或穿紅戴紅，或熱愛祖國熱愛人民，可是第二天雅雅突然跑到廣州去了，她連一件衣服也沒有帶就走了，她走了以後就再也沒有回來過，我百思不得其解，想想自己一個人，孤立得很，就此心灰意冷，什麼也不想幹了。

後來迎春花替代了雅雅的位置，她每天都打一個電話給我，讓我從床上爬起來，寫點什麼，如果我不接電話，她就會發一個傳眞過來，讓我接電話。

迎春花在電話裏說她們電視臺要做一個名字叫做「非常單身男女」的相親活動，因爲現在大家都在相親，或「非常關係」，或「非常三角」，或「非常情愛」，什麼什麼。這是一台互動式的晚會式的大型活動，迎春花說。

我說，你們搞，關我什麼事。

迎春花說，是這樣，我們節目部所有的工作人員包括攝影和保潔員，我們全部都出動了，我們積極地發動我們所有的親朋好友，可那些小家碧玉們，她們誰也不願意出這個醜，那麼，迎春花愉快地笑了一聲，說，你就露個臉吧，觀眾們看了叫好，你又可以揚名，同時你還可以找到一個丈夫。一舉數得啊。迎春花說完，又愉快地笑了一聲。

我很吃驚，我不敢相信我的朋友會這麼沒心沒肝地賣了我。我說，啊？

迎春花連忙又說，有錢有錢，有很多錢，我們開過會了，你來我們給錢。

我更吃驚，我更不敢相信我的朋友已經把我給賣了，並且賣了個好價錢。我說，啊？？

迎春花在五分鐘之內來到了我住的樓，她坐在我的沙發上，連續不斷地說話。她看起來激動極了。我遞給她一杯冰咖啡，然後我就看到那杯咖啡在她滾熱的手掌裏沸騰起來了。她都要哭出來了。

我安慰她，我說你的節目不可以叫「非常單身男女」，因為那是一個臺灣名字，他們已經用得很出名了，別的地方台可以用但你不能用，因爲你是一個新知識女性，應該有道德觀念。迎春花感激地點頭。

我又說，你千辛萬苦做這麼奇怪的節目無非是想得到提拔，可你已經是文藝部主任了，再往上還有什麼，你要做台長嗎？變成一個濃妝豔抹的老女人，穿著黑色的厚絲襪，衣領上別一個碩大無比的金銀花胸針，每天早晨八點半坐在市政府一號樓的大會議室裏開會？迎春花勇敢地點頭。

我說，那麼我說完了。

迎春花說，你眞會思考。

我說當然，我就又想起了我在宣傳部的生活，我始終都認爲我長期從事的宣傳思想工作對我的成長眞有好處，我思考得多，所以每年都被評爲先進，可是我又思考得不夠多，所以我到現在還不是領導。

雅雅說過，你每天都只要文件發發，橫幅拉拉，標語畫畫，筆頭劃劃，你還有什麼煩惱啊？我思考了一會兒說，確實沒有什麼煩惱，唯一的煩惱就是我每天都吃得太飽了。雅雅你很壓韻。

可是我一直在想，我們的思考方式長期以來都是蘇南農村式的，我給我的每一個蘇南朋友做過河的題目時，他們中的百分之九十五選擇了從牢固的繩索上滑過去，書上說這是嚴重的性壓抑，他們中的百分之五選擇了從木頭上慢慢地爬過去，書上又說那麼除性壓抑外的其他都是性冷感。而且很多蘇南女人都這麼認爲，上海男人奶油，北京男人不洗澡，當然這是很不正確的，因爲北京男人也有一部分奶油，上海男人也有一部分不洗澡，所以只有做了上海女人或北京女人，才能眞正理解奶油和洗澡的關係，當然那並不難，現在每一個女人都很自由，她們可以自己選擇，做什麼地方的女人。總之，我們和我們的城市都充滿了顧慮，我們有精神危機，我們陰鬱，思考和行爲方式總是很怪異。

那麼，迎春花茫然，你到底來不來啊。

啊？我說，哦，我不來。

迎春花主任勃然大怒，拂袖而去。

迎春花在早晨九點打來了電話，那清脆的電話鈴啊，它在我的夢中成爲了巨響。

迎春花說她改變了主意，因爲她昨天深夜回家翻到了一本海派時尚刊物，裏面有一篇描寫主題派對的文章。

看了之後，我非常有感覺。迎春花說，首先，我的節目必須從一台純粹的相親活動也變成一個主題派對，它的名字不再叫做「非常單身男女」，現在它叫做「男女都要」。第二，我仍然這麼說，你要出場，我仍然這麼說，我們會全場錄影，但我們只在暗處安排人拍攝，你放心好了，我作爲我們台的文藝部主任，我用我的人格擔保，我們絕不會拍到你的臉，你的腳，你的背影，任何有關你的圖像。第三，你要做一份有標準答案的問卷，我們要在廣播電視報上全文刊出，以選定高素質高智商的人，只有他們，才有資格參加我們的這個主題派對。

我抱著電話坐在床上，不知道說什麼好，我問自己，有什麼問題可以測定一個人的素質和智商？於是我拖延了幾天，然後請追上門來的迎春花坐在客廳裏喝茶，然後我坐到我的電腦前面，開始寫點什麼，我坐了兩個小時，最後我找到了一本《書城》雜誌，我把他們啓思錄的第三十八號題目送給了迎春花。

有機會往未來世界旅行一年，時代任擇，回來後可保留全部知識，只是不許帶回任何物品，而且有五成概率死亡，您會去嗎？

我的標準答案是，如果回答去，就入選，如果回答不去，就淘汰掉。

迎春花主任愉快地接受了。

我在現場給葉葉打電話，我問葉葉有沒有參加過相約星期六。葉葉說，什麼？什麼？我的周圍有很多很多人，每一個人都在說話，於是我抬高我的聲音，我說葉葉你有沒有參加過相約星期六？

葉葉說他只是做過親友團，可是他在那一天比男主角還要帥，結果對方親友團看中了他，並且決定把女主角配給他，可是主持人制止了這一切，他們說那違反了我們相約星期六的規定，以後親友團不可以太帥，這是我們的新規定。他們說。

我笑了一笑，然後問他，那麼任何一個有關單身的派對呢？你有沒有參加過？

葉葉說，發生了什麼，你怎麼會問這些問題，你在什麼地方，你好勿啦（你好嗎）？

我很小心地裝傻，我說，什麼？什麼？

我喜歡所有上海男人的聲音，他們會在電話裏問我，好勿啦（好嗎）？

我要感謝梅花，那次的音響燒起來以後，梅花讓我不要煩她，我就和梅花帶過來的葉葉出去喝酒了。

葉葉在酒吧裏問我怎麼看他的音樂，那個時候我已經喝了很多很多酒了，於是我很誠實，我說葉葉在技術上還是很熟練的。葉葉沈默，然後他悲涼地笑了一聲，然後他反反覆覆地說，技術？熟練？他眞令我緊張。

然後我們說了點別的，葉葉說他的一個朋友剛剛死了，死了以後還變成一個好看的鬼到他的夢裏去和他說話。

我發現我有一點點喜歡他。

我的感情經歷的確是很奇怪的，很多女人都是從喜歡藝術的無業者開始，年紀大起來，她們就去喜歡先富裕起來的那一部分，最後她們選擇下嫁的通常就是一個誠穩的公務員。我卻把什麼都倒過來了，我自己是個公務員，可我不再是了，年紀大起來，我就把所有的男性公務員都改名字叫小蟲，無論他是不是我曾經愛過的，他們的名字都叫做小蟲，然後我和富裕的男人們出去吃飯，當他們的肚子和事業一起飛黃的時候，我離開了他們，最後我愛上了無業者，他們在二〇〇〇年以後還會是長頭髮。

過去了的一年，是新生代最熱鬧的一年，那些新新人類們，他們是太陽，他們說世界歸根結底不是你們的。新新人類的生活就是剃最簡約的髮式，比如板寸；穿最簡約的鞋子，比如黑布單鞋；吃最簡約的飲食，比如吃素和喝白開水。

葉葉留著八十年代初的長頭髮，除了吃素和喝白開水，他的一切都逗留在八十年代，不過他也有優點，他有些唯美，因爲他給他的樂隊起名字叫做—蝴蝶。

我希望他健康和平安，因爲所有唯美的男子都不平安，我在很多年前有個朋友，他忠於愛情，喜歡張愛玲，有輕度的幻想症，後來他走路把腳走成骨裂了，我的朋友都去機場送我的時候，他來不了，他們說他躺在醫院裏，腳上打了很多石膏。

葉葉說他參加過一個「品味單身」的主題派對，葉葉說他收到傳眞的時候，有一種很黑暗很恥辱的感覺。葉葉說他在那個派對愛上了一個放蕩極了的女人，那個女人一直坐在他的身旁優雅地吐煙圈，可是他放那個女人走了，葉葉說我不要和她做愛，像許多一夜情的開始，我並不期望故事按照這樣的步驟去發展，我所表現出的挑逗只是爲滿足我暫時的空虛。我想愛她。

我打了個哈欠，然後關電話。

我蹲在地上，其實我爲了避免被攝影機拍到，一直都蹲在地上。我的織錦緞旗袍已經非常皺巴巴了，我所有出場的衣服，它們都是旗袍，它們唯一的缺點就是不能蹲和坐，我嶄新的織錦緞短旗袍啊，它是我在宣傳部一個月的工資，可是它已經皺得像一朵花了。

我穿了旗袍以後就再也沒有在我爸眼前出現過，因爲我總是花掉了很多錢，卻把自己打扮成了一個天涯歌女。我爸已經很煩我了，他說他再也不想看到我，因爲我騙他說，我辭宣傳部的職是因爲我要調到文聯去做專業作家了，我爸愉快地相信了，同時他愉快地敦促我儘快辦手續離開宣傳部。但到最後我果眞高高興興地辭了職以後，我才知道現實是那麼嚴酷，組織是一個老男人，委身於他的時候，是那麼厭倦他，仇恨他，但是離開他了，卻總會惦記起他的好來。

於是我知道我設的局總是不高明的，我總是連男朋友都騙不過，更不要說是去騙經驗豐富的我爸了。

這時候一個在電視臺做「午夜唱片街」節目的男人向我走過來，我仰著臉看他，他馬上也蹲下來，蹲在我的旁邊，他說，嗨。於是我就白了他一眼，我的觀念是，男人只要以爲這個女人是有上床的可能的，就會花費時間和精力與她搭話，如果那女人是得不到的，那麼她就是個賤貨，但如果那女人是能夠得到的，那麼她就更加是個賤貨，於是我為了避免做一個賤貨，從來都不與男人搭話。

他一直都蹲著，看我的側臉，因為我已經不把正臉給他了。我們的上方就是燈光師和攝影機，他們一直在低聲地斥責我，要我離他們的電線遠點。

開始了。

迎春花徹徹底底地欺騙了我。我蹲在她就座的沙發椅後面，我聽見她與一個男人在交談，那個男人呼嚕嚕地喝水，在水中他說，我弄來了十六個呢，然後是迎春花的聲音，她說，我只弄來了一個，但是這一個會非常管用，然後是笑聲一片。

於是我就站了起來，我的頭把鏡頭全部都擋住了，但是我沒有顧慮，我相信他們只能拍到我的後腦，那是一個漂亮的後腦，黑頭髮，長及腰際。我看見前方有一個金碧輝煌的舞臺，上面已經坐了四男四女，男人普遍太矮，女人普遍太醜，還有兩個節目主持人，普遍太胖。

迎春花從我的旁邊奔跑過去，她抓著四支枝葉有點禿的紅玫瑰花兒，植絨布料，落滿了灰，女嘉賓們只要用鼻子一嗅，灰塵就會蓬出來，在強烈的燈光下變成四團顏色有些髒的迷霧。

那些花迅速地從男人的手裏到了女人的手裏，果眞是每人一朵，果眞是她們一嗅，灰塵都蓬出來了。

突然，燈光全部都打過來，把我罩在了一個明亮的光圈裏面。我越來越熱，而且開始生病，我瞭解那些疾病，它們不會很嚴重，起初的症狀還只是一天到晚地妄想，比如堅信自己是還珠格格，到後來，也只是間歇性地思維空白，比如，我不知道我是誰，我從哪裡來，要到最後，才會徹底地思維混亂，比如，現在我所看到的一切，所有動著的，呼吸著的生物，他們都很該死。

我想現在我很混亂，他們都很該死，我混亂極了。

混亂過後，我鎭定了一下，我環顧四周，敏銳地發現整個現場安置了不下於五台的攝影機，以及不少於二十個的便衣新聞工作者。

太胖的女主持人向我走來，她的話筒線像蛇一樣爬行，她說，我們來問一下這位小姐，你沒有結婚吧，小姐？

我有點目瞪口呆，我說，啊？

她又問，那麼你認爲你未來丈夫的身高和年齡是不是很重要呢？

我仍然目瞪口呆，我仍然說，啊？

迎春花在暗處，她小聲地提示我，快說快說啊，我向你保證，我們安排你出場只是爲了現場氣氛，我保證，我以主任的名義向你保證，我們做後期的時候一定剪掉你的鏡頭。

迎春花說完，從暗處的下方伸手過來拉我的旗袍，鏡頭上就出現了一個奇異的女人，她的兩隻手都閒著，可是她服裝的下擺在蠕動。

此時，「午夜唱片街」男人從我的旁邊跳了出來，他一出現，頓時掌聲雷動，還有幾個很酷的女孩子，她們尖叫，試圖越過重重的座位，到他的面前，親吻他的臉。

他深情地望了我一眼，緩慢地走到了舞臺中央，擺出「午夜唱片夜」的片頭動作，然後遙遠地望著我說，我喜歡吃餃子，你呢？

我已經來到了大廳的外面，這是一個五星級的東方酒店，地形極其複雜，沒有地圖我是絕對走不出去的。

果然，我走來走去，就是找不到出口。

十年前我們的城市建造了一個全亞洲最大最好的影城，在那個影城裏面，只要沿著燈打在地面上的顏色走，就會到達要去的地方，那些顏色不是畫在或映在地面上的，它們是燈光的影子。可那是十年前了，什麼東西過了十年都會敗落，更何況他們投資錯了方向，影城先後從事過酒店業、旅遊業、時裝美容業，然後是遊藝廳、餃子店、西餐廳、淮揚菜館，到最後，它就是倒貼錢，也沒有人願意與它合作了。就像一個年輕的美女，如果男人給她錢，她把錢全部用掉而不是存在銀行裏，那麼一過了十年，她的臉不美了，就會敗落下去，到最後，再也沒有一個男人給她錢。

我走了很多路，可是我越走越暗，我一個人，穿著七吋高的高跟鞋，在堅硬的地面上走，多麼寂靜啊，我聽得見自己的呼吸。最後我來到了一個圓弧的走廊上，盡頭是一個房間，我充滿了欣喜，我走過去，推開房門，卻發現我回到了原來的地方。而且我再也找不到我出來時的那個大廳了。

這樣的情況在我的一生中只出現過一次，那是很久以前了，雅雅給我畫了一幅畫，她要我晚上去拿。我與雅雅是十幾年的老朋友了，她的家我從七歲開始就經常去，一共四幢樓，她家是左邊過去，第二幢，五樓。

那個夜晚，我去拿我的畫，雅雅的家是舊式房子，樓道裏沒有燈光，我要去就只能摸著黑跟著感覺走，但我像熟悉自己的家一樣熟悉雅雅的家。我到了五樓，砸門，這時候一個老太太出來開門，她的臉像紙那麼白，她說，你找誰？我說我找雅雅。老太太說，這裏沒有什麼雅雅。這時候對面的門也開了，一個年輕女人，她的臉也像紙那麼白，她說，是啊，我也從沒有聽說過有雅雅這個人。

我客氣地說，對不起，然後我下樓，她們站在樓道上看著我下樓梯，靜靜地，像死那麼寂靜。我下到三樓，然後驚出了一身冷汗，因爲樓道裏沒有燈光，她們出來的時候我卻看得見她們的臉，只是像紙那麼白，卻沒有臉的輪廓，沒有鼻子，沒有嘴，只是知道，那是一張臉，慘白。

但是我不死心，我站在樓下面的空地上，我仔細端詳了一下那四座樓，我對自己說，也許我剛才走神了，所以上錯了樓，於是我再次上樓。

這是我小時候的故事，在我還是個孩子的時候，我不太珍惜自己的生命，我什麼都不在乎，我不在乎活著，也不在乎死掉，我閒得太無聊就會說我要去死，因爲我一直都是個問題兒童，我從小就知道怎麼標新立異，當我說我要去死的時候我母親就被吸引過來，她放下了一切手中正在做的事情，她驚恐地抱住我的頭，把我緊緊地按在她的懷抱裏，那時候我是最惡毒的，我一直都認爲，我要脅父母唯一的方法，就是去死。

我上到五樓，砸門，我砸了半天，沒有人出來開門，我砸了半天，並且大喊大叫，連白紙一樣的老太太和年輕女人都沒有出現。

我下樓，在黑暗中，我被一輛龐大的自行車撞了一下腰，那輛自行車是突然出現的，剛才還沒它呢。然後我給雅雅打電話，我說，雅雅你搬家了？

雅雅說，沒有啊？我一直在等你，你怎麼還不來，我甚至開了門等你，怕你看不清樓梯。

於是我停頓了一下，說，雅雅，我就在你樓下，還是你下來吧。

沈默。

雅雅突然尖叫了一聲，不，我絕不出來，我們白天再見吧。

我還是走來走去，越走越惱火，我還是沒有找到出口。最後我找了一面牆讓自己靠上去，我想到了我可以打電話，我可以請求大廳裏那些選擇去未來世界旅行的男男女女們出來找我。可是我的電話啊，我發現它沒有訊號了，我疑惑不已，我對自己說，我現在在地鐵裏嗎？

最後我進入了一個很破舊的房間，這是一個五星級酒店，但是在它拐彎抹角的地方，有一個很破舊的房間，水泥地，沒有窗，卻有一架電梯。

我沒有按鈕，眞的，我發誓，我什麼鈕也沒有按，電梯門開了，出來了一個男人，穿牛仔褲，藍T恤，背了一個碩大的包，我肯定我不認識他，可是他惡狠狠地瞪了我一眼。我趕緊鑽到電梯裏去，這是一架像房間那麼破舊的電梯，這個運載人的箱子，它的鐵皮已經鏽跡斑斑了，它的指示器上寫著的最大的數位是，五十七層，可是這幢樓，這整幢的樓也不過十層。這是一個舊式的酒店，占了很多地，有園林有橋，有山有水，水裏有紅魚，所以它永遠只有十層，只是十層。我很憤怒，我痛恨這架寫了那麼多密密麻麻數位的電梯，它要幹什麼？

我蹲在窄小的空間裏，想要大哭一場。可是我一低頭，又發現電梯的地面上有可疑的血跡，我馬上就堅強地站了起來，我使自己迅速地離開了那一堆深顏色的漬跡。

我到了一樓，多麼奇異啊，我來到了一個陌生的地方。天色很暗，空蕩蕩地，沒有一個人，可是我相信有很多動物的靈魂在遊蕩，我的觀念眞是很奇異，我所有信神的朋友，他們都認爲動物是沒有靈魂的，可我相信神，也相信動物是有靈魂的。所以他們氣憤極了，他們要我多讀書，多思考，才不會犯這麼嚴重的錯誤。

天暗了，開始下雨。雅雅說她最喜歡一首名字叫做《夜半驚魂》的港臺歌曲，不知道誰的歌，用廣東話唱，說的是一個女人，在晦暗的夜半回家，有男人跟蹤她，這個女人就唱，你不要想來搞我。可是那歌很奇怪，它毫無理由地快樂，唱歌的女人完全是不要來搞我的意思，唱出來就會變成完全的來搞我吧。我所有的女朋友，她們都會唱那一句，天晦晦灰暗暗。所有的港臺歌曲都很奇怪，就像有一個很清醒的女人在她的歌裏唱「我High過了頭」，可是我們誰也沒有因爲聽了她的歌而High過頭。眞奇怪。

我往外面走，就發現我走出來的房間原來是這個酒店的廚房，那麼我剛剛乘坐的電梯，它一定經常用來運載水果和食物。所有的酒店，它們最好看的就是大堂，大堂裏有很多裝飾材料，很多燈光，很多香氣，很多鮮花，很多美女，還有很多鐘錶，儘管展示那麼多不同的時間是很不必要的。而所有的酒店，它們最不好看的就是廚房，廚房裏有很多動物屍體，皮肉，污水，胖男人，所以它總是被安排在樓的背面，最偏僻的地方，秘不示人。牛排是美的，可在它還沒有變成牛排擺好花式端上桌前，它就是一堆血水的爛肉。廚房是一個製造美的地方。

我從廚房中走出來了。外面在下雨，雨越來越大，落到我的頭髮和臉上，但我只惋惜我的衣服，我一直都認爲衣服要比我貴，穿壞了它我會非常痛苦。

這時，一輛神秘但可愛的計程車開過來了，一個男人跳下車來，往酒店的方向跑，他很快就跑進大堂裏去了。

我也跑起來了，我靠近那輛車，拉開車門，把自己扔了進去。我喘了會兒氣，捋頭髮，掏面紙出來擦衣服，然後擦臉，司機一直在用奇異的眼神看我，我擦完之後也開始看他，他太白，長得像女人，而且他的音響裏在播放一個很清醒的女人的聲音，那個女人說，我High過了頭。

我們走吧。我說。

對不起。他羞答答地小聲說，剛才那個乘客還沒給錢呢。

我同情地看他，我說，你應該知道的，每個酒店都有很多後門，而且它這麼大，人進去了，你會找不到他。

他一下子就打開車門衝進雨幕裏去了，我發了一會兒呆，他的音響還在唱，他的座位還溫熱著，他的錢箱裏還放著現金，他的車鑰匙還在晃蕩，上面是一個銅圈，再普通不過了。我對自己說眞奇怪，他就這麼扔下我，和他的車，離開了？我想起來很多年前，我和雅雅在南京時，我們也遇到過同樣的司機，他把我們都扔在車裏，跳出去了，我和雅雅面面相覷，因爲那個時候雅雅已經考到駕照了，可是我們什麼也沒有幹，我們安靜地坐著，輕微地呼吸，等待他歸來。

男人們總是很衝動，他們的衝動通常是無意識的，卻打動了女人，因爲她錯認爲他信任她，於是女人會爲了他的信任而發誓永遠都要做一個好女人，即使她曾經是個非常惡毒的女人，她不斷地做壞事情，她也會因爲男人的信任而變得善良。女人確定了自己的位置以後，就會端莊地坐好，並且期望自己一輩子都這麼端莊下去。

我端莊地坐著，感激他對我的好，車窗上已經白茫茫的一片，雨刷不停地動，可車窗還是白茫茫地，是我呼出去的氣，凝成霧，遮住我的眼睛。

司機回來了，淋了一身雨。等很久了吧？他說，對不起。

沒關係。我說，然後問他，找到了嗎？

找到了。他說，在一個IC卡電話機的旁邊。

錢呢？要到了嗎？

那小子，他居然說他沒錢！司機聲音大起來，惡狠狠地說，他說他沒錢，我差一點揍他。

我們對峙著。司機說，我差一點揍他。

那麼後來呢？

再後來呢？

從電梯裏出來了一個孕婦，他走過去，問她討了二十塊錢，算是付清車費了。司機說完，喘了口氣，發動，掉頭。

一個男人，身上居然會一分錢也沒有。掉過頭以後，他又說了一遍，我眞差一點揍他。我記得那個奔跑的男人，他穿著一件白襯衫，皮鞋，腰間佩戴一個中文傳呼機，可是他一分錢也沒有。

計程車把我帶到了念兒工作過的西餐廳，他沒有要我按照計價器上顯示的數位給他錢，他說，你看著給吧。眞是一個聰明男人，他使我爲難。

我要了一瓶葡萄酒，兩份牛排，一份蘋果派，一份洋蔥圈。我把它們都吃下去了。然後我在疼痛和酒精中開始回憶念兒，念兒在最落魄的時候坐在商場的臺階上吃過便當，念兒在最得意的時候坐在陽光海灘獨自享用過一套法式大菜。念兒和我不一樣，我永遠也不去吃便當，也永遠不去獨自吃一套大餐，我坐在我的房子裏，月初我吃米飯，月末我還吃米飯，總之，這樣的日子我還要過下去，我的細水長流的日子啊，它總是過不完，還是過不完，而我卻覺得，我的一輩子都過完了。

旁邊有四個孩子，他們都只是孩子，可他們多麼奢侈啊，我相信那兩個男孩子用父母的錢招待他們的小女朋友，可我沒有惡意，我喜歡他們，像他們那麼簡單的生活，簡單的愛情。可是到後來，他們開始不停地看我，他們的聲音那麼張揚，他們說，就是有那樣的女人，她們總是過得很舒服，她們有錢，她們有很多空，她們出來吃吃飯，跳跳舞，找找男人，她們打扮得那麼妖。

我已經哭都哭不出來了，我對自己說，我沒有錢，沒有組織，沒有丈夫，沒有孩子，我的第一個女朋友生病了，我的第二個女朋友去廣州了，替代她們的女朋友欺騙我，而且我開始發胖。

這時候感應器開始亮，雅雅去廣州前送給我的感應器，那是一隻兔子，眼睛開始紅，就有電話要進來。

以前我們都喜歡拈著手提電話的天線，晃它們玩，因爲我們很單調，沒有娛樂，雅雅晃壞了我的天線，它從手提電話上脫落下來了，斷成很多碎片。我就開始哭起來。念兒和雅雅都很吃驚，她們說，你爲什麼哭？我們賠你一根天線好啦。我說我的電話是我爸送給我的二十歲的生日禮物，我用了很久了，從來沒有壞過一點點。她們傷感地看我，一句話也說不出來。

後來雅雅去廣州了，她送給我一隻感應器，她說還記得嗎？我弄壞了你的天線，可是無論如何我都補償不了你了，就送你一隻兔子感應器吧，朋友的禮物。

那是一隻兔子，眼睛開始紅，就有電話要進來，我接電話，我一聽到他說，好勿啦（你好嗎）？我的眼淚就滾滾地流下來了。

電話動物

我害怕夜晚來臨的時候，我害怕極了。《善惡》的書裏女巫說：午夜前半個小時是為了行善，午夜後半個小時是為了行惡。我相信她說的話。

我最好的女朋友梅芸送給我一個木頭雕的女巫，女巫的頭髮很長，戴著橄欖枝的手鐲，她的右手平放在胸前，她的臉總是笑著，我不明白她笑什麼，我把她放在我的電腦前面，我每天都看著她，她每天都在笑。我看到她，我就充滿了恐懼。我不停地看她，不停地恐懼。

有一天深夜，我寫小説，我寫到有一個女人，這個女人起先有些憂鬱，後來開始懶惰，後來她開始不知道自己是誰，後來她過馬路，被車撞死了。然後我就覺得有一把刀從窗口伸進我的房間裏來了，我目不轉睛地看著那把刀，然後我打電話給梅芸，我問她，為什麼我如此恐懼？梅芸説，因為你不寬容，你的心裏有太多惡了，你的心裏有一把刀，那麼那一把刀就出現了。我認為她的話很有道理。

我不寬容，我的心裏充滿了仇恨，所以天一黑就果真什麼都黑了。

很多恨是突如其來的。我翻雜誌，我又看到了那個男人，他喜歡這樣陳述故事：我在橋洞下看見了一個小妓女，我給她錢可是我不要與她做愛，因為我可憐她；我上街，我看見了一個下崗工人，我給他錢可是我不期望回報，因為我可憐他……幾次三番，反反覆覆，我恨那個男人，我恨極了，我不寬容他。

曼·亨利希說，每個孩子都有一個守護天使在天空抓牢他，讓他沒有危險，好好長大。可是我惡毒地相信，那個男人的天使把手放開了很長時間，所以他才會這麼陳述故事。

我以為天使終有一天會出現，所以我每天都對自己說，對神要虔誠，對人要公正，不傷害任何一個人，永遠憎恨邪惡，永遠維護正義。可是我的朋友有了欲望，他說他懺悔，可是我說，即使你懺悔，神也不寬容你，我知道是我的過錯，可是我哭了，可是我的心中仍然充滿了仇恨，所以我每天對自己說的話，一點用處也沒有。

《天使之城》裏天使受難，死去，又重生，可是他最終變成了一個人，他最愛的女人在安排下死去，他在水裏，他笑了。我不明白，他笑什麼，我有很多東西都不明白，我努力地想過了，我還是不明白，但是我知道事實，這個墮落的時代還要持續下去，還要持續下去。

《天使有了欲望》

我什麼也不想寫，我也應該什麼都不寫，我說過，我厭倦了寫作，想一想都會頭疼。

既然我已經厭倦了一年，那麼就應該繼續厭倦下去，可是我又開始寫了。

電話鈴驚天動地響起來的時候，我盯著我的電話看了很久，我居然沒有在網上，於是電話可以接進來。一個女人的聲音，很快地說，我們有一個專號，談愛情的專號，你弄一個訪談來吧。我說你眞奇怪，現在的女人一聽到愛情這個詞馬上就全部逃光了，我到哪裡去找人？

她好像吃了一驚，她說，怎麼會？

我和她曾經在南京見過一面，我們在夫子廟走了很多很多路，她需要買很多很多雨花石項鍊帶回北京，我們還拍了一張可愛的合影，站在一棵大樹下，靠得很近。我一直都認爲女人要比男人更容易靠近，可是不能比男人靠得更近。

給我們拍照的是一個每天都可以寫一萬字小說的男人，他到哪兒都抱著相機，他有一個眾所周知的壞習慣，那就是不管你樂不樂意，如果他要拍你，他就要拍你。

後來他終於趴在一條船的甲板上拍到了我這一生最奇怪的照片，我坐在一根空心鋼管上，穿著吊帶裙，腿分得很開，側臉，右手盤起自己的長髮，背景是很多男人，有些坐著，有些站著，那些男人直到現在都不知道，他們曾出現在我的照片裏，襯托著我的臉和腿，使我看起來格外美豔。

後來這張照片成爲了我第二本書的封面，它的全部製作都在電腦裏完成，他們把我的臉弄得太鬱悶了，我沒那麼鬱悶，而且他們居然把那些背景男人全部都抹掉了，他們在我的背後畫了一大片碧綠的原野，他們說，在電腦裏看這本書的封面效果，有一種很懷舊的感覺。

我什麼都不知道，我在爬泰山，下大雨，我扔了我的傘和鞋，爬了六個小時，夜已經很深了，我只爬到中天門，我的心情很壞，他們還打電話給我，他們說，不管你樂不樂意，書已經出來了，書名叫做《長袖善舞》。

我的左手捧著一碗熱湯麵，右手拿著我的電話，我的樣子一定很古怪，我說爲什麼我總是最後一個才知道？

我想我這一輩子都得憎恨書商，我的第一本書，他們弄了一個嘴很大的女人在我的封面上，很多人都以爲那個女人是我，可她不是我，而我的第二本書，他們把我弄在我的封面上，很多人都以爲那個女人不是我，可她是我。

後來攝影者打電話給我要那本書，我說我一本也沒有了，但是如果你願意把底片給我，我就能再找到一本。他就在電話那邊笑，他說如果一個人的眼睛生得很靠近，就很像一個癡呆，茹茹你的眼睛生得很開，眞好。我說我同意，可是你的眼睛爲什麼生得那麼靠近呢？

我還對他說，你不應該亂拍，你應該在人最醜陋的時候拍他們。他說他不知道，什麼時候人最醜陋。我說，也許是吃飽了飯的時候，人吃飽了才會滿足，每一張滿足的臉都是醜陋的，你可以自己想，人還會在什麼時候滿足，總之所有滿足的臉都是醜陋的。

我眞的覺得他笨，他曾經問過我喜不喜歡他，我說我不喜歡，可是他又問，你要不要想一想再回答，喜不喜歡？我說我想過了，我還是不喜歡，他就又問我爲什麼不喜歡？我覺得他太笨了，就再也不想理他了。

其實沒有一個男人是笨的，他們都很聰明，看起來越笨的男人就越聰明，眞的。

來南京買雨花石的北京女人很快地又說了一遍，談愛情的專號，你一定要弄一個訪談。

我想如果我再說奇怪她就會眞生氣了，我好像經常會惹別人生氣，上次她來我就惹她生氣了，因爲我一直反反覆覆地問她，你要結婚了嗎？你什麼時候結婚呢？可是你爲什麼要結婚呢？我問得太多了，問到後來她根本就不願意搭理我了，可怕的是我在三亞時又犯了同樣的錯誤，我又反反覆覆地問一個上海女人，你要結婚了嗎？你什麼時候結婚呢？可是你爲什麼要結婚呢？我想大概是因爲我太恐懼婚姻了，我一直都認爲所有的女人一結婚就什麼都不是了，我不願意她們結婚，眞的，直到現在我還這麼想。

上海女人很善良地看著我，她說，女人過三十歲的時候心裏會格登一下，就這樣，她把那個「格登」念出來給我聽，果眞是這樣，格登了一下。

可這並不是我的問題的答案。

我說眞奇怪，什麼是訪談，我可從來都沒有訪談過，要泡一杯茶嗎？要有採訪機和話筒嗎？還要找個速記員，把磁帶上的話翻錄成文字？

她在電話那邊生氣，說，是啊是啊，就是這樣啊。

我說眞奇怪，世界上居然還有這麼費神費力的事情，以後所有的訪談都應該在ＩＣＱ裏做，只要把ＩＣＱ記錄給你就好了，不過，你大概不知道什麼是ＩＣＱ吧。

她在電話那邊尖叫，我知道我知道，ＩＣＱ就是兩個人開房間嘛，可以鎖門的那種。

我說眞奇怪，連你這麼不喜歡電腦的人也知道了，不過我實在找不到有趣的女人聊ＩＣＱ，說完這句話我就想到了甜蜜蜜。

我是在一個繁榮的北京聊天室裏認識甜蜜蜜的，每天凌晨兩點以後，都有很多奇異的人在裏面互相勾引，然後互相謾罵。也有少部分只想說說話，只不過說說話的，他們被認爲性無能或者性冷感。

那個晚上我進去只是因爲已經凌晨三點了，可是我的房子外面還有一個人，她在踢我的門，那是一個很兇惡的女人，起先她從她遙遠的城市來電話，說她愛我的小說，後來她就上門來拜訪我了，再後來她要求住在我這兒，再到後來我就不得不待在自己的書房裏，反鎖了房門，任由她在外面踢我的門。我知道我的房門很堅硬，我一點兒也不擔心她會破門而入，然後我在房裏打電話給我的朋友們，他們都要求我打一一〇報警，當然那是很糟糕的建議，我並不想第二天就上我們日報娛樂版的頭條。

我小時候看過一部電影，說的是一個男作家，被他的女讀者囚禁，那個女人長了一張醜惡的臉，她用棍子打飛了他的腿骨，逼迫他改變小說的結尾。後來我又看過無數部電影，它們紛紛講訴被捆綁的故事，男人由於過了份地愛女人，綁架她並且帶她到一個陰暗的小屋，把她捆綁在床上，不侵犯她，並且給她飯吃，但是逼迫她嫁給他，不幸的女人總是在他外出時，只找到一個拔掉了線的電話機，至於其他，連一個小指甲鉗都不會有，女人們通常選擇在婚紗店逃跑，可她們總是逃不掉的，她們只在最最危急的時候才被解救，而那些絕望的男子們，他們通常被警方擊斃，鮮血梅花，眞可憐。

所以我在小時候就知道，做一個作家是很危險的事情。

後來我的讀者累了，她歇了一小會兒，隨後再踢我的門，幾次三番以後，她終於躺在我的房門外面熟睡了。

我終於可以安靜下來，可我又無處可去，於是我不得不上聊天室去說說話。

在我批評了一個矯揉造作的男人以後，有一個名字叫做甜蜜蜜的女人送了我一朵碩大的電子花。我們都有點兒吃驚，因爲我們倆好像都認識那個男人。

那是一個奇醜無比的男人，可是酷愛Gucci香水，他導致我從此以後一看到Gucci香水就開始嘔吐。我曾經在一組名字叫做《天使有了欲望》的文章裏罵過他，我很愛自己的文章，可是我從來都不知道它是一篇散文，並且出現在一九九九年中國散文排行榜的提名裏。眞奇怪。

雖然我很愛自己的文章，可是它也爲我招來了一大筐匿名舉報信，那些信源源不斷地寄到我們的市委市政府，文聯和報社，它們寫得眞好，方格稿紙，純藍墨水，一個錯別字都沒有，眞奇怪，最後它們都到我的手裏來了。

原來它們都出自一人，他每天都寫一首詩寄給我，那些詩讚美我，說我像太陽那麼美麗和純潔，可是同時他又寫信給我們的市長和文聯主席，說我是一個婊子。總之正如他每一封信的結尾所說，他不過是反映了一位勤奮的老讀者的赤誠之心，因爲他看過奇文《天使有了欲望》以後嚇得暈過去了，他建議文章應該改名爲《一個墮落的女人的自白》，他還建議把包括我在內的所有七十年代出生的女作家都抓起來，爲我們專門開設一個「二十年來文藝健康發展的歷史經驗」的學習班。

可是他把所有的人都嚇壞了。

我一點兒也不明白，現在的老同志們在想什麼，我想我眞是失敗，我總是不明白現在的孩子們在想什麼，現在我連老同志們在想什麼也不知道了。

其實我很喜歡那些信，我把它們貼在我的電腦機箱上，每次心情很壞的時候我就會看它一眼，心情馬上就會好起來。

我從來都不擔心他們每天寄一些奇怪的東西到我的電子信箱裏，即使他們找到了我住的樓，並且踢我的門，我一點兒也不擔心，我曾經在凌晨一點，兩點，三點到四點接到幾百個騷擾電話，那個男人的第一句話就是我要操你，可是我一點兒也不生氣，我很溫柔地說，可是我不認識你，眞的，請你不要操我，因爲我不認識你。

我發現自從我開始寫作，我就變得越來越溫柔。眞好。

我的一個在C市日報工作的朋友曾經對我說，他很想在他的副刊上用我的這篇文章，如果我願意把裏面關於做愛的字眼刪掉的話，我不過也只說了四個字，我是這麼說的，去你媽的。

那眞是一篇好文章，我直到現在還很愛它。就像我一九九七年的小說《你疼嗎》，它是我的極致和絕望，我再也寫不出那麼漂亮的好小說了。我回不去了。

我知道我和它都沒有犯錯，如果我必須要改它的名字，如果我必須要把「做愛」那兩個字刪去，我會死掉的。眞的。

我不知道甜蜜蜜爲什麼要送我花，我不過是罵了一個我們兩個人都認識的男人，她就送我花。我不知道那是爲什麼。

甜蜜蜜說，我找了你很多次，第一次你媽接了電話，說你在睡覺，第二次你媽又接了電話，說你在洗澡，第三次還是你媽接了電話，說你去海南了，這是第四次了，我終於在聊天室裏找到了你。

她給我來了電話，我們談了談她和老蘇的愛情，我們還談了談我們共同的廣州朋友吉米，我們都認爲她比我們要幸福。然後我們各自抱著電話睡著了。我們都喜歡電話，我們只喜歡電話，即使有聊天室和ＩＣＱ，我們還是喜歡電話，在電話裏我們可以聽到對方呼吸的聲音，是聲音，不是文字造出來的聲音。

我們是電話動物。

後來一個經常與我在網路上大打出手的名字叫做菩提樹的男人問我，甜蜜蜜是一個什麼樣的女人？我說甜蜜蜜是一個電話動物，你可以在電話裏和她做愛。

自從我在自己的小說裏說，有時候在電話裏做愛好過眞正地做愛以後，我就被很多人問這個問題，怎麼在電話裏做愛？

也是在那個晚上，我被一個名字叫做秋天的男人愛上了，那純粹是因爲甜蜜蜜的一句玩笑話，甜蜜蜜說，我們過得多麼沒意思啊，我們或許應該這樣，你和吉米到北京來，我們殺掉一個男人取樂吧，或者我和你到廣州去，我們殺掉一個男人取樂，或者我和吉米到常州去，我們殺掉　個男人取樂……我讓甜蜜蜜閉嘴，我說我們就是殺了全世界的男人也取不著樂。

秋天總是夾在我和甜蜜蜜的對話中間，儘管那不是他的錯，據說他是整個聊天室裏最天眞可愛的好男人，每天都經過《IT經理世界》編輯部去上班。可是如果我和我的朋友說話，他總是出現在我們倆的名字中間，就很多餘。於是我說，秋天好孩子你眞倒楣，因爲我和甜蜜蜜決定殺你得了，怕了的話您就別經過《IT經理世界》了，或者繞道可以緩你幾天活。

可是他愛上我了。

我再也沒有在聊天室裏見到甜蜜蜜，她忙於一台晚會，而我沈迷於網路，直到我在一本雜誌上看到了她的小說，漂亮極了的好小說，講訴她和老蘇的愛情，看得我心都碎了。我認爲每一個人都應該看一看甜蜜蜜的小說，我想每一個人都會心碎的。

在一個奇怪的深夜，我和甜蜜蜜再次在聊天室裏相遇。我們開始談論愛情。

我說甜蜜蜜老蘇毀了你一生。

甜蜜蜜說可是我愛他，到現在我還愛他。

我說可是老蘇愛你嗎？

甜蜜蜜說老蘇只會說對不起對不起對不起。

我說一個還會說對不起的男人，心裏總還有一塊柔軟的地方，他就在那一塊柔軟裏愛你。

甜蜜蜜說你在幹什麼呢？嫁人了嗎？

我說，我們倆電話動物，也配嫁人？

在我與甜蜜蜜說話的同時，一個名字叫做咖啡的男人開始追求甜蜜蜜，他是一個IT，我第一次見他，不知道他長得帥不帥，也不知道他有沒有結過婚。可是我對甜蜜蜜說，希望那個咖啡IT給你愛和幸福。我希望所有的人都在網路上找到愛。說完了這句話以後，我被網管踢了出來。

然後我給北京女人打了個電話，我說現在我有一段關於愛情的對話了，你要嗎？

那個下大雨的海南

我要了杯牛奶，睡不著才要喝牛奶，誰都知道。我要了牛奶。

那是很奇怪的，喝再多的咖啡我都不興奮，吃再多的藥我都睡不著，喝再多的牛奶我還是睡不著，可是我喝了Modern talking的牛奶以後，我非常地想去睡，我的眼睛都睜不開了。

後來他來了，他和他的朋友們，我看到他，在夜中，他是不老的，沒有皺紋，還很漂亮。他果真喝醉了，因為他說歌手們唱得好，我實在不覺著好來，可是我應酬他，我說，好，真是好。

後來歌手唱了兩次*Hotel California*，我感激得眼淚都要掉下來了。

上海的夜在下雨，那些雨很涼，把我的頭髮弄濕了。我對自己說，我錯了，可是我原諒自己，我沒有過份地投入，因為我的腦子裏還有很多別的，碎片，錯，或侷限，它們飛來散去。

我緊緊地挽住他，希望能長久。心裏什麼都有，心裏什麼都沒有。悲涼的愛。

可是，很多時候並不是愛，只是互相安慰。

《從這裏到那裏》Modern talking

我在天涯海角走路的時候走到一塊鐵皮上去了，我看到自己的血馬上就暈了過去，然後我就被兩個男人送進了三亞市人民醫院。

醫生是個很瘦很高的男人，像風一樣飄過來了。醫生開始緩慢並且溫柔地處理我的傷口。兩個男人中的一個就說，醫生，是不是要給她打一針破傷風針呢？兩個男人中的另一個就說，是啊醫生，我看見她踩到的那塊鐵皮很鋒利，並且長滿了鏽。

醫生深深地望了我一眼，說，不必要打破傷風針的，不必要。

這時候我已經清醒了，我說，要打，一定要打。

醫生望著我，如果你一定要打，也可以的。

我說，那麼就不打吧，可是你告訴我，如果不打我會死嗎？

醫生望著我，這個，我是不能保證的。

我說，那麼就打吧，就打吧。然後我又說，那麼就不打吧，不打吧。

醫生望著我，然後他就不理我了，他從後面的櫃子裡弄來了一堆棉花棒和一瓶紅藥水，我看見他拿出紅藥水，我就尖叫起來了，不要紅藥水！不要紅藥水！

那些紅藥水還是塗上來了，它像一朵花，開在我的腳趾上。

我本來打算從廣州轉機回家，可是我受傷以後，就不想再去廣州了。

我按原路回上海，然後再從上海坐車回家。我到達上海的那一分鐘，我往窗外看，就看見有一架飛機滑出了跑道，我沒有揉自己的眼睛，我只是歎了口氣，然後對自己說，是夢選擇了我，還是我選擇了夢。

我在床上躺了兩天，然後打電話到日報社，我說我要找你們的副刊部主任，電話那頭是個嬌嬌的女生，女生說，主任不在。

那好吧。我說，請你告訴我他的傳呼。

嬌嬌的女生說，我不告訴你，如果你要知道我們主任的傳呼，你自己去問他。

我說完謝謝以後就在床上回憶她說的話，我想她爲什麼不告訴我，爲什麼不告訴我呢？

我想完之後，就想再打一個電話去，我想我一定要弄明白，她爲什麼不告訴我，爲什麼？

我按完號碼，就聽到小艾在電話那邊柔柔地問，誰啊？

我吃了一驚，才發現我按錯了，我按到晚報去了，那兩個號碼實在太相像，很容易就會按錯。

我吃了一驚，然後說，小艾，你好嗎？

小艾說，你呢？

小艾是一個很有味道的女人，可她在她們報社是一個異類，我曾經和小艾討論過她的問題。我說，你不要穿得那麼破，也不要被很多人看到你抽煙，你做出放蕩的姿態是沒什麼好處的。

小艾說，你說什麼話？每一個眞正放蕩的都做出了不放蕩的姿態。

我說你的話當然很有道理，可你是不自由的，而且我們都在服裝的問題上吃過苦，所以我希望你不要再在上班的時候抽煙，並且穿太奇怪的衣服，因爲我已經自由了，而你還沒有。我當然是爲了你好。

小艾又說，你呢？你好嗎？

我說我走路不看腳，結果腳破了。

小艾說，打針了嗎？

我說沒有，醫生不給打，你出來吧，我給你看一下我的腳。

我們約在肯德基，肯德基在報社大樓的前面，很多時候它就是一個報社食堂，肯德基在任何一個國家都不會成爲茶酒樓，陽光吧，或者藝術家聚集的咖啡館，它就是一個食堂。中午十二點以前，裏面的每一張臉都很饑餓，十二點以後，裏面的每一張臉都很蠢，因爲很多人吃飽了以後就會露出一張蠢臉。

我清清楚楚地聽到了兩個男人的對話，一個男人說，陽萎怎麼辦才好呢？另一個男人說，吃一下威而鋼是必要的。我吃了一驚，因爲那兩個男人就站在報社大樓的臺階上面，他們長得很健壯，他們面對著一條繁華的大街，光天化日，他們就說出了上面的那些話。我太吃驚，就沒敢靠近報社的門，我拐了一個大彎，繞過去了。

這樣的事情我只遇到過一回，那是一個日暮的傍晚，我和一個長得美極了的女人站在一家酒店門口等什麼人，那個美少女說，你知道嗎？那個名字叫做某某的傻逼，她跑到某某城市去找某某睡覺啦。我吃了一驚，因爲我們就站在一家五星級酒店的臺階上面，我們兩個女人，打扮得都很文雅，我們面對著一條繁華的大街，光天化日，我們中間的一個女人就說出了上面的那些話。我太吃驚，從此以後我再也沒敢靠近那個美少女，我一直擔著心，以後，她會不會把不是我的故事也算做我的故事生動地說出去呢。

我認為一句話也很重要，有時候比什麼都重要。

比如我的電腦，那是一段螢幕保護程式，我的電腦說，能意識到自己的欲望就叫自由。

比如小說《洛麗塔》，一個老男人對另一個老男人說，她眞是一個尤物，好好享受吧。

比如國產電視劇《牽手》，一個老男人對另一個老男人說，一個男人的狀態，反映了他的女人的質量。

比如電影《巴黎最後的探戈》，一個小女人對一個老男人說，你越來越老，越來越肥。老男人說，可是我有個性。小女人說，哼，過時了。

最近我很奇怪，我總是看到很多奇怪的東西，它們說的都是一個小女人和一個老男人的愛情。

我還聽過一個故事，我總想把它寫下來。年輕的女子和年老的男子戀愛，當然他們的戀愛是很痛苦的，有一天，女人數著男人頭上的白髮，一根一根地拔去，男人就說，如果，你每拔掉我的一根白髮，我的年紀就可以減去一歲，那，該有多好啊。

我坐在肯德基喝可樂，我很恨肯德基，認為它反動，可是我又很喜歡肯德基，我可以在肯德基看到很多孩子，我喜歡小孩，我最大的願望就是我有一個小孩。

我曾經和我的父母商量過這件事情，我說我想要小孩，眞的，我想極了。

我的父母就說，那麼你去結婚好啦。

我說，問題就是我不要結婚，可是我要小孩。

我的父母暗暗地對視了一眼，他們其中的一個就說，你最好現實一點，不要做怪。

然後我又堅持了一下，我說，我的意思是，我不要丈夫，可是我要我的孩子，難道我不現實嗎？

我喝可樂，一會兒，小艾來了，過了一會兒，小艾的朋友小金也來了，再過了一會兒，小金的朋友小陳也來了，我知道再坐下去，還會有更多的人出現。就像在網路聊天室裏，只要出現一條魚，那麼就會有第二條，第三條，最後聊天室裏全部都是魚。

小艾，小金和小陳都仔細看了一看我的腳，只有一個腳趾，它受傷了，包紮得很好，藏在一隻銀色的高跟拖鞋裏，其他的腳指甲都是銀色，除了受傷的那一隻，它現在是紅色的。

小艾說，一定是你幹了什麼，這是一個微妙的懲罰，它不太嚴重，可是足以警告你。

我有一點緊張，可是我假裝鎮靜地說，小艾你給我閉嘴，我什麼都沒幹，在那個下著大雨的海南。我還可以幹什麼呢？

我在八月去海南，我到的第一天，我走的那一天，海南的大雨，像水一樣從天上倒下來。

我在虹橋機場，一群人，都是我不認識的，我們在等什麼，我不知道，我等得要暈過去了。早晨六點，我已經在機場了，他們說你不可以遲到，所以你要早一點到，所以我早飯也不吃，我就拖著我的箱子到了。

我一晚沒睡。昨夜，我跑到一間酒吧，看葉葉彈吉他，我要了一杯牛奶，然後哭了一小會兒。這個可憐的孩子，他女朋友逼他結婚，他不肯，就是不肯，可是他多麼愛她。後來她結婚了。後來我說，你實在不願意和她結婚的話，你就做她的情人好了。可是葉葉說，我就是因爲愛她，才要她生活得好，我怎麼可以再出現，打擾她的生活呢？我覺得他可憐，又覺得他自作自受，所以我矛盾得很，所以我只哭了一小會兒。

我喝完牛奶就出去了，然後我開始打電話，我打了很多電話，他們問我在哪兒，我就告訴他們，我在上海，一條骯髒的大船上，明天我就到普陀山啦。

凌晨，我開始找車去機場，我找到了一輛漂亮的紅色桑塔納，後來他微笑著把我扔在了一條名字叫做番禺路的路上，他說，我的車不能過去，前面的路分單雙的，今天我的車不能過去。

那你爲什麼不早說呢？我說，現在我很恨你。他微笑。

我提著箱子，站在番禺路上，前面在修路，有很多灰，很多石頭，很多卡車，還有很多民工，他們站在很遠的地方觀看我。我的眼睛腫著，我提著一個碩大的箱子，我的白色吊帶裙，它越來越黑。

我看到很多單數車，它們在我的面前掉頭了，我看到很多雙數車，它們都很滿，它們得意地看了我一眼，然後絕塵而去。

我等到天也亮了。我終於等到了一輛三輪車，踩三輪車的是個老頭兒，笑嘻嘻地，看著我，我飛快地爬上了他的三輪車，我說，師傅幫幫忙，載我離開這條路吧。

我還是最早到機場的，我要感謝踩三輪車的老師傅，他使我趕上了飛機。

在虹橋機場，我實在累極了，我客氣地問一個站在我旁邊的女人，我說對不起，我可以蹲下嗎？

她看了我一眼。最好不要，她說，因爲不好看，可是，如果你實在累的話，你可以坐在你的行李箱上。

好吧。我說，謝謝。

我不知道我們還要等什麼人，總之現在我很恨那個人，我想如果我還年輕著，我會在他終於出現的時候踢他。在我還年輕的時候，我做過這樣的事情，我踢過很多男人和女人，我踢過椅子和牆，還踢翻過一桌好菜。

我一直在想我的旅行會沒有意義，我已經開始後悔了，我拖著我的箱子，可是我怎麼也打不開我的箱子，裏面有很多我爸親手放進去的小零食，那時候我們還沒有就知識份子的問題翻臉，我爸很關心我，可是他忘了告訴我新密碼。

我打電話給我媽，那時候我媽和我爸都在周莊，他們每年都要去很多次周莊，我爸喜歡三毛茶樓，他會關掉所有可以找到他的機器，坐在那兒，從早到晚，他只聽《橄欖樹》，一首曲子，來來回回地聽。

當我爸坐在茶樓裏的時候，我媽就去丹桂園看蘭花，我媽喜歡一切花，我一直都擔心她只喜歡花。我在小時候也喜歡花，我種過夜來香，自己採集的花籽，我曾經看到夜來香在盛開，可是我再也不能看它了，一看到，心就疼痛。

後來有人在KTV唱《夜來香》，她們唱到「喪失了天良，滿足了欲望」的時候我就疼痛起來，我不停地喊，閉嘴，給我閉嘴！我差一點就瘋了。

我媽的白茶花在冬天開放，眞奇怪，我看著她的花，一直看，一直看，就覺得世界上最好看的花就是茶花，我希望它永遠都開在那兒。我就問我媽，明年還有嗎？它還開嗎？

我媽說，不會了，再也不會了。

爲什麼？

因爲它已經死了，爲了這次的開花，它已經竭盡了所有，它不會再開花了，它已經死了。我媽平靜地說，做茶花就是這樣，它自己選擇的。

我總覺得我媽在說很多話的時候，其實都是有別的意思的，可是我說不出來，她的意思。我媽從來都不明確表示她的意思，當我長大以後，懂得說對不起，懂得說是我這個壞孩子消磨了您這一輩子的時候，她卻說，不是這樣的，我以有你這樣的女兒爲榮，我有一種莫明的愉悅。

莫明的愉悅？說不出來的愉悅？自己也不明白的愉悅？完全迷惘的愉悅？

當周莊還沒有被發現的時候，他們每年都要去很多次揚州。他們是一對很會享受並且恩愛的夫妻。

當我爸坐在富春茶社喝茶的時候，我媽就去瘦西湖公園看瓊花，我又問我媽，瓊花有什麼好看的？它太單調了，沒有香氣。我媽又說，所有沒有香氣的花都是最美的。

現在我告訴在周莊看蘭花的我媽，我說，我打不開我的箱子。我媽說，那怎麼辦呢？我說，我試過了很多密碼。我媽說，那怎麼辦呢？然後我媽對我說，或者，你應該試一下你機票上的編號。

我在十五分鐘以後打開了箱子。我試過了所有客票行李票和保險單上的編號，如我所願，那是一個編號，取自保險單的前六個數位。我爸會把他看到的任何一個數位做密碼，這是一個很不好的習慣。

他們終於出現了。兩個遲到的男人，神清氣爽的臉，一定都吃過了老婆做的早飯。

他們看我，於是我低頭，發現我沒有扣好鈕扣，它們上搭下絆，就像我在幼稚園的時候，我直到四歲還弄不明白什麼是左，什麼是右，我就會做出很多古怪的事情，我會把「7」這個數位寫反了，並且把扣子們扣得像一根扭曲的黃瓜。直到今天，我還是會犯同樣的錯誤，所以我從來就沒有長大過。

於是我開始重新扣扣子。兩個男人看著我。我扣好扣子以後就開始看他們。

然後領隊說，人到齊了，大家走吧。

我坐在一個活潑得像太陽那樣的男子旁邊，自從我在機場認識他，他就一直幫我提箱子，和我說話，照顧我。他很活潑，飛機起飛的時候他安慰我，不要害怕。

我說我不害怕，我說我在兩年前每個月都要飛一次，去看我的男朋友。

後來呢？他說。

後來我遇到了一次強烈的氣流。我說，那是冬天，深夜十一點，我的城市和他的城市都下大雨，那趟航班人很少，連空服在內，一共才四十個人，我們都分散著坐，散得很開，飛機顛簸得非常厲害的時候，有幾個男人從座位上站起來，他們在我的身邊走來走去，還有一個男人，他居然拿出了他的手提電話，然後，很突然地，燈都滅了，一片寂靜，什麼聲音也沒有，時間都好像凝固了。我對自己說，如果我死了，就好了。

後來呢？他說。

後來飛機就著陸了。我說。

再後來呢？他說。

再後來我們就分手了。我說，就這樣。

可是你來來去去的。他說，還是分手了。

我說是啊，不過我也沒辦法，因爲那時候我要上班，我不能遲到，也不能早退，我們單位總是把我的年度休假折合成一天三十元的人民幣給我，我說我不要錢我要休假，他們就會取笑我。於是我不得不坐新疆航空公司的班機，我總是星期五下午六點的飛機走，星期天晚上十一點的飛機回來，後來新航所有的空姐都認識我了。

我遇到過很多奇怪的事情。

有一次，坐在我旁邊的男人不停地和我說話，每次我睡著了，他就把我搖醒，然後不停地問我住在哪兒？要去哪兒？後來下了飛機，他還緊緊地跟在我的後面，他說他沒有零錢買機場車的車票，他誠懇地拉住我，小姐你是不是可以幫我買一張票？

有一次，我看錯時間，差一點沒趕上飛機，我是穿著睡衣和拖鞋上飛機的，當我在洗手間裏換衣服的時候，空姐拼命地敲洗手間的門。

有一次，我看到了一個英俊的無人陪伴兒童，我對他笑，我以爲他會喜歡漂亮阿姨，可是當我企圖坐到他的旁邊時，他白了我一眼。

有一次，坐在我旁邊的是一個中年男人，飛機還沒有起飛，他就開始穿桔色的救生衣，我坐在他的旁邊，很不自然，因爲很多人在看他的同時也看我。我不得不瞪他，我瞪了很多眼，我沒有說話，我一句話也沒有說，可是他說，小姐不要看的啦，我是自己花錢買的啦。

當然我的朋友念兒遇到的事情比我驚險得多，念兒坐在去海南的飛機上，那時候海南的機場還在市中心，念兒的飛機到達了海口上空才發現自己的起落架放不下來，它飛來飛去，在天空中猶豫了半個多小時。念兒目不轉睛地盯著下面密集的樓房，念兒安慰自己說，如果他們能夠把飛機開進海裏的話，我的生還率就會比在陸地上高一倍，多麼好。

好啦好啦。我說，我們馬上就要到海口了。

那個像太陽一樣活潑的男子笑了笑，說，你和你的朋友一定是什麼都有了，所以你們怕死。你呢？我說，你不怕死嗎？

我不怕。他說，我一直在想，如果我死了，我的小孩就可以得到一筆錢，他會生活得好。

我笑了一笑，我說，你眞蠢，我們的命不止二十萬人民幣。

這時候坐在我後面的一個女孩子開始難受，她說她和她的耳朵難受得要死過去了。那個女孩子是從西安來的，比我大兩歲，可是她做出了比我小兩歲的姿態。

太陽轉過頭安慰她，太陽說，你閉上眼睛，深呼吸。

我說太陽你閉嘴，我說，好孩子你聽我的話，你睜著眼睛好了，你把嘴張大，張到最大。西安女孩子看了我們一眼，然後閉上眼睛，深呼吸。

然後坐在她旁邊的那兩個男人開始笑，他們笑完以後從口袋裏找出一包話梅來，分給每個人吃。我說我不吃，可是有老婆眞好，老婆會在你們的口袋裏放話梅。

飛機著地的那一個瞬間，我聽到了一片歡呼聲。

海口在下大雨，那些大雨，像水一樣從天上倒下來。

太陽幫我拿行李箱，太陽說你的故事眞好聽，可是後來呢？

什麼後來？我說。

我坐上車，剛把頭髮盤起來，幸福的電話就來了，他說你在哪兒？我說我在海口。他說，你和誰在一起呢？我看了一下周圍，然後說，這些人你都不認識，不過，我又說，也許你會認識健康。健康是那兩個上海男人中的一個，有遲到的惡習，上飛機前他刷了牙，刮了鬍子，吃過了豐盛的早餐，口袋裏有話梅。

幸福說，是啊，我認識他，他是一個好男人。我回頭望了健康一眼，他坐著，頭髮濕了。一個中年男人，我對電話那邊的幸福說，可是他保養得不錯。

幸福住在廣州，是我最愛的男人。我愛他是因爲他是這個世界上最奇怪的男人。我以前以爲他是一個天使，能夠帶我上天堂，後來我才知道他是一個墮落了的天使，他只會使我下地獄。可是我寧願下地獄，也要愛他。

我在車上睡過去了，可是導遊不斷地把我弄醒，導遊是個土著，姓蔡，長得很瘦，又很黑，如果他說話的聲音好聽，我就會樂意被他弄醒，可是他的聲音很難聽，像一隻成長期的小公鴨子。

我只要看到導遊就會想起我的兼職導遊的時代，我掛著實習塑膠牌，搖著我任職的國際旅行社的小白旗，帶著一大群成年人去杭州，因爲我很可愛，所以我在花港觀魚丟了他們中間的兩個人以後，他們也不恨我，他們說，我們走吧，早點回家，我們都知道不是你的錯，就讓他們永遠留在紅魚池裏吧。

蔡導遊說，那位小姐，那位小姐請不要睡。

我睜開了眼睛，說，聽著呢。

蔡導遊就說，大家往左面看，左面的樹名字叫做橡膠，大家再往右面看，右面的樹名字叫做椰子。大家都吃過椰子了吧。

沒有，我說。

那麼大家都吃過芒果了吧。

也沒有，我說。

那麼大家總該吃過西瓜了吧。

沒有。這次是健康說的，他的聲音很大，招了很多人回頭看他，可是他若無其事，他又說了一遍，沒有。

不會吧，蔡導遊和顏悅色地說，你們那兒會沒有西瓜？

沒有，健康說，我們那兒什麼都沒有。

可是蔡導遊不理他了。現在給大家做一道腦筋急轉彎題目，他說，答對有獎。一隻公烏龜和一隻母烏龜，爬進一個山洞裏，過了一會兒，公烏龜爬出來了，可是母烏龜沒有爬出來，爲什麼？

我聽見有人吃吃地笑，我看見一些男人痛苦地思索，我還看見一些女人閉上了眼睛，可是沒有一個人說話，於是蔡導遊又複述了一遍。還是沒有人說話。

局勢有點緊張。過了好一會兒。

那麼，蔡導遊小心翼翼地，說，我來告訴大家吧，答案是，母烏龜翻不過來啦！

沒有人說話。

這時候有一個女人的聲音響起來，那清脆可愛的女高音啊，就像一把尖利的銀製小刀，漂亮極了。她說，她是這麼說的，如果母的在上面，公的在下面，那就是公烏龜翻不過來啦。

然後，很多人就笑起來了。蔡導遊很高興，他埋頭在他的口袋裏找，找半天，找了一枚海南旅遊紀念幣出來，然後扔過來，那個清脆可愛的女生伸出手，漂亮地接住了。女生來自上海，穿厚底鞋，指甲墨綠，有兩個女伴，她們的眉毛挑得都很高，像三十年代，蝴蝶在上海。

第二個問題，蔡導遊說，答對還是有獎。

蔡導遊，我說，對不起打斷一下，請問我們晚上住的地方有沒有豔舞看。

蔡導遊裝出吃了一驚的樣子。沒有，他說，晚上我們住興隆，興隆沒有豔舞，不過，晚上有一場人妖表演，一百五十元一位，如果哪位要去，請與我聯繫，一定要與我聯繫，因爲如果你們自己去，就要二百元啦，好的，晚飯後八點，要看表演的，找我，我會帶你們去，我們統一買票，人妖表演，也是很難得的啦，正宗泰國來的人妖，不是每天都能看到的啦……

好啦好啦。我說，你可以問下一個腦筋急轉彎啦。

蔡導遊意猶未盡，又說，大家都知道的啦，有一句名言嘛，不到北京不知道官小，不到上海不知道名牌少，不到海南，不知道身體不好。說完，往九十年代末的上海蝴蝶飛了一眼。

好的，第二個腦筋急轉彎，答對有獎。

我睡著了。然後就到了興隆。

我和一個南京女人住在一個房間，她剛剛生完她的小孩，一進房間，她就撲向電話，在我洗完澡，換好衣服，化好新鮮的妝以後，她還在打電話。我喜歡這樣的女人，像母親一樣的女人，全身心都給了丈夫和孩子。

她掛了電話，斜靠在床上，沈思了好一會兒。我眞希望明天就回家，她說，我就可以抱我的女兒了。

是啊，我說。

她說，我女兒會叫媽媽啦。

是啊，我說。

她掏錢包，說，我給你看我丈夫的照片。

看完，我覺得我也應該給她看點兒什麼，於是我也把我的錢包拿出來。我給你看，我媽的照片，我說。我的錢包裏只有一張我和我媽的合影，照片上我們像姊妹，尤其我媽，笑得人面桃花。

你媽很美。她說。

是啊，我說，然後有一點傷感。後來當我坐在海口的一條船上看日落的時候，我想，生活多麼美，可是我仍然悲傷。

她說，好了，我要去溫泉游泳了，你不去？

我不去。我笑了笑。有人告訴過我，那是一個很詭異的男人，精通邪術，他說，從你的眼睛裏看出來，你不能近水，因麼你會死在水裏。然後，我就再也不敢靠近水啦，也許就像太陽說的，我什麼都有了，所以比誰都怕死。

我上街走了一走，我看到了健康和他的男伴，他們緊緊跟隨在蔡導遊的身後，往一個陰濕的地方走，拐了個彎兒，不見了。然後我買了一袋波蘿蜜，然後我坐在酒店的臺階上吃那袋菠蘿蜜，我一邊吃，一邊想，如果以後我恨人，並且要殺人，我就騙他吃菠蘿蜜，再騙他吃蜂蜜，毒死他。想完，得意得很。然後我接到了我媽的電話，我媽說，你在吃什麼？

第二天我沒趕上吃早飯，我甚至連臉都沒趕上洗，我就穿著睡衣抱著箱子出大堂了。

我一晚沒睡，我想我大概接了幾百個電話，其實我接第二個電話的時候就想把電話拔了，我開大燈，研究那部電話，我發現興隆的電話眞是太奇怪啦，它沒有連介面，那根電話線就像是長在電話機裏面的，除非把電話砸了，不然怎麼也拔不了那根線。

接完第三個電話我就打電話到總機，我說小姐啦，我是四四〇二房間，我是一個女生了啦，請不要再轉電話進來啦，OK？

總機小姐很鎮定，對不起，我們這裏是絕對沒有這種情況的，這樣吧小姐，你可以把話筒拎起來放在旁邊……

我讓她閉嘴，然後耐心地告訴她，有沒有什麼技術？可以讓拎起的話筒不再發出哮叫聲？因爲那種聲音就像，就像尖利的指甲，在玻璃黑板上劃啊磨啊，吱吱吱吱……

我突然意識到我什麼都沒有說，於是我掛了電話，發了會呆。

我抱著箱子，眼睛腫著，有人給我檳榔。

我謝過他們，然後把檳榔放進嘴裏。幾分鐘後，我開始嘔吐。西安女人坐在我的旁邊，她說你的牙紅了，我說我知道，她說你的臉也紅了，我說我也知道。這時候健康說，醉檳榔？我說我知道。

我趴在一個洗手池裏嘔吐，我把嘴裏所有的檳榔都吐了出來，在我吐的時候，有人問我，什麼感覺？我說我很High。

葉葉抽過大麻煙以後說他看什麼都是靜止的。我坐在葉葉的對面，很悲傷，我說葉葉你看你面前飄著的那些煙，它們是什麼樣的？葉葉說，它們是直的，像一根線。

過了五分鐘，我追上了我的團隊，他們正在圍觀一棵名字叫做「見血封喉」的樹，那樹長得很瘦弱，像一隻猴子那麼瘦弱，一點兒也看不出來，它會見血封喉。

然後我想，如果以後我恨人，並且要殺人，我就在指甲裏塗見血封喉的樹汁，然後劃破他的皮，毒死他。想完，得意得很。

我小時候看過一部新加坡電視劇，一個女人要害死負她的男人，她架起一個燒烤爐，然後用夾竹桃的樹枝串肉在爐上烤，那個蠢男人不知情，他笑嘻嘻地，愉快地吃，吃了很多串，然後仕後仰去，仰去，嘴裏喊，你，你，你……然後女人狂笑，哈，哈，哈……

現在我有三種優雅的殺人方法了，我在心裏想。我想完以後就跑到昨夜與我睡一個房間，給我看照片，我也給她看照片的南京女人身旁，她供職於江蘇省公安廳。

我小心翼翼地問她，我說，像這種原始的通過植物殺人的方法，現代的法醫也可以偵破嗎？

她冷冷地看了我一眼，說，我不知道，我是做行政工作的。

下午，我就在天涯海角劃傷了腳趾。

我想那是念兒的錯，念兒在天涯海角最險惡的一塊石頭上拍了一張照，念兒在照片上很美。於是，我找到了那塊石頭，石頭在海裏，有人架了一座木板橋，通向它。

上橋是非常困難的，因爲它太高，而且離海太近，如果我只顧橋不顧打來的浪，或者我顧打來的浪不顧橋，我都會臉朝下撲倒在海裏。所以我站著旁觀，我看到一個健壯的女人，她爬了三次，都沒有爬得上去。那些浪把木板沖得飛起來，又落回去，橋上的人在尖叫。

我看了一會兒，健康和他的男伴來了。健康說，你想上去嗎？我說我需要人看守我的鞋子，然後我才可以上去。健康笑了一笑，然後吩咐他的男伴看守我的鞋，然後拉著我的手，走向那塊石頭。他上去了，然後把我也拖了上去。

我們走到橋的盡頭，我看到了很多很多水，於是我閉上了眼睛。可是我聽到健康說，我喜歡你。我就睜開了眼睛。

我從石頭上下來就給念兒打電話，我想告訴念兒我去過你的石頭了。電話接不通，我關掉電話，突然意識到，念兒接不了電話，她需要休息。而且那塊石頭實在沒什麼好。

我看了一眼健康，他也在打電話，不過他找了一個樹蔭，離我很遠，他的男伴笑咪咪地望了他一眼，又望了我一眼。

我招手，把他的男伴叫過來，我說，他打電話給他老婆是不是？

他的男伴吃了一驚，他說，你怎麼會知道的？

我微笑地看著遠處健康的嘴，他會這麼說，老婆，是啊，我在天涯海角，這裏天眞藍，是啊，我很想你，好好好，我不會的，你要相信我，我愛你，拜拜。

我就再一次對男人和婚姻絕望，如果我是這個男人的老婆，我就會哭，因爲他對別的女人說我喜歡你。可是我是這個男人的情人，我仍然會哭，因爲他還對自己的老婆說我愛你。

婚姻不過如此。很多時候婚外情不過是騎在牆樓上看外面的風景，身體還在城裏，心早已經飛出去很遠很遠了。

我是一個喜歡騎在牆樓上往裏面張望的好孩子，通常我只看一小會兒風景，就被城內的險惡嚇壞，趕忙跳回原處，喝一口熱茶，死了心。

他的男伴說，健康的老婆是有名的美女。我笑了一笑，說，可她不再是了。

我甩開了他，慢慢地走，然後我就踩到了一樣東西，我又走了幾步，才發現鮮血湧出來了，我晃了一晃，跌倒在地，疼痛鋪天蓋地地來，我都要哭出來了。

我看到太陽和健康都奔跑過來，他們攔住了一輛旅遊電瓶車，把我扛了上去。開電瓶車的小男孩一點兒也不吃驚，他說，今天這日子可不太好，剛剛還有人被浪打到海裏去，才送到醫療室，現在又來了一個。

太陽讓他專心開自己的車，而健康說，我要告你們。

我坐在風景區醫療室的小板凳上，太陽和健康站在我的旁邊，醫療室的工作人員正往我的腳上潑冷水。我們都看到了那個被浪打到海裏去的男人，他的半邊身體全部都碎了，他坐在那裏，痛得顫抖。他的導遊警覺地看著我，最後她再也按捺不住了，她站起來指著我說，你怎麼可以先給她治？

醫療室的工作人員冷冷地看著她，說，那你說先給誰治？

然後太陽回過頭看我的腳，太陽吼叫起來，你怎麼可以用冷水清洗傷口？

醫療室的工作人員冷冷地看著他，說，那你說用什麼洗？

健康說，這是你們旅遊公司的錯，好端端地走著路，還穿著鞋呢，怎麼就劃傷了？

她又說，那我怎麼知道？

後來她問太陽和健康收取治療費的時候，他們問她爲什麼？這個喜歡反問的醫療室工作人員又一次反問，說，你不給我們吃什麼去？

然後她把一個地產創可貼捲在了我的傷口上面，說，好了。健康安慰我，這裏就只有這種條件，我們簡單處理一下，馬上再去醫院……你還想說什麼？

我站起來，對那個憂愁的導遊說，別著急，會好起來的，畢竟人沒丟，還在。

她惡狠狠地看了我一眼，不理我。

我請求太陽幫忙丟了我的鞋，太陽問我爲什麼？我說，我不要看到它，我很恨它，因爲我穿著它仍然受傷，我要扔了它。其實也不能怪我的鞋，我所有的鞋都是露腳趾的細帶高跟拖鞋，它們非常不適合在沙子上行走。所有充滿了風塵味道的鞋都會使我們受傷。

在他們送我去三亞市人民醫院的路上，我一直在想爲什麼？八月，我開始了第一次眞正自由的旅行，我再也不用趕上班了，可是，我怎麼受傷了？爲什麼？

小艾的話眞的很有道理，她說那是一個懲誡，點到即止。

三亞市人民醫院的醫生用酒精處理了我幾個小時前被冷水沖洗過的傷口，並且給我塗上了紅藥水，最後，他還是用了一張創可貼。

我赤著腳，到處亂走，其實我每走一步都很疼痛。太陽和健康都勸我休息，不要再走了。我說，我很好，你們不用再管我了，你們應該追上團隊，千萬別爲了我一個人耽誤你們的旅遊行程。太陽說沒事，他剛跟導遊通過電話，現在他們都在一家茶樓喝苦丁茶，喝完茶他們就得買，不去更好。

他們陪我坐在一個大涼棚的下面，我們誰也不說話，我們的周圍有一群雞跑來跑去，我以前以爲海南沒有雞，也沒有牛羊，後來我才發現，他們什麼都有。

太陽有點坐不住了，他說他到別處看看，然後他走進了路邊的一家海產品超市。

現在只有我和健康兩個人了，我們在曬太陽，我知道他很熱，熱得都受不了，可是他做出若無其事的樣子。

然後他說他喜歡我。我說然後呢？他說他愛我。

然後呢？我們做愛。

然後呢？我們做第二次。

然後呢？他愛我。

然後呢？他發呆，他說，什麼然後？

我說，這不就是嗎？我們已經把什麼都說清楚了，我們談戀愛，感情很深，然後我們做愛，做無數次，然後我們的感情越來越淡，就會慢慢地斷絕來往。那麼一切就完成了。還有什麼呢？既然我們都已經知道了結果，我們還需要做什麼呢？

健康說，可是我們會在過程中快樂。

我說，很多男人從過程中取樂，而很多女人更喜歡在美好的結局中快樂。

健康說你怎麼這麼說話，你是不是念工科的？我說我即使念中文也這麼說話。

健康埋著頭，有一點兒傷感，他說我不是你想像的這樣，我是眞的喜歡你。

我說，我知道你喜歡，可是我們必須省略掉一些過程，這是一個節奏很快的社會，我們都是成年人，就更不必要浪費雙方僅剩的那一點愛的能力了。

不做愛和一夜情的性質其實很相似。一夜情是因爲節奏太快，要快樂，不要愛的牽掛和纏綿，所以做愛，一夜過後，忘得徹徹底底，可是沒有愛的做愛只在瞬間快樂，過後，身體和心才開始疲乏，就會深深地厭惡自己。

不做愛也是因爲節奏太快，要快樂，可是做愛也做不出什麼樂趣來，既然做愛這麼短暫，這麼累，過後還會厭惡自己，還不如不做，於是就要快樂，不要做愛。可是他們亮出了更漂亮的旗幟：沒有愛。不做愛。果眞是絕望極了。

健康說他總是不明白小女人想什麼？

我說你還不明白？我們已經花費了整整一個小時了，我們已經討論過了爲什麼做愛？要不要做愛？以及一切與之有關的理論，我們還可能做愛嗎？

健康說，最主要的原因還是你不愛我。

我說也許是吧，不相愛就做不出來好的愛。最完美的做愛，就是相愛的男女，做使對方幸福的愛，做完以後，會更幸福。你知道，我是一個精神女人。

健康說，你這個奇怪的精神女人，你會一輩子都找不到合適的男人做愛。

我甜美地笑了一笑，像一個孩子。然後我打電話給蔡導遊，我說我要離團，我會自己一個人在三亞住幾天，我不會再跟你們去植物園、鹿場、民俗村，以及玳瑁珍珠寶石專賣店，我想一個人待幾天，請把我回去的機票錢退給我吧。

蔡導遊說機票早已經訂好了，而且不可以簽轉。我笑了一笑，我說，那麼就送給你吧，我不要了。

我在酒店的沙灘上曬了三天三夜太陽，我穿著睡衣，像一個眞正的泳客那樣躺著，我每天都喝掉五個椰青，我吹著海風，聽著海浪的聲音，和遠在廣州的幸福煲電話粥，我把自己曬成了一個橄欖顏色的精神女人。

幸福說，怎麼啦？一個人渡假？是不是健康欺負你啦？

我笑了一笑，然後說，是啊，他欺負了我，你怎麼著？

幸福說，不會吧，他是一個好男人，你來廣州轉機吧，我可以見你一面。

我說我的腳破了，我誰也不見，我只想回家。

我在上海停了一個小時，我打電話給葉葉，葉葉說你又沒什麼事，多住兩天吧。我說我不，你們的城市都像車站，不得不路過的時候才來，飛一樣地飛過去。

然後我攔到了一輛很空的快鹿車，我上車，坐到最後一排，外面下起了大雨，我躺在座位上，聽著雨一直下的聲音，我很希望這樣的日子能夠長久。

我回家，做的第一件事情就是上網。如果我沒有及時把信箱裏的電郵取走，電郵們越來越多，多到我的信箱裏塞不下了，電信局就會在我的帳單上扣掉很多錢。於是我一回家就上網。

也不知道怎麼了，我剛上去，一個名字叫做平安的男人就衝過來，說，小賤人，你終於來啦。

我說平安大叔，我從來就不認得您，您為什麼罵我？

平安不理我。

我想了很多，因為平安在聊天室裏很有權威，聊天室是一個等級分明的地方，如果他每天都在聊天室裏，他每天都聊足六個小時，他伶牙利齒，打中文字飛快，那麼他就是一個權威。於是我不敢放肆，我忍氣吞聲說，小女子不知天高地厚，多有得罪，平安大叔您大人有大人量，放過我吧。說完，我開始後悔，於是我又說，平安臭小子別狂，你等著。說完，我離開聊天室，去接電話。

電話那頭是健康，健康說，我很想你。

我說謝謝。

你的腳怎麼樣了？眞讓我擔心。

謝謝，好些了。我說，可是，我們很熟嗎？

最自由的花果山

他最早的名字是美猴王，後來他厭倦了花果山的生活，跑到靈臺山學法，他的祖師給他起了孫悟空這個名字。從此，他開始了動盪的生活。

《從這裏到那裏・天盡頭》

九月，我去連雲港看花果山，我想知道水濂洞，它是一個什麼樣子的洞。

有人在讀書論壇上說，《西遊記》說的是一個革命同志與一群惡勢力艱險的戰爭。他的貼子被點擊了很多次，另一個人跟貼子說，《西遊記》說的是一個名字叫做孫悟空的男孩子的成長，那些形形色色的妖魔其實是他心裏面的欲望，他與妖魔的鬥爭其實就是自己與自己的戰爭。

所以我的九月應該在山東省，可是我先去了連雲港看花果山，我想知道那是一座什麼樣的山，有一個什麼樣的水濂洞，會出現那麼一個令我著迷的神話人物。我發現我愛上他了。

我相信《西遊記》是最早的「在路上」的中國故事，那個名字叫做孫悟空的孩子，他永遠都在路上。

可是，我知道他和我一樣，我們都不想長大，如果我們永遠都留在花果山就好了。

這次我想晃久一點，整整一個月，我希望我的遊蕩能夠使自己喪失所有的記憶。

我帶著我的電腦，它總是在我爬山的時候最沉重，我穿著高跟鞋，我的腳還沒有完全好，在我上山的時候，我的電腦和鞋都給我痛苦。

我終於爬到了水濂洞，淺淺一個小洞，據說水還是假的。我在那濂水下面坐了很久，後來有人趕我走，他們說他們要拍照，就在我坐的地方，只有那個地方最好。

我換了一個地方，在一棵樹下，我打開了電腦，可是我一個字都寫不出來。我從小就閱讀的書上說，花果山乃十州之祖脈，三島之來龍，自開清濁而立，鴻蒙判後而成，眞個好山，還有詞賦爲證。我讀了幾百遍了，熟爛於心。現在我終於坐在我從小就夢想的花果山，水濂洞就在旁邊，可是我一個字也寫不出來。

有人請我吃飯，當一道綠色的菜端上來的時候，他們的臉都很怪異，我問他們這是什麼？他們不說，他們說你吃了我們再說。我說它會流血嗎？他們說它不會流血。然後我吃了，說不出來好吃，也說不出來不好吃。然後他們說這是一種蟲子，在國內很難吃到，吃的時候需要摘去它的頭，然後用玉製的小圓棍擠壓出它的肉，這種蟲太小了，一盤菜要用幾十條。

他們說完，笑起來了，看我的表情。我沒有表情，我說太浪費了吧，這有多貴啊。

然後我就到了青島。

我在聊天室撞到了平安。平安問我在哪兒？我說我昨天在連雲港，今天到青島了。

平安說，多可惜啊，他也在連雲港待過，如果可能的話你應該去看看我戰鬥過的地方。

我說，平安你忘了，咱們倆正吵著架呢，我會去看你住過的地方？

平安愣了一下，然後說，是啊，上次你罵我臭小子，還讓我等著，怎麼後來你就再也不來了。

我說我在搬家。

平安說，你有很多家當要搬嗎？我說，我只有一台筆記本電腦和一個電話，搬起來很容易。

平安問我，你沒有書可搬嗎？你什麼書都沒有？我說，我只有一套人民文學出版社一九八五年版的《西遊記》，三卷本，售價五元七角五。我從小就翻它，翻得書都爛了。

平安說，你連售價都記得？我說當然，我還有一個硬面本，我手抄了滿滿的一本子詞為證。

平安問我還去哪兒？我說我會去威海。平安說那麼你應該去看看我住的樓了。我發現平安去過很多地方，和我一樣，我們年輕的時候都喜歡遊蕩。

我找有直撥電話的房間住，這並不是太苛刻的條件，可我總是要費很多周折才能如願，有一次我甚至說自己是一個娛記，我工作需要一部直撥電話，我要在房間裏做一個重要的訪談。

我換了很多酒店，因為有的酒店問我收很貴的電話服務費，有的酒店在廣告上離海很近，事實上卻離海很遠，還有的酒店自助餐裏沒有火龍果，我最喜歡吃火龍果了。

我很張揚，換來換去，換得他們都認得我了，儘管所有的人都對我很禮貌，他們笑容可掬，可是他們一定也在心裏盼望，這是最後一次了吧，她不會再換了吧。

就如同我買到了盜版書，當我告訴她們我很生氣以後，她們平靜地收回了書，可是她們再也不允許我踏進她們的書店了，當然書店店員要比酒店櫃台要粗俗得多，她們直截了當地就對我說，我們認得你的臉，你別想再來了。

我痛恨盜版書，我躺在床上看盜版會越看越生氣，最後生出一種刻骨的恨來，它使我忙碌極了，我習慣於一看到錯別字就圈住它，劃出一條線來改掉，我看盜版，我就得做這些校對的工作，我累得要命。

我用盜版的軟體，每次它總是用不同的方式當機，我玩盜版的光碟遊戲，玩一半它才告訴你這是一個盜版，你別想知道大結局。可是我都認命，因為我知道它們盜版。可是如果我用了正版的錢，卻給我盜版的貨，我就應該生氣。

我很張揚，因為我暫時有很多錢，我剛剛得到了賣第一本書的錢，我要把它們都用掉。我從來不考慮我的明天會不會餓死，我曾經每天都考慮我會不會餓死，當我離開宣傳部的那一天開始，這個問題已經不存在了。

我已經不在乎怎麼死了，餓死不會是最難看的死。

總之我不會存很多錢，我相信如果我有了錢我就會坐在錢上發呆，我會坐很久，我也不會寫很多書，我相信如果我寫了很多書我就會坐在我的書上發呆，再也不寫了。

我一直在抱怨，如果我能夠坐在海邊上網，那該有多好。我只找到了一個坐在海邊吃飯的地方，露天的大陽臺，就在海的旁邊，很多青島人都不知道那個地方，被我找到了，唯一的一家，就在棧橋附近。

我還找到了一條常州路，非常短的一條路，路兩旁共種了九棵樹，我整個晚上都在數那些樹。我數完樹就去海灘散步，我提著鞋，走在海水裏，經常有水草纏住我的腳趾，我的傷口已經不太痛了，我相信海水能夠療傷。

有幾個男人在游泳，夜已經很深了，他們還在游泳，他們看到了我就拼命地往海的中央游，我猜測他們沒有穿游泳褲，他們是即興跳下去的，所以他們拼命往海的深處藏。

我只有一天沒有上網，我去看教堂了。

早晨，我找到了一個天主教堂，可是一個人都沒有，於是我坐在教堂的門口，等待有人出來賣門票，我坐在那兒，有很多人看我，後來有一個老太太走過來問我爲什麼坐在這兒？我說我想進去看看那些五顏六色的窗玻璃，它們是怎麼拼嵌出來的？

老太太說今天要買門票才能進去呀，拾塊錢呢，你應該在禮拜天的清晨來，和信徒們一起進去，就不用買門票了。

我說對啊，可是如果我禮拜天來的話，人就太多了，會很擠，我還得唱點什麼。

老太太不理我了，她很快地走開，我猜測她生氣了，其實我會唱讚美詩，我最喜歡那首《平安夜》，每次我的朋友們生起氣來，我都要求他們唱那首《平安夜》，他們唱完，心裏就會非常平靜。像神話一樣。

後來從教堂裏面走出來一個女人，她問我爲什麼坐在這兒？我說我要參觀你們的建築。

她看了看錶，說，是啊，應該上班了呀，可是人還沒來，不然你就先進來看吧。

我說謝謝，然後她領我走了很多小路，來到一扇門前，她打開門，讓我進去了。

我一個人，繞著那些椅子走了一圈，我走得太快了，很快就繞完了，於是我又走了一圈，我發現我走了兩圈用的時間還是太少，我又走了第三圈，然後我出去了。

我上計程車，讓他帶我去教堂。他說這裏不就是嗎？我說這裏我已經看過了，還有別的教堂嗎？他說他不清楚，還有一個基督教堂吧，可能在一條什麼什麼路。

我說不管怎麼樣，我們走吧。

我們沒有找到那個教堂，司機把我放在一條小路上，然後告訴我，已經很近了，只需要隨便拉住人問一問，就到了。

我就拉了一個人問，他說就在前面，我就往前面走去，我走了很久也沒有看到教堂，於是我又拉了一個人問，他也說就在前面，於是我繼續往前面走去，我拉了很多人問，他們都告訴我，就在前面，可是我怎麼也走不到。

我相信我已經走了快兩公里路了。

我的腳後跟開始腫，而且我的傷口已經開始流血。我都要哭出來了，我才看見了那個教堂，藏在很多樹的後面，有一個很像鐘樓的尖頂。

我爬上了那個尖頂，裏面果眞有一隻鐘。

我在當天晚上的聊天室裏說，孫悟空開始和各種各樣的妖和仙打交道，有些妖要殺他，有些妖會幫他，所有要殺他的妖最後都被他殺了，而那些柔弱的並且長得不難看的女妖，就被仙收了去打掃庭院……

平安問我，還惦著花果山呢，有沒有在花果山上的大聖山莊喝茶？

我說沒有，我什麼都不記得了，我好像從來都沒有去過那座山。

平安說，那麼，你現在在威海？

我說我還在青島，因爲我一直在猶豫，要不要坐船去大連？

平安說，你還是回去吧，你一路這麼遊蕩，卻什麼都記不住，還是回去吧。

我說，我就是要什麼都記不住，我要把一切都忘掉。

平安沈默了一會兒，說，你一天沒在，我已經去過你的主頁了，你嚇著我了。

我說，什麼意思？嚇著你了？

平安說，是啊，絕對嚇著了我，我已經把你的主頁首頁做成我電腦的桌面了，你的眼神太神秘了，你笑得太神秘了，我……

我說這兒是公眾聊天室，大夥兒都看著呢，別這麼一絲不掛的，大不了我也誇您幾句神秘什麼的，好了吧。

我說完，然後下網。我惱火得很，我嚇著他了，什麼意思？我神秘？神秘得就像蒙娜麗莎，能把一成年男人都嚇著了？

我知道平安其實是在罵我，現在的人都很記仇，不僅記仇，而且越來越惡毒。

當念兒還在西餐廳彈鋼琴的時候，她收到了一份禮物，來自另一位原音樂系的美女，一個紅色塑膠袋，裏面裝著兩袋鮮奶。念兒把鮮奶帶回家，她高興地告訴我，我們晚上不需要出去買牛奶了，今天有人送我兩袋鮮奶呢。

我關掉電腦，然後站起來，我把那個裝著兩袋鮮奶的塑膠袋扔出了窗，我都哭出來了，我說念兒你這個蠢女人，別人這是罵你包二奶呢，你沒知覺啊，你怎麼這麼笨啊你？

我永遠都記得念兒的臉，她好像死了一樣，很久都沒有緩過氣來。

我總是說完了話才開始後悔，我知道我才是傷害念兒的兇手，眞正的兇手，如果我不告訴她，我和她一樣，我們什麼都不知道，我們就把那兩袋奶當做善意的禮物，那麼一切都不會發生了。我後悔極了。

就如同我的廣州情人幸福，他總是說他的妻子比我這個情人更可憐，因爲她不知道，她的丈夫已經愛上了別的女人。她什麼都不知道。

我說，你錯了，只有知曉一切眞相的女人才最可憐，我知道你愛我，我也知道你不可以愛我，我知道一切，可是我寧願什麼都不知道，不知道你有妻子，不知道你愛不愛我，如果我和她一樣，什麼都不知道，就好了。

我也知道，我和她，我們兩個女人，其實都很可憐。

我接電話，一個很北京的聲音，很像很像我在電臺做DJ時，我的搭檔的聲音，他說，我是平安。

我說，平安？你怎麼知道我的電話號碼？

平安說是甜蜜蜜給的。

我說甜蜜蜜不會這麼不謹慎，她會告訴你？

平安說，你先別生氣，我動用了比較不光明的手段。

我說我不生氣，我會儘量克制自己不生氣的。

平安說，我知道甜蜜蜜跟你熟，所以我告訴甜蜜蜜說我也是同行，我找小妖精茹茹談點公事。

當甜蜜蜜開始猶豫的時候，我就告訴她，我在做網路雜誌編輯之前也是做女性文學評論的，我曾經評論過七十年代出生的女作家們，我說她們的憂鬱很誇張，有強烈的做秀欲，她們那種人就算自殺，也得先找幾個記者，現場追蹤報導，她們不可能眞有發自內心的絕望感，一群入世欲望如此之強的女人……一群名利狂而已……

我讓平安閉嘴，然後問他，甜蜜蜜就信了？

是啊，甜蜜蜜就信了。

我與她套了多少的近乎繞了多大的圈子費了多少的口舌說了多少的話啊。

我在心裏對甜蜜蜜說，甜蜜蜜你這個蠢女人。然後我對平安說，你想幹什麼？

平安說，我想告訴你，我喜歡你。

我說，你有病啊。我們說了沒幾句話啊，你就喜歡我？還是崇拜我啊？

平安說，我要崇拜你？我還不如崇拜池莉去，全中國知道池莉的總比知道你的多吧。

我認為平安的話很有道理。可是，我又說，可是池莉結婚了，我還沒結婚呢。

平安就說，不管怎麼樣，時間能夠證明一切，你給我一點時間吧。

我說，好啊，我給你時間，不過，希望你永遠都別打我的電話找我，我要安靜很久。

平安沈默了一會兒，然後說，好吧，我答應。

我決定去威海，我的時間不多了，我還得回去收拾我的新房子，我找了很多房子，可是沒有一處是滿意的，它們都不像家，就是房子，就是房子，我總懷疑別人的房子裏有很多恐怖和邪惡的東西，它們會在深夜的時候殺死我。

可是我沒有別的選擇。

我已經成為了一個棄兒，被家庭遺棄的孩子，對於我來說，被家庭遺棄，就如同被社會遺棄一樣，我不知道我老了以後會不會這麼寫我的回憶錄—《我這做為社會棄兒的一生》。

我想一想都會覺得寒冷，我發現自己已經淚痕滿面。

我終於找到了一個合適我住的地方，就在我爸爸媽媽的房子的附近，可是很隱密，典型的江南民居，閣樓，木樓梯，就像我媽媽在青果巷的老家，就像我在初中時與校長對話時走過的紅漆樓梯，我什麼都不記得了，我跟校長都說了些什麼，我只記得那些木樓梯，它們吱吱咯咯地響。

冰冷的房間，陰濕極了，現在是夏天，我不知道我的冬天要怎麼樣過，我希望我可以在冬天來臨之前找到一個有房子的丈夫，我可以嫁給那幢房子。

我太害怕寒冷了，我會胃疼，很多時候疼痛才是我迫切地要離開人的世界的理由，我太疼痛了。

如果我那富有的父親知道他最鍾愛的唯一的女兒，會因爲小小一幢房子的困境而萌生出如此卑劣的念頭，他會哭出來的，其實他是一個很柔軟的男人，就像我一樣，我已經淚痕滿面。

他們只在白天領我看房子，他們說，白天看房子有很多好處，光線好嘛，你可以充分地看清楚房子的好和壞。

當我辦完一切手續以後，當我坐在房子裏看著天慢慢地暗下來，我才知道他們欺騙我。房子裏沒有一盞燈，我的前任房客把所有的燈泡都摔掉帶走了，我猜測那是一個殘酷極了的自私女人，如果我的房約期滿，我會把燈泡留著，給下一個女人，我相信她和我一樣可憐。

我趕緊下樓，我看不清楚樓梯，我的每一步都很危險。我在對面的小鋪子裏買到了蠟燭，我知道我的第一個夜晚，將會在燭光中渡過，第二天，我得去買燈泡。我終於知道，燈泡原來分爲兩種，一種是旋轉著旋進去，一種是直著插進去的。我跑了兩趟，才買對。

房子裏也沒有熱水，牆上掛著的是一個壞了的熱水器，在看房子的時候它還是好的，能夠打出火焰來，水很熱。當我搬進來住了，我終於知道，它只可以維持五分鐘，五分鐘以後，它就會自動地熄滅了火，只有煤氣，它們蔓延著，悄無聲息。

而且樓下的老太太跑上來告訴我，你不可以用抽水馬桶，因爲抽水馬桶是壞了的，你一用，我們樓下就會下雨，所以，你不可以用。

我呆呆地看著她，我說，對不起，阿婆，我同意，我不用。

可是當我在浴池裏洗拖把的時候，老太太又敲我的門，老太太說，你也不可以用浴缸，因爲浴缸也是壞了的，你一用，我們樓下就下雨。總之，衛生間裏你什麼都不可以用，無論你用什麼，我們都會下雨。你看你看，我們樓下又下起雨啦，我剛剛洗好的衣服啊……

我只會說，對不起對不起。

廚房的每一個地方都沾滿了油垢，而且下水道有點堵。他們告訴過我，不過，這些都是小問題，只要找個鐘點工就可以搞定，很簡單。可是當我把水倒進廚房的水池時，那些水都潑出來了，潑了我一身，我根本就想不到它會有那麼堵。

我坐在地板上，我什麼都沒有帶出來。我媽試圖偷偷地給我錢，我甩開她的手，我說我不需要，我剛剛賣掉了我的書，我有錢，我有住五星級渡假酒店的錢。我媽悲傷地看著我。

我想當時她就知道了，她什麼都知道的，她的女兒將會面臨怎樣的窘迫，她知道，可是她說不出來。

夜深了，我靠在窗口看月亮，我不可以看太久月亮，我會看出問題來。在我看月亮的時候，有很多交通管制的拖拉機路過，它們只可以偷偷摸摸地，在夜間來，在夜間去，它們選擇了我的閣樓旁邊的路，它們只在夜晚最囂張，啪啪啪啪啪啪，冒著黑煙。

我開始了我的新生活。一個單身女人的新生活。

我還有一點兒不習慣，當我蹲在廚房裏刷那些油垢的時候，還有很多人說我風光，他們說你多麼幸福，你眞年輕，你還是一個作家。他們永遠都不知道我得蹲在一個破房子的舊廚房裏，像一個眞正的鐘點工那樣盡心盡責地刷油垢，我怎麼刷都刷不掉，我怎麼刷都刷不掉。

我的手指裂開了，在夏天，被清潔劑和鋼絲球破壞了，我打不了電腦了，也寫不了小說，我一碰鍵盤就疼，疼極了。就像我在四歲，他們逼我拉小提琴，我的指尖都被琴弦磨平了，我很疼，我和我的手指一起顫抖，吃飯的時候連勺子都抓不住。

我坐在地板上失聲痛哭起來。

念兒和小念的到來，使我快樂起來，可是念兒的疾病，又使我徹底地絕望，我懷疑這間房子，它果眞有邪惡和骯髒的東西，它沒能殺掉我，可是它卻使念兒生了病。

我出門旅行，旅行可以使我忘記掉不快的事情，把一切都忘掉。

我去了中國的最東，一個名字叫做天盡頭的地方。我叫了一輛計程車，司機說小姐你還年輕，不要去那個地方。我說爲什麼？他說那個地方叫天盡頭，就是到了盡頭的意思嘛，所有的領導去了天盡頭都會下臺，所以領導是從不去那個地方的嘛。

我說我不是領導，我不過是去看風景，什麼盡不盡頭的？不過是字的遊戲罷了。

就如同我導杭州團的時候，我每次都得告訴他們，「禹二」這兩個字你們不認得吧，就是風月無邊的意思啊。我實在已經很厭煩了。

平安不打電話給我，可是他每天都寫兩封電子長信給我。他的每一封信都寫在不同的素雅信紙上，每一封信都有動畫，不是作爲附件發送的動畫，而是做在信紙上的動畫，這樣的信，如果由我來做，我就沒有時間再做別的事情了。所以我可以肯定，平安不過是一個閒人。我厭惡所有有閒錢上網的閒人。

我從威海去濟南。清晨，我拖著一個大行李箱，和數以萬計的人搶計程車，後來我累了，我走了很多路，再也看不到一輛計程車，最後我和我的箱子爬上了一輛擁擠的公共汽車，我已經有很多年沒有坐公共汽車了，現在我在濟南，坐了一回公共汽車。

我想起了我住在北京的日子，那時候我還有早起的好習慣，所以我總是起得太早，沒有事情做，我就出去買一個煎餅，站在公共汽車站上，哪輛公共汽車先來我就上哪一輛，我和公共汽車，從這裏，到那裏。我喜歡趴在售票員的旁邊，聽她們說話，我唯一的娛樂，就是一邊吃煎餅，一邊站在公共汽車上聽人說話。

很多人對我怒目而視，他們都是上班的人，眞難以置信，現在是清晨，如果我沒有旅行在外，我一定還在床上，可是他們卻已經醒來，刷了牙，吃了早飯，坐在公共汽車上，要去上班。

我的行李箱霸佔了很多人的空間，他們對我怒目而視，我知道我已經不合適在公共汽車上出現了，或者我已經不合適在白天出現了。

我也很久沒有吃早飯的習慣了，我每天只吃兩頓，下午茶和宵夜，有時候整整一天，我什麼也不吃，我總是聽到小念尖叫才做飯，後來小念也變得和我一樣了，吃得越來越少。現在小念住在小艾那裏，她會按時餵它，小艾是個好孩子，除了抽煙和穿得放蕩，她沒有別的不好，她會按時餵小念。

我上網，一眼就看到了甜蜜蜜。甜蜜蜜問我怎麼這麼閒，總在聊天室耗著做什麼？

我說我不過才上來幾秒鐘，而且你也知道，我不寫就會餓死，我怎麼會整天坐在聊天室看大門呢？

甜蜜蜜說，這倒也是，你最近緊張嗎？要不要在我們雜誌開個專欄，先預付稿費給你。

我說，你也知道，我又不是職業寫專欄小稿的，我想重新開始寫我的小說了。

甜蜜蜜說，無論如何，你得先吃飽了飯才能寫小說，專欄小稿不僅可以使你吃飽，而且可以使你吃得好。

我說，我賣了三本書，那些錢會慢慢地來，而且我吃得越來越少，連我的狗都不吃火腿腸了，只吃素。

甜蜜蜜說她想哭，我說甜蜜蜜你哭什麼呀？

甜蜜蜜說她就是想哭，小妖你這個身在福中不知福的笨女人，你怎麼就這麼擰呢？你爸你媽那麼好，你怎麼就不回家呢？

我說甜蜜蜜你不懂，很多事情你不是我，所以不懂，我也不想說，而且你比我笨，你怎麼可以把我的電話給平安？

甜蜜蜜說，平安不是同行嗎？北京一家網路雜誌的，挺好的一個孩子。

我說，他要編網路雜誌，還有空一天到晚坐在聊天室裏，跟誰都說話？

甜蜜蜜說，現在就是有這種職業，每天坐在電腦前，從早到晚，記錄並分析網民們的生活，研究他們。

我終於坐上了計程車，我請求計程車司機帶我去大明湖。他說大明湖有什麼好看的？我說這裏不是濟南嗎？濟南有大明湖啊？計程車司機說，是啊，濟南有大明湖啊，可是大明湖有什麼好看的？然後，他說，到了。

我坐在車上，不下車，我說，那麼，你還載我回酒店吧。

我回到酒店，收拾東西，準備離開濟南，去泰山。我在前檯結帳的時候與小姐發生了爭執，她說你得按照一天的房價給付。

我說我在你們的房間待了不到一個小時，就要一天的房價？

小姐說，這是我們的制度，我們有規章制度。

那好吧，我說，既然你們有規章制度，我就再待一個小時吧，我的損失會少一點。

我上網，甜蜜蜜還在那兒，她問我去哪兒了？我說我去了一趟大明湖。

甜蜜蜜又問我大明湖什麼樣？我說大明湖裏有荷花。

甜蜜蜜就又做出了一朵碩大的電子花，送給我，然後問我，平安喜歡你吧？

我很小心地調看了一下旁邊的在線名單，沒有發現平安的名字，我就說，他有病。

甜蜜蜜就大笑起來，說，你別罵他，他不進來，但他會在旁邊看著，而且像他那種老奸巨滑的男人，一定有很多名字，也許他剛剛才跟你打過招呼。

我說，不管他了，你的咖啡冚呢？甜蜜蜜說，他再也沒有出現過，就像你一天到晚在找的老天使，只出現一次，就再也找不著了。

我說，以後看到好男人，一定要在最短的時間內搞到他的電話和E-Mail。

甜蜜蜜說，誰在乎呀？這是一張多麼龐大的網啊，這裏每天都有幾千幾萬個人來，我還在乎一個鬼鬼祟祟的小IT？

我說，咱們可都不年輕了啊，學電腦都從娃娃們抓起，網民們也越來越低齡化，再這麼泡下去，我們都要被迫改名字叫老甜蜜和老妖精了。

甜蜜蜜說，是啊是啊，以前我出門碰到的人都比自己年長，我總是最年輕的那個，現在啊，一出去，滿街都是小孩，我都不敢再提年紀那兩個字了。

我說我要去爬泰山了，不跟你說了。

甜蜜蜜最後說了一句，你必須要穿棉襖，因爲看日出的時候會非常冷。

我果眞只在濟南待了兩個小時，我很快地就到了泰安，我試圖坐車上中天門，可是他們不開車，他們說人都沒有，我們是不會替你一個人開一輛大巴士上山的。

你必須等，等一車的人都坐滿了，再發車。他們又說。

我說我給你們錢，發車吧。

他們不理我，他們說我們有規章制度，人坐不滿，就是不可以發車。

我等了很久，天都暗了，還是沒有人。

我攔了一輛計程車，我試圖坐計程車上山，可是他們笑我，他們說，計程車不許上去，任何車都不許上去，除了我們的車，誰都不許上去。

我說，我車票都買了呀。他們安慰我，有什麼關係呢？明天還可以用嘛，你今天就住在山下吧，住山上很貴的呀，看天色，又要下雨了。

可是我今天一定要上泰山，我準備從紅門爬上山。

我給自己買了一瓶礦泉水，我給那個賣水的老太太五元錢，可是她找我七元，我拿著水和錢，發了會兒呆。我叫阿婆阿婆。她不理我，我又叫，她不耐煩地回頭，說，山上要四塊呢，山下只要三塊，我怎麼貴了你的？我說，不是的，你多找我錢了。

什麼什麼？老太太惡狠狠地瞪了我一眼，然後搶過我的水和錢，像我一樣，發了會兒呆，然後問我，剛才你給我多少錢？

我說，你找我兩塊錢就夠了。老太太就扔出來兩塊錢，同時又惡狠狠地瞪了我一眼，一句話也不說。

她使我的心情糟透了，我想如果再有人多找我錢，我一定拿著多得的錢，飛快地離開，再也不廢話了。

我繞道去紅門，我今天一定要上泰山，那時候天已經完全暗了，並且開始下雨。有個老太太一路追我，要我買她的雨衣，她說你不買就會後悔。我怕我會後悔，就買了。老太太又要我再買一件，她說你不買兩件你也會後悔。我不信，我甩開她，開始上山。

我有點擔心我的電腦，它現在在一個陰暗的寄存處裏，他們重手重腳地把它扔到了木架子的最高處，我不可以告訴他們應該輕一點，裏面是一台筆記本電腦，我擔心我告訴了他們，我就會永遠失去我的電腦，它現在是我唯一的財產和愛。

我打著傘，開始爬泰山，沒有一個人，雨一直下。我聽得到自己的聲音，心跳的聲音，血液流動的聲音，呼吸的聲音，在這座空無人煙的深山裏，還有雨的聲音，沙沙沙。

有一對年輕夫婦追上了我，他們穿著旅遊鞋，情侶裝，蹦蹦跳跳地，問我要不要與他們同行？

我微笑，我說，謝謝你們，可是不用了，我喜歡單獨。

當他們的身影從我的視線裏徹底消失的時候，我對自己說，我不要看到情侶，他們一路談情說愛，會令我生氣，我生起氣來就會疲勞，我疲勞了就會爬不動山。

兩個小時以後，我開始無聊，而且我不生氣，疲勞也一如既往地來了，我扔掉了我的傘，雨越下越大，傘也變成了無用的累贅，我已經完全濕了，我的小傘擋不了雨水，即使它是一把大傘它也擋不了，風太大了。我扔了傘，穿上雨衣，它很薄，而且太短，可是我現在騰得出手提我的鞋了，我不擔心我會再次踩到什麼。

我看到了一叢燈光，就像我的希望，我愉快地向著那叢亮光爬去，可是那些石臺階啊，它們怎麼也爬不完，怎麼也爬不完。

我終於爬到了，是一個燈光下的旅遊紀念品小店，店主的表情很木然，他好像非常不願意見到我，當我問他還有多遠的時候，我問了很多遍，並且用了很多種語言，他才不耐煩地說，早著呢。

天已經完全黑了，深夜十點，我已經什麼都看不見了，雨仍然很大，像瀑布一樣潑下來。我一個人，越來越絕望。我又扔了我的鞋，我的高跟鞋，可以談理想，也可以放蕩的鞋。

薄雨衣已經完全破了，有無數小裂口，雨水從那些裂口裏鑽進來，撫摸我的皮膚，它冰涼，並且很酸，於是我的皮膚和心情變得很壞。

我走過無數旅遊紀念品小店，它們的燈很亮，可是我得問他們很多很多遍，他們才告訴我，還早著呢，慢慢爬吧。

當我走過一道牌坊的時候，還有一個人突然跳出來檢查我的門票。我的尖叫嚇壞了他，當他責罵我的時候，我爭辯說，是你先嚇壞了我。他也沒有說什麼。我知道我已經很可憐了，深更半夜，一個單身女人，頭髮亂了，臉上都是水，眼睛都睜不開了，沒有鞋，也沒有傘，只有一件破雨衣。誰見了我都會可憐我。

可是我不可憐自己，一切都是我自找的。

念兒搬來住的時候也說過，她都要哭了。我問她爲什麼哭？

她說你眞可憐，住在這個四壁空空的舊閣樓裏，什麼都沒有。

我說我都不覺得我可憐，你可憐我什麼？一切都是我自找的。

這個世界上有很多這樣的女人，她們曾經很風光，她們很美，住在小別墅裏，開靚車，有很多首飾，可是很突然地，一切都沒有了，她們開始爲了自己的三餐一宿到處奔波，旁人都看她們可憐，她們卻從來都不覺得自己可憐。

我們不是她們，所以永遠都不會知道她們在想什麼。

我已經變得很麻木了，我不需要休息，也不需要喝水，我很機械地往上爬。以前我爬臺階會摔倒，我總是搞不清楚我要先跨哪隻腳，左腳？右腳？有時候我兩隻腳都跨出來了，有時候我的兩隻腳誰也不跨出去，在我猶豫的那個瞬間，我就從樓梯上摔了下來，我經常摔傷，可是我從不敢說出來，我怕別人知道了可憐我。

現在好多了，我上樓梯很慢，如果危險再來，我已經很熟練地知道用手去支撐自己傾斜的身體，我已經不經常受傷了，除了手指，它們經常傷痕累累，在我敲字的時候就疼痛。

我再次來到了一個旅遊紀念品小店，看店的是一個女孩子，看起來比我還年輕。我又買了一件雨衣，我已經相信山下面的那個老太太是個好心阿婆了，她告訴過我，我會後悔的，我不信，現在我眞的後悔了。

然後我坐在她的店裏休息，我累得話都說不出來了，我也懶得問她，還有多遠？我也知道答案，還早著呢，慢慢爬吧。

我知道我不可以永遠坐在這兒，於是我只坐了一小會兒，就扶著門板慢慢地站起來了。我望著這座山，在雨中的深夜的泰山，它那麼美。

我換雨衣，一邊問店裏的女孩子，什麼時候下班啊？

她看了我一眼，很低聲地說，很晚很晚。

我看錶，說，已經十一點了呀，你要坐在這兒，整個晚上？她點頭。

我開始覺得自己很幸福，因爲我確實很幸福，我不需要每個晚上都値夜班，一個人，守著店，聽著鳥叫的聲音，無所事事。有時候下大雨，整個晚上只看得到一個人，只賣出了一件雨衣。我很幸福，我只需要坐在不漏雨的房子裏寫字，我多麼幸福。

於是我深深地呼吸，準備繼續攀登，我拐了個彎兒，來到了一座巨大的宮殿前面，我看到上面寫著三個字，中天門。我揉自己的眼睛，我對自己說，不要再坐在小店睡啦，醒來吧。我抹去臉上的水，才發現我是清醒的，一切都是眞的。我已經到了。

居然，就到了？

我看到了那對情侶，他們已經換了另一套情侶裝，和旅店服務生坐在一起，他們看起來不太快樂，他們說，我們就是趕在纜車下班前上中天門的，我們就是想坐纜車上南天門，誰知道纜車不開了，我們只能自己爬上去了。

我給自己要了一碗熱湯麵，我說你們最好不要再爬了，因爲夜已經深了，而且沒有燈光，爬起來會很危險。

旅店服務生也說，是啊是啊，會摔死人的，不如就住一晚吧，明天坐纜車上去？現在從紅門爬上來的已經很少了，再從中天門爬上南天門的就更少了，再說，還下雨，路滑得很。

他們互相看了一眼，然後露出堅毅的表情，說，就是摔死，我們也要上去，我們今天一定要上泰山頂。

我開始吃我的麵，我又冷又餓，再不吃點什麼，我會徹底眩暈。

電話總是在我最不願意接電話的時候響，我騰手聽電話。是我的北京書商的聲音，他說，書已經出來了，名字叫做《長袖善舞》。我說不可以換別的書名嗎？我的書商說，這不可能，書已經完全印好了。

信號沒有了。我有點憤怒，可是我的憤怒很快就消失了，我想我會很快再得到一筆錢，我會有更多的錢去更遠的地方遊蕩，直到我把一切都忘記。

我把麵放下。我說，好孩子，給我來一間你們這兒最好的房間，還有，你們還有什麼好吃的嗎？

那個好孩子說，我們這兒只有速食麵，或者，有火腿腸，你要嗎？

他給了我一間有電視機的房間，而且還給了我比其他房間多得多的熱水，可是我不想看電視，我想坐在床上打電話。可是沒有信號，有時候有，有時候沒有，有的時候只有幾秒種，很快就沒有了。

我很想打一個電話，很想很想。

我跑到外面去，天還在下雨，我剛剛擦乾的頭髮又濕了，我不管，服務生驚詫地望著我，跑出去。

我站在最空曠的地方，我看到我的電話有信號了，我打了我家的電話，我聽到了我爸的聲音，他說，喂。信號就又沒有了。可是我很快樂。我只想聽一聽我爸的聲音，我只想聽一聽他的聲音。我站在泰山的中天門，我抱著我的電話，站在雨裏，痛哭起來。

天亮了，有很多蟲子，它們使我睡不著，我想起了被擠壓的高蛋白質蟲子，我躺在床上想，在豬的眼裏，再美的人也像魔鬼那麼醜陋，人類的牙齒太鋒利了，可以吃掉一切可能吃的肉，在豬看來，再美的小姐咀嚼起豬肉來，也是最醜惡的。

我胡思亂想了很久，然後起床，我問服務生，有纜車了嗎？

他說，今天不可能開纜車了吧，因爲有雨，而且人太少。

我又問服務生，那對情侶呢？他們有沒有連夜上山？

他說沒有，他們又回來了，就住在你的隔壁。

我搬了一把椅子，坐在旅店的門口，看下雨。我看得見停車場的那些大巴士，它們絕不會爲了一個顧客工作，我也看得見半山腰的纜車，它們空無一人，動也不動。

有很多人走來走去，他們都穿著泰山旅遊的服裝，因爲現在是夏天，所有的人都不會穿很多衣服，可是現在又很冷，他們就在店裏買衣服，穿在身上，組成一支統一的旅遊隊伍。

我坐了很久，纜車仍然不動，已經有一部分人開始登山了，剩下的那些就和我一樣，等待著，等待著。

我要了一張煎餅，裏面捲了一根大蔥。我在早餐店裏又遇到了那對情侶，他們看起來睡得很不好，在我撕咬煎餅的時候，那個身在愛中的女人走過來問我好不好吃？我說，這得看各人的口味，有的人說好吃，有的人說不好吃。

然後她就要了兩張煎餅，她說，看你吃得香甜，一定很好吃。

我笑笑，抓著煎餅走出早餐店。我一邊吃，一邊對自己說，這是我第一次吃大蔥煎餅，也是我最後一次吃大蔥煎餅，以後打死我也不吃了。

在我走向停車場的時候，有很多人問我是不是山上下來的？我不說話，他們又問我山上的景色怎麼樣？冷不冷？有沒有看到日出？我不理他們，我上車，車裏只有一個空位了，在我上車的那個瞬間，有很多人鼓掌歡迎我，然後他們紛紛扒開車窗，衝著外面喊，滿啦滿啦。

一個司機不快樂地走過來，慢吞吞地，發動了車。

車裏所有的人都對我笑，有人告訴我，他們等了很久很久了，就等你一個人了。我不理他們，因爲我很沮喪，我居然就要下山了。我從泰山腳下爬上了半山腰，可是我已經沒有力氣再從半山腰爬上山頂了，我這根本就不算爬泰山，我沒有看到雲海，也沒有聽到松濤，更沒有看到著名的泰山日出。我所感覺到的泰山，就是在大雨滂沱中，那個走也走不到盡頭的陰影，壓迫著我，使我上不來，也回不去。

我很累，我昨晚哭得太多了，可是睡得太少。我太累了。

有人安慰我，說我還不是最慘的，有很多人都是昨天下午就坐車上了中天門的，等了很久，住了一晚，看看實在沒什麼指望了，才又坐車下山。

其實，我們也眞想嘗試一回，登山的那種滋味。他們羨慕地望著我，說，一定很有Feeling。

我沮喪地坐著，什麼也不想說。還有一個地方，曲阜，去完我就要回家了，那個不是家，卻是我唯一可去的地方。

我坐火車去曲阜，我在電腦裏放了一張唱片，一張唱片剛剛唱完，曲阜就到了，眞好，從泰山到曲阜，只一張唱片的時間，眞是太近了。

如果你晚些來就好了。他們說，會有一個孔子文化節，非常大的一個活動，現在你來得太早了。

那麼，我下午來吧。我說。

我們是說，他們糾正我，我們是說，還得過幾天，如果你願意多住一陣子，就會趕上這個活動。

那就算了。我說，我跟孔子確實也沒有什麼關係，看看他住過的房子也就算了。

有很多小姐跟著我，願意做我的導遊，我說我不需要導遊，我看得懂碑上的字，我也知道那些故事。

然後我就看到了一道城牆，它擋住了我的路，城牆上貼著一張告示，上面寫著，請從側門進入參觀區。

於是我進側門，門口要我買票，我買了票，上城牆，光溜溜的一道城牆，幾個老太太坐在上面賣瓷器和書。它與孔廟沒一點兒關係，而且離開孔廟很遠很遠。我才知道，我這麼一個有著豐富旅行經驗並且做過導遊的聰明女人，也被騙了。在我下城樓的時候，我問他們曲阜市旅遊公司的投訴電話，他們不告訴我，他們當然也不會告訴我。

我在孔府的後花園裏給自己買了一隻銀鐲子，它很像念兒送給我的那只鐲子，雲紋有些細微的差別，現在我有一對了。

我到哪兒都要買一樣銀，小時候的習慣，因麼我在很小的時候看過一本書，我爸買給我的書，名字叫做《玫瑰與戒指》，我一直都相信書裏的神話會成眞。書裏說，這個世界上有一件神奇的寶物，一只看起來非常普通的銀戒指，無論哪個女人得到了它，都會變成這個世界上最美麗的女人，她會得到愛和幸福。從此以後，我開始收集銀戒指，我總是相信，終有一天，我會得到那只戒指。

我已經買了很多很多的銀戒指，可是我的小半輩子都過去了，我還沒有得到愛和幸福，我已經不太相信神話了，可我還是會買下去，我不知道那是爲什麼。

我終於回家了。

在我的電腦裏，什麼都沒有，我一個字也沒有寫，我浪費了整整一個月。

平安寫信問我，已經過了這麼久了，我總可以給你打電話了吧。

我說至少還得兩年以後，我們應該一年前就在網路裏認識，然後再有一年談理想，然後再可以談點別的什麼，然後再可以開私人窗口，然後再可以通電話。

平安說，其實我們早就認識了，你認識甜蜜蜜的那個晚上我們就認識了，因爲我就是秋天，我的另一個身份，就是秋天，那個每天都經過《IT經理世界》去上班的秋天。

我說，那是一個公認的好孩子，話不多，而且很天眞，一點都不像你。

平安說，是啊，當我是秋天的時候我就是一個好孩子，我很投入那個角色，可是當我是平安的時候，我就是一個資格很老的超級用戶，我可以隨便踢人，我同樣也會很投入平安的角色。

我說，平安你應該和網路裏認識的IT同行談戀愛。

平安說，我可再也不敢了，我曾經和一個網路上認識的女孩子談戀愛，我眞心愛她。可是後來她發錯了一封信，她把她寫給另一個人的信發到我的信箱裏來了，她居然是一個雙性戀。

我說雙性戀怎麼了？雙性戀就失去愛人的權利了？

平安說，我覺得噁心。

我說，哼。您老還是一邊閒著吧。

小艾的電話沖斷了我的網，小艾說，你回來啦？

我有點緊張，我說是啊，回來還不到一個小時，小念出事了？

小艾說，沒有，小念很好，我想告訴你的是，你的搭檔出事了。

我說，有一個女聽衆等在廣電中心的大廣場上，用水果刀刺殺了他？

小艾笑，說，不是不是，正好相反，告訴了你，你可不要高興得睡不著啊。就在前天，他幹了一件建國以來從沒有人幹過的事情，他做直播節目，做了一半，然後放卡帶，然後他騎著摩托車出去，他找到了一個四十多歲的女人，他對她行了不軌，然後，他飛快地逃竄，可是，連他自己也沒有料到，那個女人，她一直跟著他，直跟到你們電臺，然後，事發了。

小艾說，我說完了，你高興嗎？

我說，我爲什麼高興？

小艾說，他不跟你換節目啊，害你長期精神緊張，甚至從此以後一看到百合花就精神緊張。

我說，哦，我想起來了，好吧，我高興，高興得覺也睡不著了。不過，我說，不過我早就知道了，他喜歡老一點的女人，這不奇怪。

小艾警覺地問，你怎麼知道？

我說，我和他是搭檔嘛，我怎麼會不知道？

其實是因爲我和他有過一段短暫的戀愛，非常短暫，一個星期。那時候我念高中二年級，他念高中三年級，我們都太小了，所以我根本就不承認他是我的初戀，我們心平氣和地分手，說好做朋友。這個辦法眞是太好了，我們在很多年以後居然就在不知情的電臺領導安排下，做了搭檔，如果我們當年翻了臉，誰也別想做好那檔節目。

無論如何，高梁才是我的初戀，如果一定要連小時候的戀愛都算進來的話，那麼也不會是他，而是幼稚園裏那個坐在我旁邊的弱智小男孩，他才是我的初戀，那時候我四歲。

我心裏有點火，可是火早已經消了，我寫過一篇文章罵他，其實我也不是罵他，而是罵他現在的情人，因爲那個女人舔著嘴唇，驕傲地告訴我以前的同事鍾麗兒，我比他要大八歲，可是我征服了他，我比她要大九歲，可是同樣地，我也戰勝了她。

我在電話裏安慰鍾麗兒，我說，別生氣別生氣，可是，她爲什麼要舔自己的嘴唇呢？鍾麗兒說，咦？這也不懂？就是表示自己性感的意思嘛。我說，哦，我明白了，可是我又能夠怎麼樣呢？老女人們，她們總是有著那麼豐富的性經驗。我說完話才後悔，我知道我把鍾麗兒也罵了進去，我總是說錯話，我不可以再說話了。

其實我眞生氣了，如果她不是這麼喜歡到處告訴人，她戰勝了我，一個年輕漂亮的女作家，於是她比我更有魅力的話，我也不會這麼生氣，我一直想要告訴她，您這是什麼話？我們兩個中學生分手的時候，您還在另一間學校教同年級語文呢。

但是後來我越來越溫柔，我的脾氣也越來越好，我不大容易生氣了，怎麼樣我也不生氣。我變成了一個很善良的女人。

所以後來小艾問我爲什麼，你的搭檔會那麼沒品味，去喜歡一個比自己大八歲的老女人呢？她沒有面孔，沒有身段，沒有錢，總之是一無是處啦，一定是那個老女人勾引了他……我還讓小艾閉嘴，然後我爲她申辯，我說，絕不是女人的錯，我相信他們有愛情，因爲有愛情而居住到一起，是好事情。

既然我能夠認同雙性戀，那麼我當然也能夠認同有一定年齡差距的愛情。

可是我現在眞的很難再爲他申辯，他爲什麼會跑出去襲擊一個不相干的女人？我只能說他現在生了病，可能是一種輕微的精神創傷，所以他非常需要被愛，像母愛那種，安全地，溫暖地，一心一意地，從頭到腳無微不至的愛。而最大的可能卻是，小艾，你聽到的傳聞是假的，我的搭檔絕不可能做這種事情，他與我合作的時候非常正常。

小艾吃驚地問我，爲什麼這麼護著他，你又不做電臺了？

我說我們合作的時候我煮過一次速食麵給他吃，他吃了很多速食麵，我問他什麼味道？他說眞是難吃啊，可是他都吃下去了。只要有這麼一次想起來就溫情的片斷，我就會爲他申辯。

小艾說算了算了，沒什麼可說的了。

掛了電話，我就覺得我很不幸，我幼稚園的男孩子死了，我第一個愛的男人也死了，而我的搭檔，曾經與我相愛過一個星期的搭檔，他居然襲擊別人，我眞是不幸。

我就想出去給自己買一杯酒喝。在我住的地方，不遠，新開張了兩間酒吧，一間是德國人的啤酒吧，他的啤酒很清淡，合適女士飲用，後來一個加拿大男人又在他的啤酒吧旁邊開了一家酒吧，他的酒很奇怪，只要喝一杯，就可以醉得連自己都不認得自己。

我要了一杯pina colada，然後在酒精開始泛濫前跑回自己的房間。

我坐在地板中央，開始回憶自己的戀愛，我對自己說，眞不幸，眞不幸，我怎麼這麼不幸？

當電話鈴響的時候，我聽到了我的搭檔的聲音，我說，怎麼這麼巧啊？剛剛還提到你呢，你就來電話了。

他說，你沒事吧。

我說，我沒事我沒事我沒事我沒事……我也不知道我說了多少個沒事。我已經醉得不省人事了。

然後我睡著了。

我在陽光中醒來，可是我頭疼得厲害，什麼都不記得了。我只慶幸自己沒有醉在酒吧裏，那麼現在我一定躺在一張陌生的床上。我決定再也不去做那兩間酒吧的生意了，他們一定在酒裏放什麼藥。

電話。我聽到了平安的聲音，他說，你昨晚喝醉了，頭還疼不疼？

我說你怎麼知道？

平安說昨天我們通過電話了呀？

我說，什麼？你說什麼？我和你通電話？

平安說，是啊，你突然掉線了，我很擔心你，我太擔心了，就不顧一切打電話給你，我還以為你會罵我一頓呢，可是你的聲音很溫柔，你對我說，怎麼這麼巧啊？剛剛還提到你呢，你就來電話了。我說，你沒事吧？你說你沒事。可是我知道你已經喝醉了。我問你頭疼不疼？你說很疼，很疼，不知道他們在酒裏放了什麼藥。

我眞是擔心極了，我想連夜飛過來看你，可是我又沒有你的地址，我找甜蜜蜜，可是她說她也不知道。

我說你等一下，別掛，然後我坐起來，發了一會兒呆，然後我洗了臉，重新拿起電話。我說，現在你把我所有昨天說過的話再說一遍。

平安說，你說的話太多了，你說了兩個小時呢，我怎麼都記得住？

我說你慢慢回憶，想起來什麼就說什麼。

平安說好吧，你說，我要戒網。

你說，廣州的事情已經過去了。

你說，我有罪。

你說，我會被燒死。

你說，我這是過的什麼日子。

你說，我死了算了。

我說夠了，閉嘴吧。然後我又說，對不起，我還說了什麼？

平安沈默了一會兒，說，沒有了。

我說，好吧，別再打電話來了，以後在網路裏看到了我，也不要和我說話。永遠。

平安說不要，請等一下，你還在電話裏說，我們做愛吧。

身體的契約

我吃了最大的一份冰淇淋，我想即使我以前厭世，那麼現在我就應該為這一份冰淇淋而不再厭世。

我非常專心地吃冰淇淋，其他我什麼都不管，他們載歌載舞，他們眉來眼去，我什麼都看不見了。

我坐在一群年輕女人的中間，我們每人一杯冰淇淋，給我們買單的，我不知道他是誰，我覺得我們都像他的寵幸，他很公平，給我們每人一份冰淇淋，一模一樣。可是我總懷疑他，覺得他偏心另一個孩子，我一直都嫉恨那另一個孩子，她總是我的對手，可第一次見到她的時候，我握著她的手不放，我認為她是一個好女人，可是後來發生了很多事情，可是我仍然認為她是一個好女人。

張愛玲在亂世裏出去找冰淇淋吃，她步行了十里路，終於吃到了一盤昂貴的冰屑子，實在是吃不出什麼好來的，卻也很滿足。

女人都是簡單的，只一杯好冰淇淋，就可以讓她對生活不絕望。

《從這裏到那裏．Park97》

我在廈門，十月。我看到的所有的樹都懸掛在牆壁上，像拙劣的盆景藝術。

念兒說過，在颱風季節，一停電停水，她就抱著她的書和衣服跑到街上，可是街上都是水，浸到小腿肚的水，她只找到了一輛三輪車。在很多危難的時刻，唯一出現的只有三輪車。她坐在三輪車上，都要哭出來了。

念兒打電話給他，她說怎麼辦呢怎麼辦呢？

他馬上就飛到海口去了，他把她送進酒店，然後說，你怎麼這麼傻？難道你不知道可以住到酒店裏去嗎？

我知道。念兒說，可是我在最驚慌無措的時候只知道打電話，找你。

那個像父親一樣的男人，他真的很像一個父親，他悲涼地看著她，他說，你回來吧，別在海口住了。

念兒說我回來住在哪兒呢？我又沒有家。

念兒在海口有房子，不過也就是房子，她沒有家，即使她以後結了婚，那也不是她的家，而是她丈夫的家。念兒說過，這種動盪的生活，即使我每天一睜開眼都發現自己躺在一張陌生的床上，我也不會驚慌。

我看到了被颱風侵襲過的廈門，這個高高低低的城市，它很小，我走來走去就會走到廈大，我往右邊走，我往左邊走，最終我總會走到廈大。

平安告訴過我，他在廈大念過德語，你什麼時候去廈門旅行，會看到我住過的芙蓉樓。

現在我果眞站在廈大裏面了，我問很多人，芙蓉樓在哪裡？他們說，這裏的每一幢樓都是芙蓉樓。

我打電話給福州的杜鬱，她聽到了我的聲音以後就尖叫起來了，她說你來福州玩吧，我招待你。

我說我不去福州，福州沒有鼓浪嶼。

杜鬱就說她會在兩個小時以後趕到。

我說你不用上節目嗎？她說放卡帶。我就笑了一笑。

杜鬱是我在網路上最要好的女朋友，在我還沒有認識甜蜜蜜之前，我只和杜鬱一個女人說話。

杜鬱在電視臺做新聞類節目主持人，最早以前她在澳門，後來她回福州了，她爸媽要她回福州，她是他們唯一的孩子。

她眞是一個好孩子，和我一樣。我們眞的很相像，我們都很聽話，願意留在父母的身邊，可是我們的心都很動盪，我們總想飛起來，我們像風箏一樣飛得很高很遠了，線的另一頭卻牽在父母的手裏，我們飛得越高，父母手裏的線就會勒得越緊，後來勒進他們的皮肉裏，滲出血來，使我們的心疼痛。

所以我們都決定不飛了，所以杜鬱放棄了澳門的工作，而我最終也沒有留在北京。

杜鬱和我還不太一樣，她有很多很多朋友，她可以和網路上所有的男人和女人都成爲朋友。我不能，我會和每個人都吵一架，然後決定要不要與他交往下去。

杜鬱總是在我與別人爭吵的時候拉架，她問我爲什麼總要進攻別人？

我說，我也不知道，我在現實中越溫柔，在網路中就越粗暴。就如同女人勾引男人，很多時候並不是因爲愛，進攻只是一種姿態。

我和杜鬱約在巴黎春天見面，我等了很久，也沒有見到白衣杜鬱。杜鬱在電話裏描述自己是一個穿白衣的嬌小女人，笑起來會有酒窩。

我又等了很久，仍然沒有見到杜鬱，我開始打電話找她，可是電話打不通，於是我準備離開。

我走過巴黎春天的另一扇門時，看到了一個穿白衣的女人，她不笑，於是我停下來，站在她的對面，等待她笑，她還是不笑。

她冷冷地看了我一眼，然後開始打電話，然後我就聽到了自己的電話響。

然後杜鬱就撲了上來，她挽住了我的手，說，小妖精茹茹，我是杜鬱呀。

我們都等了很久，各自站在巴黎春天的兩扇門口，我們都打過一次電話，可是對方的電話打不通。現在我們終於互相找到了。

杜鬱說她下了節目就不化妝了。杜鬱說她的皮膚已經很壞很壞了，每天每天上妝毀掉了她的臉。

我說我的皮膚也很壞，我撲了散粉，可是我的皮膚仍然很壞。

怎麼會？杜鬱關心地看我的臉。

我說我在爬泰山的時候被雨淋壞了，杜鬱就笑起來了，杜鬱說皮膚不會被雨淋壞，只會被太陽曬壞，你曬過什麼沒有？

我說我只曬過太陽。

我們一同躲過一輛飛馳而過的計程車，我很小心地拉了杜鬱一把，她在過馬路的時候有點笨拙。杜鬱感激地看了我一眼。

杜鬱說她必須要去買一件衣服，在廈門最好的一家商場。我說巴黎春天不夠好嗎？杜鬱說當然，這個土裏土氣的巴黎春天，我已經逛了兩圈了，沒一樣是好的。我微笑，我說，我第一次來廈門，我不瞭解它，你帶我去吧，以後我知道在哪兒買衣服了。

我們上了一輛計程車，司機開到一半就說對不起。我問他爲什麼？他說他需要去加一點點油。杜鬱冷冷地說不行，杜鬱說，你必須把我們送到我們要去的地方，才可以去加油。司機陪著笑，說，好好。

我們來到了一座表面上看起來很陳舊的樓，可它確實是最好的商場，因爲它的衣服少得很，每一層樓都只有幾款，而且每一款衣服都由一名店員看守著。杜鬱選了裏面最難看的一款，可是她問我好不好看的時候，我卻說，好看，眞好看。

在杜鬱試衣服的時候，我看到了一雙銀色的高跟鞋，我試了那雙鞋，我發現無論是我的腳還是我的鞋，它們都難看極了。

後來杜鬱試完衣服出來，我問她好不好看，她也說，好看，眞好看。

然後我們逛了一逛內衣店，杜鬱說她只穿Triumph，我說我只穿Embry Form，我們一起走到了各自喜歡的內衣處，它們放在一起，Triumph和Embry Form，我們相視一笑。

我希望杜鬱穿一件酒紅色的內衣，杜鬱說她只穿黑色，我說紅能避邪，於是杜鬱愉快地答應了。

在杜鬱試內衣的時候我想起了那個被水果小刀刺傷的女主持，我陪她買了性感吊帶睡衣後的第三天，她就被害了。我想等杜鬱一出來就告訴她，下了節目要趕緊回家，千萬不能逗留，尤其是這幾天。

杜鬱說她還是穿黑色。我說爲什麼，你總得換點別的顏色穿。杜鬱說不，她說她的情人只喜歡她穿黑色。我擔心地望她嬌小的身體，我說，有時候你得爲自己穿內衣。

然後我們找地方吃飯，我和杜鬱，兩個女人，我們買了一些東西，現在要去吃飯。

我們坐在計程車上，我們一起望著夜了的廈門，它那麼小，可是每一幢房子都有燈光。我說杜鬱你的情人一定很優秀。杜鬱笑了一笑，說，沒有，他是一個普通人。

我說杜鬱你眞純淨。

杜鬱笑了一笑，說，我要得並不多，我不是一個物質女人，只希望以後我想要買什麼都買得起，不需要想很久。杜鬱說完，歎了口氣，又說，我要得不多。

我說，你想要什麼？

杜鬱慘然一笑，說，我不過是要想一幢小小的別墅，一輛普通的寶馬車。

我說，他沒有嗎？

杜鬱又慘然一笑，說，他只有一輛桑塔納2000。

我很小心地別過臉，不再問問題了。過了一會兒，杜鬱又說，其實我要得眞是不多，像我這樣的女人，我是配得起那些的，這是我的價位。

對。我說，非常配，這是價位。然後我們就到了。

我們被一群穿旗袍的小姐領向座位，她們微笑著，引導我們坐在水和石頭的旁邊。杜鬱坐了下來，脫掉外套，過了一會兒，她又穿上了外套，再過了一會兒，她把一個很帥的領班叫過來，她說她要凍死了，如果你們不關掉空調的話。

領班看著她，很憂愁。

杜鬱揮揮手，讓他迅速地離開。然後她坐到我旁邊的位置上，我也憂愁地看著她，我說，即使你坐到我的位置上也無濟於事，什麼地方都冷。杜鬱說，可是我的心理感覺會好一點。

我們要了一瓶紅酒，我們舉杯祝願對方健康，然後互訴對對方的傾慕之情。

在我們喝第三杯酒的時候，服務生端了兩杯白色的液體過來。她很快樂，她笑得花都開了，她說，那邊八號桌的兩位先生送小姐們的酒。

我們往八號桌望去，就望見兩個奇醜無比的男人，正舉著他們的酒杯向我們笑。

杜鬱皺眉，說，小姐請你端回去，我們不要。小姐也皺眉，小姐嘟噥了一句，然後放下酒杯，飛快地逃走了。

我和杜鬱互相看了一眼，然後繼續我們的說話。

很突然，有一個男人站到我們的桌旁，他很高大，幾乎遮住了我們的燈光。我和杜鬱都仰頭看他。

敬的酒怎麼不喝？他說，然後拉過椅子，坐下來。

謝謝，我們不會喝酒。杜鬱說。

不會喝酒？這是什麼？他指了一指我們酒水架上的紅酒。杜鬱很鎮靜地說，那是果汁。

好吧好吧。他說，那邊坐著的是我的好朋友，從香港來，這是他第一次來廈門，希望廈門能給他留下一個好印象，還請小姐們賞臉。

那個香港男人還舉著他的酒杯，像一個弱智那樣笑。

杜鬱說，哦，我們從澳門來，這也是我們第一次來廈門，同樣也希望廈門給我們留下一個好印象，對不起，請您暫時離開一會兒，不要來打擾我們，我和我的朋友很多年沒見了，我們想好好聊聊。

高大的男人很禮貌地點了點頭，然後離開。

幾分鐘以後他再次端著酒杯來到我們的旁邊，這次他說，我們一起聊？

我和杜鬱仔細地看了看他的臉，然後說，我們只想單獨聊。

那好吧。他又坐下來，這次他說，只要小姐們喝掉這兩杯酒，我馬上就走，給你們完全自由的空間。說完，趴在我們的桌上，動情地看杜鬱，而另一個男人，他在遠處動情地看我。

杜鬱站起來，說她需要去洗她的手，然後離開了。

我和那個男人互相看了一會兒，然後我開始打電話給幸福。我說，幸福這次我在廈門，我離你很近，可是我仍然不從廣州轉機。

幸福說，你爲什麼要折磨我，你以折磨我爲樂嗎？

我說我是在折磨你嗎？

幸福說，我愛你。

我有點悲傷，我說，對不起。

我打完電話，那個男人仍然坐在我的旁邊。於是我打第二個電話，第三個電話，在我打第四個電話的時候，那個男人問我手機號碼，我說我的手機摔壞了，只能往外面打，接不了電話。我一說完，電話就響了，男人用受傷的眼神看我，然後絕然地離去。

杜鬱在電話裏問我有沒有打發掉那兩個男人？

我說沒事了，你回來吧。

我們重新開始我們的飯局，我們很愉快地喝酒、吃菜，期間我和杜鬱打了很多電話到北京的網友聚會現場，他們說你們倆來北京吧，這兒正網上直播呢，還不過來露露臉？杜鬱說只要你們看衛星電視就會看到我的臉，只要你們看書就會看到小妖的臉，我們還需要在網路上露臉？我說杜鬱你太狂，他們會封我們的IP。杜鬱說不會，他們很愛我們。

我們打完電話，喝最後一口酒的時候，服務生端了兩碗粥過來，她仍然很快樂，笑得花都開了。這次她說，那邊八號桌的兩位先生送小姐們的粥，先生說，喝酒傷胃，吃碗粥暖暖胃。這次她沒有逃掉，她看著我們。

杜鬱問我怎麼辦？我說吃吧，多好的粥，粥又沒有罪。

杜鬱就對小姐說，請你告訴他們，謝謝，非常感謝。

然後我們吃粥，果眞是很好的粥，以後我們喝過酒都應該吃粥，眞好。

然後我們買單。小姐這次告訴我們，你們的帳單由八號桌接過去了。

我們的臉吃驚極了，我們厲聲道，請把帳單還給我們。小姐更吃驚地看著我們，好像我們倆在說班圖語。

我幹過很多這樣的事情，每次有不認識的男人爲我付酒錢，我都拒絕他，如果他堅持，我就會把人民幣扔到他的臉上，當我這麼幹的時候，在座的其他女人就說我很傻逼。

我相信杜鬱和我一樣，所以即使杜鬱說過她只配住別墅開寶馬車，她也是一個好孩子。我們終於要回了帳單，愉快地付清了我們的消費。

他們一起走過來了，他們的臉都很傷感，他們說，我們不過是想和你們做朋友，你們爲什麼這麼警戒呢？

我和杜鬱漠然地看著他們。

我先自我介紹一下，我是一個房地產商，只要你們有任何需要，都可以找我。受過傷的男人遞給我們名片，我和杜鬱禮貌地收下了。

我們一起去隔壁的有福城堡玩好嗎？那個想把好印象帶回香港的男人終於說話了，這是他說的

第一句話。

我不和你玩。我說。然後我站起來，離開座位，杜鬱和我一起離開。幾秒鐘後，他們在我們身後破口大罵起來。

我和杜鬱一邊走一邊傷感。杜鬱說，現在的男人多麼無恥啊。我說，是啊，我們生活在一堆垃圾中。

過了一會兒，杜鬱說，其實我一直在想，爲什麼不讓他們買單呢？他們從頭到腳地騷擾我們，他們破壞了我們一整晚的好心情。

我說，是啊，我也在想，爲什麼不讓他們買單呢？我們可以坐車飛快地離開，就讓帳單陪他們一起去有福城堡玩吧。

我們走了很多很多路，爲了找一間網吧，我們找到了烤肉吧，JAZZ吧，陶吧，水吧，就是沒有網吧，然後我們打車，我們對司機說我們要找一間網吧，我們又換了很多司機，終於找到了廈門市唯一的一間網吧。

網吧的生意好極了，每一台電腦都隔得很遠，我們各自要了一台電腦，很快就進入了各自的網路。

很多時候我更喜歡與杜鬱在聊天室裏說話，我寧願用鍵盤說話。當然杜鬱也是這麼想的，一進入聊天室，她看都不看我一眼了，她停止呼吸，鼻子貼到螢幕上，眼睛眨也不眨，就像一個病態的網路狂熱分子。

我看著杜鬱的鼻子慢慢地滲出很多油來，而且她的眼睛裏佈滿了血絲，可是她仍然貼在螢幕上，眼睛都不眨一下。我給她要了一杯紅茶，我說，喝口水吧。她也不看我，她只看電腦。

我從我各處的信箱裏取信，有很多廣告郵件，它們眞像硬擠進門來的推銷員，被我們禮貌地拒絕，請出門去，可是他們充滿希望，他們會來第二次和第三來，永遠都不厭倦。

我看到了杜鬱，她在和任何一個人說話，我放在她手邊的紅茶越來越涼，她看都不看一眼，她在說話：我和小妖精茹茹在廈門的網吧裏，我們吃過飯了，我們很飽。

很快就有一個鷺絲問我們，這是眞的嗎？

當然是眞的，我說。當然是眞的，杜鬱也說。

我也在廈門，鷺絲說，我會見到你們。

好耶，我說。好耶，杜鬱也說。

小妖精茹茹長得怎麼樣？有人問杜鬱。杜鬱長得怎麼樣？有人問我。

我扭過頭看杜鬱，我看到杜鬱也在看我，然後我們同時打上了兩個字，美女。

在我站起來爲自己的茶杯續水的時候，有一個女人推開門走了進來，她走到中間，然後喊，小妖精茹茹？杜鬱？

她把網吧裏所有的人都嚇壞了，我端著我的茶杯走過去，我說，你是誰？

她看了我好一會兒，然後說，你是杜鬱？

這時杜鬱也走過來了，她說，你不看衛星電視？鷺絲？

然後我們互相擁抱，又叫又跳。一個一直坐在我旁邊的金髮男生看著我們，他有點憂傷，因爲只剩下半個小時了，網吧就要下班了。

鷺絲說沒關係，我們可以去她的公司上網，於是我們再次尖叫，並且互相擁抱。然後我們安慰那個男生Don't worry, be happy。他一直看著我們，我想他幾乎要喊出來了，帶我一起去吧。

鷺絲的公司還有很多人加夜班，他們都叫鷺絲老闆，鷺絲傲慢地點頭，我和杜鬱也傲慢地點頭，我們緩慢地繞過那些桌子，然後來到鷺絲的大辦公室，鷺絲傲慢地關門。在她關上門的那個瞬間，我們都尖叫起來，杜鬱衝到鷺絲的電腦前按下開關，而我第一眼看到了鷺絲的書架，它龐大極了，擺滿了所有精版世界名著和經濟管理辭典。

鷺絲很不好意思地說她其實不看那個，她什麼都不看，書架和書不過是室內設計師的安排，他爲她放了那麼多的書，使她看起來很文化。

杜鬱已經開始聊起來了，她不再理我和鷺絲，看都不看一眼。

我和鷺絲坐在她的旁邊，看著她聊。杜鬱說，我和鷺絲，小妖精茹茹在一起，現在我們有三個人啦。

他們就問杜鬱，鷺絲漂不漂亮？我們一起大笑起來了。杜鬱打上，漂亮。他們又說，詳細一點嘛。杜鬱就打上，很漂亮。

確實，鷺絲是一個混血美女，眼睛和鼻子尤其漂亮。我覺得我比所有的男人們都幸運，他們總在抱怨網路上沒有美女，他們確實也很少看到網路美女，可是我看到的所有上網的女人都很美，眞的，多麼奇怪，當然我也只看到了杜鬱和鷺絲兩位，玫瑰啦啦不能算，我說過了，大雨淋花了我的睫毛膏，我沒能看得清楚她的樣子，可是玫瑰啦啦的男朋友會爲了她放棄了整個澳大利亞，想來也不會醜。

越來越多的美女會上網，越美的女人就會越厭倦現實，到最後，網路是唯一的生活。將來的趨勢。

我說我不想聊了，我有點頭疼。鷺絲說我們去飆車吧。杜鬱說她不去，她寧願坐在電腦前頭疼。

於是我和鷺絲一起去了，鷺絲開一輛漂亮的淩志車，她像一個眞正的瘋子那樣開車，我們很快就飛起來了，在這個高高低低的廈門，我再一次看到了廈大，現在我知道了，它所有的樓都叫芙蓉樓。

我和鷺絲一起尖叫，後來我再也喊不出聲音來了，我累極了，我軟在座位上，一句話都不想說。鷺絲仍然神采飛揚，鷺絲說她每天晚上都是這麼過的，生活的壓力，沒有地方可以發洩。

我說把杜鬱叫出來吧，我們找一個地方喝粥。然後我打電話給杜鬱，我說杜鬱出來吧，我們去宵夜。杜鬱說她不出來，她要整個晚上都呆在電腦前。

鷺絲搶電話，鷺絲說我會讓公司的保安把你扔出來。

然後我們等在公司的門口，等了好一會兒，杜鬱才慢吞吞地走出來，一臉不悅。

我們來到了一家西餐廳，裏面有很多人，已經是凌晨兩點了，還有很多人，他們都在半夜三更出來喝粥。

在等待粥的時間裏，杜鬱睡著了。

鷺絲說，我知道你，小妖，我知道你寫小說，很多人都在聊天室裏討論你。

我說我怎麼不知道？我對你一點印象也沒有，鷺絲？我們說過話麼？

鷺絲笑了一笑，說，我不過是個小人物，寫字又慢，你們不會注意到我的。

粥來了，三碗漂亮的粥，兩碗生滾牛肉粥，一碗魚生粥。我把杜鬱叫醒，我說杜鬱喝粥吧，杜鬱懶懶地睜開眼睛，看了我和鷺絲一眼，再看了粥一眼，又睡過去了。

我沒念過書。鷺絲說，我所有的朋友中沒有一個是文化人，你不知道你和杜鬱來廈門我有多麼高興，真的，我覺得你們說話很有水平，你們很有知識，我喜歡你們，我也崇拜你們。

我看著熟睡的杜鬱，我說，鷺絲你別這麼想，我也沒有念過很多書，我們都一樣，我們不過從事不同的職業，可是你要比我成功得很，你把自己的公司操作得多好啊。

鷺絲說她仍然崇拜我們，她看著我和杜鬱，眼睛閃閃發光，她說她高興得要瘋了。

杜鬱睜開了眼睛，她開始吃粥。我們慈祥地看著她，我說，粥都涼了，鷺絲說，多可憐的孩子。

在鷺絲去洗手間的時候，杜鬱說，我聽到了你們的談話。

我說，你想說什麼？

杜鬱笑了一笑，什麼話都沒有說。

鷺絲回來了。杜鬱說她必須回去了，她們台在廈門有一個公寓，她不能總讓他們等門。

鷺絲把我們都送回去，鷺絲說她不累，她要看著我們各自進了房間才回家放心睡覺。我們戀戀不捨地擁抱，我們約定明天再見。

我很小心地刷卡，開門，我希望我沒有弄醒別人，和我住在一起的是個四十多歲的北京女人，她在生病，她的行李箱裏有很多藥。

我發現她還沒睡，她斜在床頭看書。我說對不起。她說沒事，她睡不著，她很不舒服。

我問她有沒有吃藥？她說吃了，仍然不舒服。

我說，你在生病，爲什麼還要出門呢？她說她每年都要來一次廈門，她很忙很忙，每次她都得事先安排好工作，才能來，這次的病太突然了，可是她不能不來。

我問她爲什麼？她歎了一口氣，她說沒有爲什麼，很多事情都沒有爲什麼。

然後我睡著了。

早晨，我發現北京女人很糟，她起不了床，我問她想不想吃點什麼？她說她什麼也吃不下。

然後我出房間，敲另一個房間的門，我告訴裏面的男人，我說，她不能自己起床吃早飯，你是這個會的主辦方代表，你得安排一下。

他很仔細地看了我一眼，他說，謝謝你。

我回房間，北京女人還在床上。我告訴她，我給你叫了送餐服務，他們馬上就會來，不，不，你不用起床。然後我給她倒了一杯水，幫她找藥。然後我出去，我和鷺絲杜鬱有約，我要出去。

我在電梯裏看到了那個男人，他的身後有一輛精緻的早餐車，還有一枝新鮮的玫瑰花。我向他微笑，我說她好多了，已經吃過藥了。

在我出電梯的時候，他說，謝謝你。

我和鷺絲又等了很久，杜鬱才下樓，她說她在換衣服，所以這麼久。我說杜鬱你是和女朋友們約會，你可以什麼都不穿。

我們去一家潮州茶樓吃午茶。我有一個潮州朋友，他的臉很憂鬱，我的朋友們都說他會一輩子憂鬱，我問他們爲什麼？他們說他離婚了，可是對於一個潮州人來說，離了婚就像殺了一個人那麼嚴重。

我們幾乎沒有找到座位，我相信他們都是昨天半夜三更和我們一起吃粥的人，我們都在中午時分醒來，我們不太餓，於是我們只喝午茶。

杜鬱提議我們下午去網吧。我說我不同意，我要去環島路看風景。

杜鬱惡狠狠地瞪我。

鷺絲說她同意小妖精茹茹的提議，現在是兩票對一票，我們去環島路。

我坐在鷺絲的旁邊，杜鬱坐在後面，她一句話也不說。鷺絲說她以前有一個情人，她和她的情人在深夜遊車河，她最喜歡環島路。

你的情人一定不敢坐你的車，你會使車飛起來。我擔心地看了鷺絲一眼，你遲早會出事，被交警扣很久。

鷺絲說她以前不是這樣的，她以前會把車開得很溫柔，她和她的情人，他們在環島路慢慢地走，吹著海風，多麼幸福。

你的情人在哪兒？杜鬱突然問。

鷺絲說，他在北京，我要他來廈門，他要我去北京，於是我們各自在廈門和北京過著，就這樣。

杜鬱沈默了一會兒，說，我的情人也在北京。

我再一次請求杜鬱下節目的時候小心一點兒。杜鬱說她會小心的，她必須回福州去了，她的導播不可以每天都放錄播卡帶。

離別的日子總會來，也許我們永遠都不會再見了，這麼大的一個世界，很多人一生只見一次。

我最後問了杜鬱一個問題，我說我們那兒接收不到你們台，可是，你是不是你們台的臺柱子？

杜鬱猶豫了一下，說，算是吧，你問這個做什麼？

任何大型的現場晚會和重要的新聞直播都會交給你做？

我說，因爲我想起來，我很突然地打電話給你，你也可以在兩個小時之內趕到，而且你可以離台整整兩天，也沒有人敢管你。我笑了一笑，杜鬱，你的未來會很燦爛，你會得到你想得到的一切。

杜鬱深深地看了我一眼，說，謝謝你，小妖精茹茹。

我和鷺絲再一次經過了廈大，我讓鷺絲停車，然後我跑到廈大旁邊的一家小書店，我買到了我的第二本書，我趴在他們的櫃檯上寫下了「送給好女人鷺絲，茹茹，一九九九年十月十六口」，然後問他們要了一個大牛皮紙信封裝好它，然後跑回鷺絲的車旁。

鷺絲問我買什麼？我說給你的禮物，回家再拆。

我也要走了，晚班飛機，飛廣州。

我回房間，北京女人已經起床了，她淺淺地化了一個妝，很美，四十歲的女人的美。

我很匆忙地收拾行李，我說我要去鼓浪嶼，我一個人去，然後我會直接去機場。會議主辦方代表堅持送我走，他說他要謝我，問我要什麼？我笑了一笑，我說我什麼都不要。他說無論如何，請你要一樣什麼東西吧。

我們又來到了廈大，我要了一個麥當勞的冰淇淋，我說我有了冰淇淋就會幸福。他給我買了，他說你眞是一個小孩子。我像一個孩子那麼笑，我說你眞像一個父親。

在我上車的時候，他問我，你怎麼知道的？

我說我聰明嘛。然後，我問他，多少年了？

他說，二十年啦，像你的年紀，那時候她也喜歡冰淇淋。

我說，你應該在二十年前就娶她。

他說，我們認識的時候，她已經結婚了，在第一次會議上，我是主辦方代表，她來參加會議，過了這麼多年，我仍然是主辦方代表，她仍然來參加會議，有時候她來不了，我就去看她，我們一年只見一次。

我坐在車上，我一直在想，他們的隱密的愛情，二十年之久。

我在鼓浪嶼看日光岩和菽莊花園，我一個人，到處亂走。最後我吃飯，我請他們上最奇怪的菜，所有我沒有見過的東西，他們很快端來了海蠣煎，麵線糊和一種名字叫做土筍凍的東西，我發現它很難吃。可是他們說，這是最好吃的東西，很多廈門人一天不吃就會想。我憂愁地看著我面前的菜，我說那麼有沒有什麼不允許你們出售的海菜，隱密一些的。

他們互相使了一個眼色，然後給我端來了一個很像洗臉盆的動物，拖著一根硬硬的尾巴。我問他們這是什麼？他們不說，他們只說這是很好吃的菜。

我吃了一口，發現它比土筍凍更難吃，我再一次問他們，這是什麼？

他們說，它流藍血，如果要抓它，就會一下子抓到兩隻，它們永遠是公母兩隻，一生一世都在一起，一抓就抓兩隻。

我從船上看鼓浪嶼，它眞美，流光溢彩，很像鷺絲的眼睛，閃閃發亮。

我要去機場，我會在很深的夜到廣州。誰也不知道我去廣州，雅雅都不知道，幸福說過，你什麼時候來廣州，要隱秘地來，而不是大張旗鼓地來。

我問他爲什麼？

他說他是爲了我好，他不希望我像紅玫瑰那種，貪玩，漸漸地，玩得名聲不太好了，就隨便撿了個士洪嫁了。

我說我不玩，我在談戀愛，而且我只跟一個男人談戀愛，結束了不成功的戀愛，再開始新的戀愛，我很嚴肅。

我問他，爲什麼你來的時候不隱密一點？

幸福經常跑過來看我，可是每一次我們都會遇到我們的熟人，那眞是一種非常奇怪的事情。

那不奇怪。平安在聊天室裏說過。

有一次我在聊天室說，我的心情惡劣極了，我在一個陌生城市坐地鐵，可是我看到了我的同班同學，小時候他總是和我打架，一個城市有那麼多地鐵站，一個地鐵站又可以坐到那麼多班地鐵，一列地鐵又有那麼多車廂，可我偏偏就看到了他，他戴著無框眼鏡，吃驚地看我。

平安說，那不奇怪，我有兩個念俄羅斯語言文學的同學，他們畢業以後都去了莫斯科，兩個單身男女，有一天，他們在紅場上偶然地相遇，可是他們只是互相看了一眼，就各自散去了。

我說，眞的？

平安說，眞的。

我說，眞可惜。

平安說，沒什麼可惜的，世上的事情本來如此，沒有愛就是沒有愛，命運安排他們在最需要愛的時候相遇，他們還是不相愛。

所以，如果命運安排我和幸福必須要讓熟人看到，我們也沒有辦法。

我和幸福在南京約會，我們在河海路上看到了我的老師，他看著我們的手挽在一起，他嚇壞了。

後來我和幸福在北京約會，我們又在西單的商業街上遇到了我的出版商。他帶著他的小孩，起初他沒有看到幸福，他愉快地向我走來，後來他看到幸福了，他有點錯愕，然後他說，對不起，你們繼續。眞奇怪，這句話可以用在很多地方，比如服務生走錯房間，比如丈夫出差早歸遇見妻子的外遇，說對不起的人就會像一個騎士，風度翩翩。可是他爲什麼要跟我說，對不起，你們繼續。

幸福在機場接我，他一點兒也沒變。我們在機場擁吻，他說他多麼思念我，他說你兩個月前在三亞，爲什麼不從廣州轉機？

我冷靜地看著他，心裏充滿了厭惡。我說，你什麼時候和你老婆離婚？

然後我們默默地出機場，一路上我們誰也不說一句話。他拖著我的行李箱，我抱著那隻流藍血的動物的殼，我一路上都抱著它，我在飛機上差一點哭出來，我想多麼可憐的動物，它已經死了，被我吃了，不知道它的伴侶在哪兒？

他開門，房間裏昏黃的燈，多麼溫暖，然後我們做愛，在這個溫暖的很像家的地方。

他問我快不快樂快不快樂？我說我快樂啊，快樂得要死了。

我聽著他喘氣的聲音，我伸出手撫摸他的頭髮，然後我開始哭，我深深地厭惡自己。

他很小心地看著我哭，他問我想要什麼？我說我要一個冰淇淋。他有點爲難，他說這麼晚，我上哪兒給你買冰淇淋？我說我不管。

我只喜歡麥當勞的冰淇淋，不是新地，也不是聖代，就是蛋捲冰淇淋，我最大的願望就是每天都可以吃一個蛋捲冰淇淋。

後來我睡著了。我醒來的時候他給我帶回來了一個麥當勞的冰淇淋，我想如果我以前恨他，那麼現在我爲了這個冰淇淋就不能再恨他了。我多麼簡單。

我們還很年輕的時候就相遇了，可是那個時候他已經結婚了。

那時候我像一個女孩子那麼美，那時候他像一個男孩子那麼單純，我們做愛，瘋狂極了，從早到晚，我們做完就睡著，醒來再做，我們什麼都不管了，我們好像能夠做一輩子，當高潮再次來臨的時候我想我應該嫁給他。

很久以後我才知道他有妻子。

我問他爲什麼，我有什麼錯，你要騙我？

他說他愛我，他多麼痛苦，我說我知道你痛苦，可是我比你更痛苦。

後來我不許他再碰我。我們沒有再做愛，我們各自睡著，我沒有再睡在他的懷裏，我總是想起來我曾枕在他的手臂上入睡，我們說話，他抱著我，使我溫暖，可是，那是多麼久遠的事情啊，不會再來，永不會再來。

後來我再也睡不著了，我到外面的房間，坐在沙發上翻他的書，空調對著我吹，冷極了，我什麼都沒穿，我拉過他的襯衫蓋住腿，還是冷，從心裏來的冷，徹骨的冷。他在裏面的床上，他在睡夢中問，你怎麼不來睡？

我沒有說話。我翻書，在昏黃的燈下，後來我什麼也看不見了，我快要冷僵了，我回去睡，因爲被子會給我溫暖，身體的溫暖。我不哭，哭不出來，我知道自己堅強得多了，淚水和傷痛，變成石頭，整個人都變成石頭，不再有愛。

我對自己說，這是一個大錯誤。

我離他很遠，因爲我突然就不愛了。我總是控制不了自己的感情，不愛，也做不出愛來，我最擔心的，不是被遺棄，而是我突然發現，我不再愛他了，或者我從來都沒有愛過他。即使我強迫自己，我還是不愛。

可是到早晨，他抱住了我。

我們做愛，他說，我整個晚上都在想你。我說，我知道。

我們做愛。

他問過我，爲什麼你會愛我？我說，因爲你愛我呀。然後我們一起悲傷。

後來他又問我，爲什麼你會愛我？可是我說，我已經不愛你了。

他說不會的不會的，我要給你快樂。可是當快樂像潮水一樣緩慢地流動的時候，我睜開了眼睛，我說眞的，我已經不愛你了。

他說不會的不會的，我要給你高潮。

我說，沒有愛，怎麼會有高潮呢？我的身體和愛，他們是兩樣東西，身體歡愉，愛卻壓制住它。只有彼此相愛的兩個人，才能做出愛和高潮來。這個男人，我身體上面的男人，他只是在操我，他使我覺得自己一錢不值。

他兇惡地操我，可是高潮一如既往地來了。

我想如果這種快樂一年只有一次，我眞的死了算了。我閉上了眼睛。我說我餓了，我需要吃點什麼，然後我坐起來穿衣服，在我伸手夠文胸扣絆的時候，我感覺到了他的手，他在我的耳邊說，我愛你。我疲倦地搖頭，離開床。

我又想起了念兒，我和念兒住在一起的時候，我們每天都是自己扣文胸扣絆。我說過，只要有一個男人願意爲自己扣一回扣絆，那麼就應該嫁給他。

可是我犯了一個大錯誤。

天已經大亮了，我們又做了一整晚錯誤的愛。

可是我們像情侶那樣挽著手逛街，我們買了一隻Modem，我們還在天河城門口買了一隻小貓。那只小貓很瘦，幸福說賣貓的人不給它吃飯，所以它瘦，我就要幸福馬上買它下來，我給它起名字叫做小念，我要求幸福每天都餵它。然後我就在一家湘菜館的臺階上滾下來了，我躺在那兒，半天都動不了。

幸福急死了，他要送我去醫院。我說我不去。

他不敢再碰我，他一直問我疼不疼？

我們沒有再做愛，我開始給幸福的電腦裝上網軟體，裝完，我上網，收郵件，我看到了鷺絲的信。鷺絲說，你走的那一天晚上，陳小春在有福城堡唱歌，如果你和杜鬱不走就好了，我們一起去看。我喜歡你的禮物，我的腦袋一直處在興奮的狀態中，西西，我無法形容我的心情，我笨，但我以有你這樣的朋友感到自豪。眞的。

幸福說你不打電話給雅雅嗎？我說算了。

幸福說你什麼人都不見嗎？我說我見一見Tina吧，Tina是我小時候的筆友，我們一直都在通信，通了有九年了，我們從沒有見過面，我們也不打電話，寫電郵，我們一直在寫信，用手寫，九年了。

Tina在電話裏說她不敢相信這是真的，九年的筆友了，我們要見第一面。

我們約在Tina寫字樓下面的麥當勞，我有很多Tina的照片，從十五歲到二十四歲，每年她都給我寄一張。

可是我仍然認不出她來。我坐了很久，然後走到外面去問一個也等待了很久的女孩子，她真的很像照片上的Tina，我問她是不是Tina？她警惕地看著我說她不是。

我開始變得很焦慮，我打電話問幸福幾點了？幸福說我們的約會你也沒這麼緊張。在我打電話的時候，Tina站在了我的旁邊，她和照片上一點兒也不相像。

我們坐下來，互相看了很久。

九年了，我們都已經長大了，我們的第一封信，Tina告訴我她喜歡看鄭淵潔的童話，我告訴Tina我也喜歡童話，我喜歡《西遊記》。

最近的一封信，Tina說，一個沒有戀愛可以打發時間的女人，就是這麼狠。

我回信說，那個狠字用得好。

現在我們終於見面了，我們都已經由女孩變成了女人。

我問Tina，你的那個Kenny，你們怎麼樣了？Tina苦笑，說，我們徹底地分手了。

Tina又問我和幸福怎麼樣了？我說那個壞男人，他又要我，又要她。

Tina說其實他們也痛苦，比我們還痛苦，活在兩個女人的中間，左右爲難，還不夠痛苦嗎？

我說Tina你太善良了，很多男人都不這麼想，他們活在犯罪感和緊張中才有快感。

Tina說你還是這麼刻薄，從小到大，可是你就是狠不了心，我都已經和Kenny分手了，你還和那個壞男人糾纏在一起。

然後我和Tina去超市買菜，兩個小女人，裝模做樣地胡亂拿了幾樣菜。Tina笑我想學一個家庭主婦煮飯。我說我不會煮，幸福會煮，這幾天我都沒有吃過他煮的菜，所以買些菜考驗他。

Tina笑，說，你這麼愛他，乾脆就做他一輩子的情人好啦。

我說我不做情人，我寧願做一個煮飯婆，有名有份的。

Tina就收斂了笑，說，你啊，很難找到人嫁的。

Tina說完，看手錶，她說她必須要趕回公司上班，我們又互相看了很久，我說再下個月我會再來廣州，我會住久一點。Tina說好啊，來吧，我帶你去吃上海菜。

我把菜放進廚房，然後上網，收電郵。平安瘋了似地找我，塞了幾十封信在我的郵箱裏，我不理他。我去聊天室看了看，我看到了杜鬱和鷺絲，她們夜以繼日地混在那兒，我進去，告訴她們應該戒網，她們說她們也很想，可是實在也戒不了，而且越上越凶，唯一可以救她們的只有神了。她們又問我在哪兒？我不再理她們，退出了。

幸福在廚房裏忙，忙半天，擺出一桌子菜來，琳琅滿目的，問我他是不是一個好男人？我說你這樣的男人也算是好男人，那麼全天下的男人都是好男人了。

然後我們做愛，幸福還問我疼不疼？我說我又不是處女了，怎麼會疼？

可是我的心疼痛極了。

然後我們一起出去，到體育館散步，很空曠的廣場，有很多中年人在跳舞，露天的廣場，他們就舞蹈起來了。

我穿著很長的裙，沒有盤起長髮，有很多人看我。

我說幸福你多麼幸福，我這麼美，這麼多人看我。幸福笑笑，低下頭吻了我一下。

我說我們眞像一對年輕夫妻，吃了晚飯出來散步。幸福笑笑，又吻我。

我說，幸福你爲什麼還不和你老婆離婚？

幸福的笑凝在臉上，很低聲地說，她一直在外面呀，又不回來。

我說，即使她在國內你也不會和她離。

幸福說，離了又怎麼樣？你又不會嫁給我？

我說，你怎麼知道我不嫁給你？我嫁給你啊，我嫁給你。

幸福不說話了，他說，我和她有契約，合法的契約。

我說，可是我們有身體的契約。

幸福說，如果來一次地震就好了，把一切都毀掉，那就好了。

我說，你不必祈求你的神來一次地震，你會殘殺掉很多與我們無關的人，你只需要在我明天上了飛機以後，祈求我的飛機掉下來，那麼一切就可以結束了，一切都結束了，這要比地震要漂亮得多。

幸福抱住了我，他瘋狂地吻我，他說你這個小瘋子你這個小瘋子，你說的什麼話？我感覺到我們的臉上有淚水，我不知道是他的，還是我的？

在我過安檢的時候，我回頭看了一眼，我看到幸福很蒼老地趴在欄杆上，他的臉絕望極了。我沒有再看第二眼，我抑制住了自己的眼淚。

我們已經經歷過了無數次離別，不知道還會不會有下次。

上一次的離別，是在上海的夜中，我們在地鐵站拍了卡通快照，像兩個孩子。然後他挽著我的手，他說，我帶你去找冰淇淋。我假裝很快樂，我快樂極了，我們坐著，說無關緊要的話。他說，不要走。可是我說，我必須走了。

我們走過廣場，聽得見王菲的聲音，你快樂，於是我快樂。

我們在車站，我要走了，他轉過頭，不讓我看他的臉，我把戴了一天的白蘭花給他。我說，花還沒謝呢，留著吧。

那朵花至今還在幸福的錢夾裏，乾枯了的花瓣，和我的照片放在一起。我說幸福你怎麼可以這麼明目張膽？你也不怕被人看到？幸福說，我愛你，我什麼都不怕。

所以我相信，他是眞的愛我。我就是這麼簡單。

可是我要走了。

我走了，不回頭，我提著行李箱，走進車站，我不回頭，可是，我的眼淚已經流下來了。

我相信，我回到常州，他回到廣州，就會回到現實，就不會像現在這麼痛苦，就不會了。

我坐在火車上了，我拿著我們的合照看，我泣不成聲。

手提響，他的電話，他說，你不要走。很久，我都不說話。最後我說，不，我要走，我要回家。我還說了些別的什麼，我說，以後忙起來，充實起來，就不痛苦了。我說。

……

我聽到幸福喊我的名字，可是我假裝沒有聽見，我繼續走，走過那道門，它發出了短促的尖叫聲。

小姐，請你站上來。安檢員對我說。

這是一個結婚的季節

半坡村在青島路上，我至今還記得它，我在那裏見到了我小時候的偶像。他走過來，我就發抖，我抖了很久，最終也沒有平靜下來。他的小說和他的臉不太一樣。

後來，我坐在那裏，忽然發現一切都沒有意義，我決心要打一個電話，用他們的臺式電話機，我撥了很多次，沒有通，一個短髮女人，眼睛很亮，她站在吧台後面，幫我撥那個號碼，撥了很長時間，電話通了，就這樣。

後來來了很多很多人，這個人，那個人，現在我連他們的面孔都不記得了，我有很多事情都忘記了，只過了一兩年，我就什麼都忘了。我們坐在一起，口是心非地閒聊，進來了一群韓國學生，吱吱喳喳地說話，沒有人聽得懂他們說什麼，他們坐了會兒，又出去了。

後來，有一對夫妻坐在我的對面，他們凝重地注視披薩，他們操作刀叉，手指像花朵一樣美麗。我注視他們，我在想，我是不是應該結婚，今年？明年？

後來，我和我的北京情人吵架，我們的臉都很難看，我要離開，他要留下，我們正在吵架，我不想見到任何人，可是每一個人都坐在那裏，他們都憂愁地看我，希望我不再邪惡。他的朋友的妻子對我說了很多很多話，讓我對愛情執著，可是我已經不太清醒了，我什麼都聽見了，我什麼都沒有聽見，我們都站著，我知道她和我一樣，我們很疲倦。

直到我們都走出去叫車，有一個人從暗處走過來，說，你還好嗎？我什麼都沒有說，我把頭別過去，我知道我的眼淚就要掉下來了。

《從這裏到那裏．半坡村》

深夜十一點十五分，平安打電話給我，說，我現在在長安樓，我想見你。

我說，平安你太沒有禮貌了，你應該先打電話預約，別搞突然襲擊，而且，也沒有下次了，我不會見你，你回去吧，沒有晚班飛機了，只有一趟快客，也還趕得及回北京上班，

平安說，你怎麼這麼熟去北京的航班和車次？你經常去北京？

我說，是啊，我最愛的男人就在北京。

平安說，可是每一個人都知道你們結束了。

我咬自己的嘴唇，說，這就是我的事情了，總之，我不會見你。

平安說，你眞會幹得出來嗎？我千里迢迢地來，只爲見你一面，你不見我？也太狠心了吧，我給你寫了一〇六封情書啊，你都無動於衷？

我說我很忙，所以從來都不看情書。

平安說，那麼，如果只是一個普通的網友，他特意飛來看看你，你也不見？

我遲疑了一下，說，如果你只是我普通的網友，我就來見你。

然後我換鞋，因爲長安樓是我的城市最優秀的茶酒樓，不可以穿拖鞋進去。換好鞋我打電話給小艾，我說我今晚來接小念，我要帶小念去西安。

小艾說，這不可能，我已經躺在床上了，要不是看見來電顯示上是你的電話，我才不接呢，這樣，我明天中午給你送去好了吧？

我說我明天中午就到南京了，我又不會進房間去檢查你的床，五分鐘以後，你把門開個小縫，讓小念自己鑽出來就行。

小艾輕輕地笑，說，我的床上有什麼？只有你的小念。

我也笑了一笑，我說，小念不喜歡女人，小念這一輩子都不會再喜歡女人了。

小艾穿著睡衣，扶住門，很小心地掩住了她身後的一切，問我，你披頭散髮的，要去哪兒？

我說我去長安樓，一個網友跑過來了，要見我。

小艾就說，他要麼很帥，要麼很有錢。

我說你怎麼知道？

小艾說，不帥並且沒有錢的男人一定不敢跑來見你，也許帥和富有是他唯一的優點，他實在沒有別的什麼可以打動你，就用臉和錢來打動你。

我笑了一笑，我說，你後面的那個男人是用臉還是錢打動你的呢？

小艾臉色大變，回頭，什麼也沒有看到，就尖叫，再也不管你的狗了！砸上了門。

我和小念來到長安樓，這裏果眞是我們城市最繁華的飯店，已經過凌晨了，每一張座位上都坐滿了人，每一個人都很饑餓，他們不喝粥，他們像吃正餐那樣叫了八盤四碟，隆重地吃他們的宵夜。

小姐們果眞看都不看我抱著的小念，只注意了一眼我的鞋，就領我入座了。

我看到了一捧碩大的玫瑰，顏色很張揚，把整張桌子都蓋住了，於是我走過那張桌子以後又回頭看了一眼那捧花，我在心裏想，下次去看念兒一定不買吃的了，就買這麼一捧玫瑰花，我得讓念兒知道，年輕女朋友的那一捧花，就是幸福。

然後我聽到平安叫我的名字，我就看到了玫瑰後面的臉，他果眞是帥極了。

平安說，你和照片上不一樣。

我說那是當然，網路上流傳的是我十八歲的樣子，那時候我還很年輕，當然和現在大不一樣了。

平安說，當然現在更美。

我笑笑，眼睛望著別處，我說平安你合適做公關。

平安不生氣，平安說，送你花，我知道這很俗套，可是我們都沒有辦法，禮貌嘛。

我看了一眼花，我想眞可惜，明天我就走了，這捧花會放在我的房子裏腐爛，再也沒有人看它一眼，它悄無聲息地腐爛了，就像我一樣。

平安又說，這是北京的玫瑰，你沒看出來？

我說怎麼可能？你怎麼過安檢？

平安笑笑，說，我隨身行李只有這一束玫瑰，怎麼不讓我過？

我也笑，笑完，嚴肅地問他，你隨身帶了錢包沒有？

平安也斂了笑，嚴肅地回答我，帶了，如果現金不夠，還有信用卡。

我歎了一口氣，想想還是小艾聰明，什麼都被她料到了。

然後平安問我想吃點什麼，我說我要一碗粥，給我的狗來一根火腿腸和一個橙。

平安吃驚地望著小念，說，你的狗吃水果？小念也吃驚地望著他，小念看到陌生人就會吃驚，眼睛更大。

我說，橙是玩的，火腿腸才是吃的。

我們不要再鬥智鬥勇了。平安說，我覺得你過去的事、過去的人對你的影響是那麼巨大，乃至成了你衡量一切男性和愛情的準則。

我說你知道什麼？

平安笑笑，說，從你上網，我就知道你了，很多許可權不止網管一個人有，我一直在看著你。

我說，你看出來什麼了？

平安說，我看出來了思念。

我說，你有病。

平安不生氣，平安說，思念就是一種病。上次你突然掉線，我等你，一直在等你，可是你始終沒有再上來，我越來越煩燥，雖然也知道你不會出什麼事兒，可就是想打電話給你，否則坐立不安，感覺自己正在從懸崖上往下墜……直到聽到了你的聲音，才安心下來，就像下墜的瞬間抓住了你，你把我從虛空中拉到大地上，我愛安全，在你身邊的安全……

小念大叫了幾聲，很多時候它都不太乖，可是沒什麼大礙，它的聲音淹沒在人聲鼎沸中，沒有人聽到它說了些什麼。

我說，平安先生，您在做網路雜誌編輯之前是寫詩的吧。

平安說他從沒有寫過詩，也沒有寫過評論，他與文學沒有任何關係，他在電腦界，一家IT媒體，編技術版。

小姐端來了一隻龍蝦，它在檸檬中抽搐，終於沒有活過這個晚上。

我說，這麼晚了，不要吃太生冷的東西。

平安說，沒關係，因爲你要的是一碗粥，我知道，龍蝦鹹泡飯是功能表上最好吃的粥。

我說，鹹泡飯是鹹泡飯，粥是粥，它們是兩回事兒。

對不起。平安說，我不太懂這個，或者我們另外再叫一份粥來，皮蛋瘦肉粥？

我說，算了，你別對我太好，我心裏難過。

不要緊。平安說，你得吃點肉，因爲你看起來非常不好，而且你不吃，我也得吃，我已經很餓了，我和你一樣，不吃飛機餐。

我說，你怎麼知道我不吃飛機餐？你還知道些什麼？你怎麼什麼都知道，你調查了我多久？

平安說，你別生氣你別生氣。

我說，平安我知道你有錢，可是我不喜歡錢，我有自己的錢，我最恨有錢的男人，你別跟我來這一手。

在我說這些話的時候，我發現所有的人都停止咀嚼的動作，轉過頭看我。我不看他們，我發現小念在玩火腿腸，而那只橙在它的嘴裏，它發出了吭吭吭的聲音。

我蹲下來，讓小念把橙吐出來，它不吐，並且用爪子撥開我的手，我想都是小艾教壞了它，我眞不知道怎麼把一隻已經學壞了的狗還給念兒。我放棄了，重新坐好，說，好了，你也見過我了，還有什麼嗎？

平安悲傷地望著我，然後說，我會坐明天的飛機回北京，沒別的了。

我說，好吧，明天只有一班飛北京的航班，傍晚六點，737飛機，如果你不喜歡737飛機，你只有去上海轉機了。

平安仍然悲傷地望著我，說，好吧，我知道了。

然後我招手讓小姐埋單，在帳單還沒有到來之前，我和平安都掏出了各自的錢包。我說我來付吧，你是客人，我是主人。可是平安眞生氣起來，他說你是女人，我是男人，應該由我來付。

我很溫柔地看著平安說，這是性別歧視。平安也很溫柔地看著我說，這是禮貌。在我們互相凝視的的時候，小姐款款地走來，把帳單交給平安，小姐還說，是啊是啊，總是先生付帳的嘛。

我笑了一笑，然後收回錢包，然後說，謝謝。

然後我看了一下錶，已經凌晨兩點了，我拿了一張卡給平安，我告訴他，這張卡只可以在我的城市裏用，出示它你就可以在任何一家酒店打到非常大的折扣。

念兒的卡，她說，你總有一天會用到它，可是我和她都不再需要用它了。

然後我介紹平安去長安樓酒店住，因爲它就在飯店的旁邊，方便極了。平安說好吧，我就住長安樓，現在我送你回家吧。

我說不用了，你是客人，我是主人，應該由我送你到酒店門前。

平安說，你是女人，我是男人，應該是我送你回家。

我們就一起笑起來了，我接受了那捧花，它太美了，而且花沒有罪。

我下車，再次爲平安請我和小念吃宵夜道謝，還有花，謝謝。還有什麼嗎？

平安說，我只想你知道，你不要以爲我過著養尊處優的生活，我來自一個你從來都沒有聽說過的地方，直到現在，那兒都沒有通上公路。我出身貧寒，放過羊，種過地。我在念書的時候經常捱餓，可是我很會幹農活，村裏沒有人比我幹得更好。在念大學以前，我從來都沒有穿過皮鞋。我不是一個很有錢的男人。

我沈默了很久，然後我抬頭看月亮，它那麼亮。我說，對不起，平安，不是我不願意和你多說話，而是因爲我再過幾個小時就要走了，這次我去河南和陝西，會很久，我很感謝你來看我，眞的。

平安微笑，說，我給你電話。

我點頭，上樓。我有點快樂，於是我左手抱著花，右手抱著小念上樓梯，我知道平安還會在樓下站很久，我知道他是眞的喜歡我。在我開門的時候，我聽到了他的聲音，就是你，我這麼多年來等的人就是你，你是我的。

我笑了一笑。

這個世界上每天都有網友跑來跑去，千辛萬苦，只爲了見他們的第一次面。可是所有經歷過網戀的人都知道，見面，就意味著網路愛情的終結，可是他們甘願冒這個險，因爲到最後，網路和電線話已經承載不了愛情了，他們必須見面。

那個在BBS上貼「網路愛情百分之九十九見光死」的傢伙，一定是個承載了無數次失敗網戀，終於徹底死了心的可憐蟲。

可是網路給予我的卻很多，我所見到的網路女人，她們都很美，而愛上我的網路男人，他們總還有一些優秀的地方，我不討厭他們，雖然我也不愛他們，網路對待我已經非常寬容了。

我接到了一個不太熟的北京朋友的電話，他跟我談完稿，就支支吾吾地說，我一直在想，要不要告訴你。

我說，什麼？

他又支支吾吾地說，我眞的不知道是不是應該告訴你。

我說，沒事，我知道，他結婚了。

我的不太熟的北京朋友就吐了一口氣，呀，你知道了呀，那就好了。

我掛了電話，坐在床上，坐了很久，再也沒有動過。

我從一個電話意識到，所有的人都結婚了，除了我。

我突然發現我身邊所有的男人和女人都結婚了，好像就在一夜之間。

我想起了一個故事，一個眞故事。故事裏的男人和女人都已經五十歲了，他們在像我這麼年輕的時候開始戀愛，整整七年，那時候所有的女人都不可以穿裙子，只有她可以穿裙子，因爲她是一個日本女人，可是她也買不到花布，她就買了很多很多花手絹，她用那些手絹給自己縫了一條裙子。

眞美啊，他說，多麼美啊，我永遠都記得她的美。

一九七六年，她和她的全家一起回日本，她可以不回去，留下來，和我結婚，我們的家人，所有的人都以爲我們會結婚，可是到最後，她堅持要回日本，她的父親和母親都不太明白她的決定，或者，她要我也去日本，可是我有我的自尊，而且在那個年代，一個中國人要出境是多麼的難，我們就分了手，一九七六年。

十一年以後，她回到中國，她找到了他，對他說，我知道你已經結了婚，有了孩子，可是我只有一個願望，我希望我們能夠重新開始。

他說這不可能。

在他說不可能的時候她開始哭，她一直在哭，哭了很久很久，後來她說，我唯一的一個願望，我希望我能夠在中國住一段時間，只要懷上了你的孩子，我就走，永不會再來打擾你。

他說這更不可能。

後來他在她的哭中說，明天我請你吃飯，就在我家，你會看到我的妻子和孩子，希望你能來。然後他回家，發現自己的妻子坐在沙發上，還沒有睡，已經凌晨一點了，他的妻子還不睡，在等他。

他說，我請她明天來吃飯。他的妻子說，她不會來，我知道，她不會來的。

他說，你怎麼知道她不會來？他的妻子笑了笑說，我和她都是女人嘛。

第二天他打電話給她，他們告訴他，她已經走了，就在下半夜，她連夜走了，到上海，轉機回日本了。

兩年以後，她寫信給他，那是她這麼多來唯一寫給他的一封信，她說她已經結婚了，和一個比自己小十歲的中國男人。

現在已經是又一個十一年之後了，他的朋友們都寫信告訴他，她變得很古怪，她越來越胖，而且經常發脾氣，連她的家人都無法容忍她越來越壞的脾氣。

她的母親已經八十歲了，也寫信給他，說，我給自己的女兒寫了一封遺書，現在我把日文翻譯成中文，寄給你看。

這位母親的最後一樁心事，就是希望他能夠照顧她，因爲她不幸福，她的一輩子都已經無法幸福了，所以，無論以後發生了什麼，希望你能夠照顧她，你是我唯一可信賴的人。他答應了。

那位母親在遺書裏寫，我的女兒，神給了你愛，可是你從一開始就錯了。

講這個故事的人講完了故事，問我，你爲什麼哭了？

我說，我哭是因麼我的將來，我會和她一模一樣。我想知道，你還愛不愛她？

他抽了一口煙，很淡地笑了一笑，不說話。

我想起了那段被我一個人發現的廈門的愛情，二十年之久的愛情，發生在兩個中年男女身上，二十年了，他們一年只見一次，整整二十年了。

我想起了我和幸福，幸福說過，她不能沒有我，她沒有了我就什麼都沒有了，而你沒有了我，你還有小說呀。

我說，是啊，我可以沒有你，因爲我還有小說，我可以嫁給小說，和小說做愛。

我不再想下去了，我擦眼淚，開燈，洗完臉，然後打電話給那個不太熟的朋友，我問他，爲什麼大夥兒都忙著要結婚？

他已經在睡夢中了，他說，哦，是這樣的，你知道王小波的吧。

我說我知道。

他說，王小波突然死了，這對每一個人來說都是一個大刺激，於是所有不想結婚的，同居的，離了婚的，若際若離的，就都結了婚，每個人都覺得自己不可以再這麼混日子下去了，應該趕快結婚，不然就像王小波，突然，就過去了。太虧了。

我說，哦，我明白了，謝謝你。

第二天我就在鄭州了，我要在河南衛視做訪談節目。其實我最恨做訪談節目，它和電臺節目非常不同，它很耗精力，也很耗時間，耗了大半天，做出來的只有短短幾分鐘。上次我從石家莊回來，我就對自己說，我這一輩子再也不做訪談節目了，我再也不去什麼河北衛視河南衛視了。

可是我偏偏又要做了，還就是河南衛視。

因爲我的一個在網路上認識的小妹妹，她最愛的男人，需要我做這個節目。而更重要的是，我媽的第三個姐姐在鄭州，我已經很多年沒有見到我三姨了，我想去看看她。

我打電話告訴我媽我要去鄭州。

我媽說她會打電話給她姐。你就住在三姨那兒吧？我媽說。

我說不用，我只在鄭州呆兩天，我還帶著一隻狗，我會和我的狗去西安。

我媽說你要小心。我掛電話，我最煩我媽說這句話，她從我四歲的時候就開始說，說了二十年了，她還說。

而我到了鄭州才發現，我的小妹妹深愛著的那個男人，居然是我的朋友大河，我們在很多年前就認識了，每逢過年過節，他就約我寫新年新打算稿。

我說你怎麼不自己來找我，要你的小情人來找我？

大河說我知道你最煩做電視，我打電話給你，你一定不來，你這種人懶得很，每年我要你爲我們的報紙寫寄語，你每年都寫同樣的一句話，我愛《大河報》。

我說這有什麼奇怪的，我寫過我愛《青年文學》，我也寫過我愛《青年報》，我愛了那麼多雜誌和報紙，誰也沒有提過意見，你提什麼意見？

我根本就不能想像，大河那麼一個說起話來都那麼單純的男人，會有一個在網路上認識的小情人，那個女孩子比他小十歲，比他還要單純。

所以，所有的人進入了網路，就會變得不像自己，他會變成兩個人，自己也控制不了。

大河問我要不要住在鄭大？我問他爲什麼？他說你可以在傍晚的時候出來買零食吃，鄭大的蜜三刀做得好吃極了。我說大河你怎麼知道？大河說他吃過了，確實很好吃。

說這些話的時候我們都坐在鄭州最著名的燴麵館裏，我的小妹妹不在，她還在一個離鄭州很遠的學校裏念書。

我問大河，怎麼會喜歡這麼一個比自己還小十歲的小女孩？她還什麼都不懂呢。

大河說你錯了，她什麼都懂，我愛上她了。

我說，你身邊這麼多女孩子，你怎麼偏偏就愛她呢？整一個小孩，她還不知道什麼是愛情。

大河說，我們的愛情由一次高空彈跳開始。

我笑，我說大河你都一大把年紀了，還敢高空彈跳？

大河說，我還眞不敢跳，是她跳。

我說，她那麼柔弱的一個小女孩，也敢高空彈跳？

大河說，是啊，我現在想想都覺得怕。我不過帶她去郊外玩，我們看到有人高空彈跳，我就說了一句你去高空彈跳呀，我想看你高空彈跳。她就眞上去了。我只看到她在發抖，她害怕得話都說不出來了，臉色慘白。我有點心軟，我說，算了，別跳了。可是她說，我愛你，我爲了你什麼都肯幹。然後她就眞跳下來了，我眞沒有想到，她在下墜的同時，拚命地喊我的名字，她拚命地喊，聲音都啞了。後來，她回到地面上，整個人都軟了，她嚇得眼神都散了。我眞沒有想到，她會這麼愛我，我緊緊地抱著她，我對自己說，我必須珍惜她對我的愛。

我問大河，你準備怎麼處置自己的老婆？大河說，什麼處不處置？我又不會跟我老婆離婚。

我說，那你準備怎麼處置你的小情人？大河說，什麼處不處置？我和她不是好好的嗎？我們很相愛，她又沒有要求要做我的妻子，她也不逼我離婚。

我說，現在她當然不會逼你，再過段日子她就會逼你了。

大河說，你還不知道現在的小孩想什麼呀？她們很清醒，她們知道自己要什麼，不要什麼，她們絕不會深陷愛中，幹出任何蠢事，倒是我，我會越來越愛她，我會爲了她不顧一切，到最後，如果她要去找別的幸福，我也許會瘋，我會殺了她。

我笑說今天一天沒見她了，想不想她？

大河說，很想很想，一直在想，你不提我還眞不敢說，我們趕快去找一個網吧吧，她那兒沒有直撥電話，我只有要上網，才能夠找到她。

大河帶我走了很多網吧，我發現鄭州居然有那麼多的網吧，比任何一個我去過的城市都要多，而且每一間吧都很滿，沒有空的電腦。我們終於在一條很偏的街上找到了一間還有一台空電腦的網吧。

我讓大河用這最後的一台電腦，我說你快上去吧，我的小妹妹已經等得非常焦慮了。

汗。

大河有點過意不去，可是他也沒有多推辭，我知道他快要瘋了，他一路上都在奔跑，他在冒

大河飛快地登陸，進入網路，我看到大河的小情人在生氣，而且就快要走了。

大河苦苦地挽留她。她仍然生氣。

大河用最溫柔最甜蜜的語言安慰她，乞求她留下。

我看了一會兒，就走出去了，我靠在一棵樹上，看了一會兒星星，平安的電話就來了，問我在做什麼？我說你在做什麼？

平安說他在大街上，他在報攤見了一花枝招展的老太太，在那翻來翻去，引起我的注意，最後老太太買了《時尚》和《知音》各一本走了，又看見一撞車的，男的和女的，吵架，吵得特好，我一邊喝可樂一邊看，就給你打電話……我說你別用北京話跟我說話，我煩聽北京話。

平安說那我就不說北京話了，我跟你說德語吧。我說我更煩德語。

平安就笑，說，那我就跟你說咬牙切齒的普通話吧，我知道你們那兒都咬牙切齒說普通話。你房間裏沒有電話嗎？我打過去，陪你聊天。

我說我過會兒去鄭大住，你可以打鄭州的一一四問鄭大總機，然後讓他們轉我房間。

我掛了電話，想笑一場，卻發現我的面前站著一個陌生男人，他說他是那邊賣冰糖葫蘆的，今天他穿了一雙新靴子。

我茫然地看著他，我說我不要買冰糖葫蘆。

他說，我不是要你買我的冰糖葫蘆，我是要你看好你的狗。

我說我的狗怎麼了？

賣冰糖葫蘆的男人說，剛才，就在剛才，我站在那兒，只顧忙著找錢，一低頭，就發現你的狗靠在我的鞋旁邊撒尿。

我說這怎麼可能？這兒有這麼多棵樹，我的狗不找樹找你？

賣冰糖葫蘆的男人把他的腳抬起來給我看，我看到他的鞋幫果真濕了，而且是新淋上去的，看上去新鮮極了。小念若無其事地坐在我的旁邊，好像什麼都沒有發生。

我說對不起，然後很憂愁地望著他。我說，現在怎麼辦呢？我也是頭一回，我的狗以前從沒有這樣過，我也從沒有經歷過這樣的事情，你要我怎麼樣呢？

賣冰糖葫蘆的男人微微地點了點頭，說，我就是要你看好你的狗，沒別的了。然後他回到他的推車後面，不再理我了。

我想走過去買他一串什麼，這時大河在網吧門口喊住了我。

我說，大河你不玩了？還早著呢。

大河說，嗯，不玩了，我要早點回家，我要對我老婆好一點。

我說，所有的男人只要在外面幹了壞事，就會早回家，而且對老婆格外地好。

大河說，現在所有的老婆都知道這麼回事啦，我也不敢對她特別好，被她看出什麼不對來，我只能像往常那樣，若無其事地，好像什麼都沒有發生。

我說，以後我要是做了老婆，我會查他的電話帳單，我也會查網路聊天和ICQ記錄，我是一個電腦高手。

大河說，那誰還敢娶你呀，不過我是夠警惕的了，我就從不在家上網，我總是在外面的網吧上網，今天我能夠請假出來，就是靠著你大老遠地來了，我得陪客這個藉口。

我笑了笑，我說大河快回家吧，別再讓老婆等啦。

我安靜地看著大河上車，我向他揮手，然後對著車的煙塵，輕輕地說，大河，你眞卑鄙。

我進房間，放下行李，我就抱著小念倒在床上大笑起來了，我不知道小艾還教會了它什麼，它已經變成了一條徹徹底底的壞狗。

我也一直在奇怪，我以爲我帶著小念，我這一路都會受到很多限制，我得多辦很多道手續，可是眞奇怪，我和我的狗一路都很順利。沒有人管我抱著的是什麼，他們看都不看我一眼，小念安靜地躺在我的懷裏，一聲不吭，我用一條大浴巾包著它，它剛剛生完病，身體還很弱，不可以玩得太瘋，也不可以走得太累。或者他們都以麼我抱著的是一個嬰兒，我果眞很像一個母親了嗎？小念是我的兒子？

床上櫃上的電話鈴響，我吃了一驚，我想電話怎麼會響？然後我接電話，平安的聲音，很得意地說，沒想到吧。

我說平安？你怎麼找得到？平安說，打一一四呀，你教的。

我說總機怎麼會給你轉？平安說你登記住宿的時候總不會用網路名字了吧，你身份證上是什麼名就得用什麼名。

我說平安你眞聰明。平安說，這不是我聰明，這是常識。

我就笑起來了。我說你在做什麼？平安說，我剛剛看完了一部西班牙電影，可是不知道它的名字。

我說，電影裏說什麼？平安說，一個嚴重人格異常的男人，用繩索綁架了他愛的女人，可是他得到了她的愛。

我說，那可能是阿爾摩多瓦的電影。平安說，我看完電影以後非常衝動。

我說，我厭煩衝動這個詞，在你嘴裏它變得很下流。

平安說，我眞是有衝動，我想立刻衝出去買一根繩，然後再買一張去鄭州的機票。

我說，你要幹什麼？眞令我厭煩。

平安歎氣，說，眞是覺得你的生活狀態有問題，一天到晚來來往往的，就沒有平和的心態去寫東西。

我說我的生活狀態沒有問題，我去海南是因爲我終於離開了宣傳部，開始職業寫作，我要慶祝我的新生活，我去山東是因爲我想忘記一切過去，我去廈門是因爲我想看一看鼓浪嶼，我去廣州是因爲我想看一看我的情人，我寫不寫也是我自己的事情，只要我身上沒有一分錢了我就會平和下來寫字。

然後我又說，你是什麼東西？可以管我的事情？

平安說我們做過愛了。

我說你太不要臉了，電話裏做愛也算做愛？

平安說，當然，電話裏做和眞實地做沒有什麼分別。

我說，那麼眞對不起，我認錯了人，我喝醉了，把什麼都搞混了，我只和我的廣州情人做愛。

平安說，可是你自己也說，廣州的事情過去了。

我說，怎麼可能過去？我愛他甚過一切，誰都不能和他比！

平安不說話了，電話裏沒有一點點的聲音，連呼吸的聲音都沒有了，像死一樣寂靜。很久，他才說，我一直都抑制著絕望的情緒，下飛機以後我都快崩潰了，可是我活著回到了北京，我慶幸我還活著。我必須強忍著進入你希望的角色，儘管我不情願，可這是能留住你，哪怕只是一點點的唯一方式。進入這個角色後，就不能隨心所欲地表達愛和嫉妒是嗎？我嘗試著進入角色，做你的朋友，網路上的好朋友。

我說，你是我的好朋友，網路上的。

平安苦笑，其實我回北京以後一直在努力忘記你，淡化自己的情感，可我心裏一直非常矛盾，我難受極了，我還是想你，想向你求婚，我們結婚好嗎？來北京吧。

我說，我不去北京，我這一輩子都不會再去北京了。

平安說，我們也可以不住在北京，你要去哪兒，我們就去哪兒，無論如何，我得向你求婚。

我說，可是我不去北京，我也不想結婚，我這一輩子都不去北京，也不結婚。

好吧。平安說，我會等的，只要你給我時間，我相信時間會改變一切。

我說，拜拜。

我躺在床上，怎麼也睡不著，我想起來，有一個女人說過，什麼是婚姻，婚姻就是和一個他愛你一百分，你愛他九十九分的人結婚，那麼，就會幸福。

也許我眞的應該結婚了，和一個不愛也不討厭的人，只要他愛我，我就會幸福，即使我眞的不幸福，只要我對自己說，我幸福，我幸福，多說幾次，也許我就眞的幸福了。

大河打電話吵醒我，問我有沒有嚐一嚐鄭大的甜食？我說我不喜歡甜的東西，什麼時間錄節目？大河說就在下午，還有幾個小時了。我說主持漂不漂亮？大河說你問這個做什麼？我說如果她太漂亮，我就得出去洗頭，然後用兩個小時化妝。

大河就笑，說，還有兩個北京過來的嘉賓，都剛剛從日本回來，下午他們和你一起錄節目，你就當玩兒似的吧，不說話也行，過會兒導演和主持會到你房間跟你最後談一次，你等著吧，你會看到主持長什麼樣。

我說別，我還有事，過會兒我直接去電視臺談吧。然後我讓大河給我訂晚上去西安的票，大河說那趟夜車太髒，你還是明天走吧，明天有去西安的特快，特乾淨，特新……我掛了電話，趕緊起床，跑到大街上擋了一輛計程車，我告訴司機，我要去買點水果什麼的，你載我去有水果的地方吧。

司機說，大街上到處都有賣水果的。

我說，我要的是那種裝在籃子裏的，有提子，有椰子，有菩莕，有火龍果，有奇異果，總之裝著各種各樣奇怪水果的籃子，還要有花，做得很漂亮很體面的那種水果籃。

司機想了好一會兒，說，這倒是沒有，或者你去丹尼斯商場看看？

我在丹尼斯給自己買了一件銀，然後去我三姨家。我在一路上發現了很多賣銀的小店，我一家一家地停下來，在每一家店裏都買了點什麼，最後我還買了一串紅珊瑚石的西藏鏈子，因爲店裏的小姐不肯賣她的銀製筷刀，我說你不賣爲什麼要掛在店裏呢？小姐說那是裝飾用的，就是不賣。

我走進三姨家的小院子，我在小時候和我媽來過，我還記得，一點都沒變。我眞的愛上鄭州了，它一點都沒變，就和我小時候看到的樣子一模一樣，一切都像我的小時候。

我三姨在曬太陽，安祥極了。

三姨和我媽長得像極了，如果不是在鄭州，我眞以爲她就是我媽了。

三姨看著我，問我找誰？我說我是小茹。我三姨就激動得話都說不出來了，三姨說，這麼多年啦，都長這麼大了，不認得了。

我們家就我媽的三個姐姐了，是我們家唯一的親戚，我沒有爺爺奶奶外公外婆，我也沒有兄弟姐妹，我媽媽的姐姐們又都遠嫁他鄉，各自散得很開，在沒有電話的時代，她們的信要在郵路上走大半個月，才到。所以我從小就孤單極了。

我小時候看到過一個故事，原版，不知道故事裏的孩子們說什麼，可是我一直都記得它，記了二十年了，永遠都不會忘記。

一個生重病的男孩，躺在床上，很快就要死了，他的姐姐很悲傷，一直流眼淚，後來她出門，看到一個長相恐怖的巫婆，巫婆帶她去一個地方，她們走了很遠很遠的路，來到一座山，那裏有很多很多蠟燭，長長短短的蠟燭，有的蠟燭燃燒著，有的蠟燭快要熄滅了。

巫婆領她來到一根快要熄滅的小蠟燭跟前，告訴她，這就是你弟弟的生命，他快要死了。巫婆又指著旁邊的一根纖細的蠟燭，告訴她，這就是你的生命，你的生命才剛剛開始，看，它的火苗多麼旺盛啊。

小女孩趴在她弟弟的蠟燭旁邊，哭得眼淚都快要流乾了，突然，她站起來，折斷了自己的蠟燭，連接在她弟弟的蠟燭上，她弟弟的蠟燭很快就恢復了活力，亮起來。

後來我告訴我媽，我說我在電視上看到，在一個神秘的地方，豎著很多蠟燭，每一根蠟燭就是一個人的生命。

我媽說這根本不可能？電視裏怎麼會有原版的動畫片看？那時候我們家有電視，黑白的電視機，我媽說電視裏不可能播這種東西給小孩子看。那是八十年代初期，我快要上小學了，是一根一天到晚站在地板上拉小提琴的蠟燭，我的生活才剛剛開始。

直到現在，我仍然認爲，每一個人的生命就是一根蠟燭，可是我怎麼會記得這麼清晰呢？如果不是電視，我看到的是夢境還是現實呢？可是我一點兒也不恐懼。

如果我有一個弟弟，我想我也絕不會用自己的生命來交換他的生命，一天都不可以。我沒有弟弟，我根本就沒有兄弟姐妹的概念，我生來自私。

可是我特別珍惜我唯一的這點親情，特別是在我爸把我趕出家門以後，我特別珍惜，希望能夠挽留住最後的這一點點親情。

韓國人說，六十年代是他們最後的一個純眞年代，從此以後，經濟開始發展，一切都變得不純眞起來。也許對於中國人來說，五十年代也是中國人最後一個純眞的年代，從此以後，什麼都不一樣了。

我不知道，我什麼都沒有趕上，我在想像那些年代，想像當然是和現實是有差距的，很大的差距。

如果我可以回到從前，我也不願意回去，我更希望我出生在二〇〇〇年，我一睜開眼睛，就是一個電腦和網路構造成的世界，所有邪惡的念頭都被刪除掉，所有美好的念頭都會得到不斷地升級。父母與子女的關係，男與女的關係，人與人的關係，所有的關係，都變成最簡單的一種關係。那就好了。

我三姨說，你媽打過電話來了，說你要來，我就一直坐在門口等呢。

我看到三姨擺了一桌子好吃的。我三姨還說，你媽說你還像小時候，最喜歡吃餃子，我們晚上就做餃子。我說好啊，錄完節目我就回來吃晚飯。

節目錄得非常不愉快，因為那個從日本回來的男人不停地說話，他不停地說小酒館裏的媽媽桑品格非常高尚，她們很溫柔，很女人，她們非常非常地懂男人，無論如何，她們絕不會使男人生氣。

有一個故事，當一個男人和他的妻子在森林遇到熊的時候，那個男人開始奔跑。那麼，那個日本籍男人就在現場問我，你知道那是爲什麼嗎？

我說，因爲那是一個壞男人，他想要拋棄掉他的妻子，自己跑掉。

那個男人得意地笑起來，說，嗯，我就知道你會這麼回答，可是如果這個問題由一個日本酒館裏的媽媽桑來回答，她會說，那是一個多麼好的男人，他爲了使自己的女人不受傷害，就跑起來，他犧牲了自己，寧願讓自己被熊吃掉，誰都知道，熊只吃活動著的動物，而且，難道他會跑過一隻熊嗎？

我說，我又不是媽媽桑。

在所有的人都大笑的同時，我站起來，問攝影師，這一段會刪掉的吧？攝影師不理我，導演在旁邊說，會的會的，我們也要後期製作的嘛。

我回我三姨家，三姨正在包餃子，白菜豬肉餡的。

在三姨忙碌的時候，我陪著她，端個碗兒，搬個椅子，說說話，我眞的就以爲我面前的這個女人，就是我媽媽了。

三姨讓我在家裏多住幾天，還說帶我去開封看菊花，去洛陽看牡丹，我發現我媽和她的姐姐們都喜歡花，她們的愛好太相似了。

我說我不去開封，也不去洛陽，我得回鄭大去住，因爲明天上午我就去西安了，我怕我趕不上火車。

三姨有點難過，然後她執意要送我到門口，並且爲我叫了車，直到車已經開出去很遠很遠了，她還在揮手，她眞的很像很像我媽。

我在車上接到了我的非洲男朋友的電話，他說他明天去肯尼亞，彙報一下。

我說，你怎麼什麼都要告訴我？你上哪兒出差爲什麼都要告訴我？你去就去嘛，跟我說做什麼？你這麼喜歡彙報工作，打電話給你媽和我媽不就行了？

他說，怎麼回事？你的脾氣怎麼越來越壞？

我說，你就是這樣，我以前就這樣，現在還這樣，

他說，我最近眞的很忙很忙，不過也只兩三個月沒打電話給你，可現在不是打了嗎？我也打電話給你媽了。

我說，好啊，你怎麼這麼乖？

他說，我剛剛才知道你搬出去住了，你……

電話鈴響。我說，我接電話，不說了，先這樣吧。

平安的電話，他說他一整天都在打電話，終於打到你接電話了。

我說你總是惹我生氣。

平安說，我知道，我也檢討了整整一天了，因爲無論我做什麼都會惹你生氣，於是我拿起電話前就下定決心只聽聽你的聲音，可是我還沒說話呢你就生氣，要你對一個朋友好一點就那麼難嗎？

我說，我的朋友會一天到晚打電話煩我？

我和小念在鄭州火車站遇到了一些小麻煩。他們正在裝修車站，亂得很，所以我把小念裝在了箱子裏。我爬了一半樓梯，發現前面有個警察，他在查看所有人的行李，他要每一個人都把行李放到傳輸帶上，沒有人反抗他。他的眼睛很亮，所有試圖混矇過關的，都被他攔住，他要他們統統放下行李，重新再走一遍。

於是我停留在樓梯上，開始發愁，當一群民工走過來的時候，我進入了他們，我和他們的被子和扁擔們擠在一起，感到了萬分的安全。我順利通過了安檢，那個眼睛很亮的警察正忙於斥責他們，要他們把所有的一切都放上傳輸帶。

然後我又付了一點微薄的小費，被一個戴紅帽子的中年婦女從一扇隱蔽的小門領進了火車站，提前上了火車。

我請坐在我對面的女孩子吃瓜子，因爲她在哭，車窗外面是她的男朋友，他趴在完全封閉了的車窗玻璃上，安慰她。當火車開動起來的時候，那個男孩子追著火車跑，一邊跑，一邊喊，我愛你。

我請女孩子吃瓜子，她不吃，她一直在哭，火車都開了快一個小時了，她還在哭。她眞的很像很像兩年前的我，每次我從北京回家，我也會哭，我當然哭得比她厲害得很，因爲每一次我都以爲這是我們的最後一次了，我和我的北京情人，我們沒有未來。我們果眞就沒有了未來。

可是後來我和她成爲了很要好的朋友，我去洗手間的時候，她幫我抱小念，她去洗手間的時候，我幫她看行李。

所以後來我得以探問她的隱私，我問她，你們是在什麼地方認識的？女孩子回答我說，商丘熱線，他叫輕輕海風，我叫白雲飄飄。我就又歎了一口氣。

車到西安，女孩子希望請我吃一頓同盛祥或者老孫家的羊肉泡饃。我說不了，我還得找地方住，我們會在網路上再見面。

我請計程車司機載我去大雁塔，他說大雁塔已經下班了。

我說我要去那邊住。他又說那邊風水不好，不適合居住。然後他說，我帶你去一間新酒店，設施都很新，風水也好。我冷冷地拒絕了他，我說我偏要去住大雁塔，誰也阻止不了。

在我下車的時候，他留給我一個呼機號碼，他說他可以帶我去玩兵馬俑和始皇陵，很低廉的租車費，你會喜歡上西安的一切。

我在早晨Call那個司機，他飛快地來到了酒店的門口。

他開車很快，我們一路上趕超了很多旅遊公司的小巴士，當兩輛車並行的那一個瞬間，我看到了他們煩惱的臉。只有我知道，他們還得經歷更多的煩惱，他們得去看各種各樣的博物館、珠寶店和地宮鬼城，沒有經驗的自助旅遊，就會變成最煩惱的旅遊。可是他們的導遊春風得意，躊躇滿志，所有的導遊都知道，怎麼應付將要發生的一切。

下午三點，我回到了西安。

我坐在鐘樓飯店接到了平安的電話，他問我去了一些什麼地方？我說我什麼地方都去過了，兵馬俑，泰始皇陵，華清池和半坡村遺址，沒有什麼地方沒有去過，我甚至已經逛完了碑林和一條仿古街。

平安說你是飛的嗎？這麼快？你看到了一些什麼？

我說我什麼都看到了，可是我也什麼都不記得了。

我在夜深的時候爬上了南門，我在城樓上坐了很久。我很餓，可是我什麼也吃不下，我去過了同盛祥，我掰了半個小時饃，其實它是一塊堅硬無比的麵餅，我很耐心，並且像小姐要求的那樣，使每一塊饃都均勻得像我的指甲那麼大，可是後來他們端上來的那一碗東西，我一口都吃不下，它與我想像中的羊肉泡饃差距太大了。

平安又打電話來，我不接，他就孜孜不倦地打下去，我想如果我再不接，他就會把我電池裏的電全部都打光，可是我也不能關電話，我從來也不關電話，我總是以爲，我爸會打電話給我，也許他一高興就打電話給我了，不知道什麼時候，也許他喝了很多很多酒，一高興，就讓我回家了。我一直都這麼心存著希望。

平安問我在哪兒？我說我在南門，城樓上到處都張掛著紅燈籠，不知道他們要幹什麼？還有一個矮胖子向我招手，有人告訴我，那是他們的市長，在等待他的日本客人。然後我問平安，我像一個日本女人嗎？

平安說，不像，你不像日本女人，你太殘暴了，尤其對我，態度極其惡劣，可是不管你怎麼對我，我都要對你好，你吃過飯了嗎？

我說，我吃過了一口羊肉泡饃，現在餓得很。

平安說在南門附近，有一家攀記肉夾饃店，你給自己要一碗滂漕，再要一份最好的肉夾饃，你就可以享受到最溫暖的晚餐了。

我問平安，你是什麼時候來過西安的？

平安，那是很多年前了，我總是念念不忘攀記的滂漕。

我說，那還會有啊，也許早拆了呢？

平安說你現在在西安，不是在北京或上海，西安幾百年來就那樣，而且再過幾百年，它還那樣。

我下城牆，眞是奇怪極了，我發現了一輛人力車，孤零零地等在城樓下面，在夜色中，顯得特別古怪。我相信那是西安市唯一的一輛旅遊觀光用人力車。我要他帶我去攀記，可是他卻對我說，這麼近，你不可以自己走過去嗎？

我驚訝地看著他，我說你不想做生意？如果你覺得太近，我們可以多繞幾個圈子，觀光一下，總之，我不想自己走過去。

人力車很愉快，他帶著我繞了一個非常巨大的圈子，當我們終於來到攀記的時候，他們已經下班了。

我最後坐在一家小餐廳裏，給自己要了一個小火鍋。和我一起吃宵夜的，是餐廳的老闆娘，只有我們兩個人，面對著兩隻沸騰的小火鍋，各自想著自己的心事。後來餐廳老闆娘說她很高興，這麼晚了，還有人做她的生意，她送了兩隻青口貝給我，她說希望你明天再來。

計程車司機告訴過我，什麼時候想去乾陵，再Call他。

可是早晨，無論我怎麼Call他，他都不回了。於是我打電話到總台，要他們給我找一輛去乾陵的車，他們愉快地答應了。然後我下樓，就發現一輛旅遊公司的巴士車等在酒店的門口，我上車，問司機，我們不需要這麼大的一輛車吧。

司機說，又不是坐我的車，我們現在去火車站，馬上就要發車了，你是最後一個。

像在泰山一樣，我得到了全車人熱烈的歡迎，然後車開動起來了。有人告訴我，他已經等了三個小時，現在終於開車了，真高興。

導遊小姐長得很漂亮，可是她終於遇到了一個對手，那個奇怪的女人，她除了法門寺和乾陵，什麼地方也不去，趕她下車她也不進去。

最後導遊跟我商量，你得合作一點，至少你得假裝什麼都不明白，收費方面我們可以私下裏解決。

在我們密談的時候，坐在我後面的老太太很注意地聽我們說話，後來導遊開始收取門票及導遊費的時候，她指著我說：她交多少，我就交多少。

然後她們就吵起來了，最後老太太生氣，說，接下來，無論你帶我去哪兒，我都不進去了。導遊也生氣，說，隨你的便，你只要把去過的景點門票錢交我就行了，其他的，你不去我也不管了。

我很小心地告訴老太太，我說，阿婆，接下來我們去乾陵，這個景點您得去，不去就很可惜，究竟您也是難得來一回。老太太不信任地瞪了我一眼，說，我就不去。

回來，天已經完全黑了。我坐在車上，昏昏欲睡，我要求司機播音樂，他只有一盒磁帶，他不得不放進那盒唯一的磁帶，開始消耗自己的電池，然後我就聽到了陳小春的聲音，我沒那個命哪，她沒道理愛上我。

我想起了鷺絲，鷺絲說，你走的那一天晚上，陳小春在有福城堡喝歌，如果你不走就好了，我們一起去看。

我眞懷念鷺絲。我想，上個月我還在廈門呢，現在我已經在西安了，這幾個月我居然去了這麼多的地方，而更多的地方我去過也不記得了，更沒有記錄下來。我只知道我買了三十七隻銀戒指，每一隻戒指都來自不同的城市，整整三十七座城市，可是我什麼都忘記了。

我總覺得我在夢遊，因爲我好像去了太多的地方，我這麼頻繁地飛來飛去，連我自己都討厭我自己了。

以前我總是早晨一醒過來就開始厭世，可是到了晚上我就會好了，現在我到了晚上也厭世，眞可怕。如果我每天早晨醒來都不知道自己在哪裡，就不會太厭世了。我這麼想。

我喜歡陳小春的聲音，他好像什麼都無所謂，而且在唱片公司的安排下，他做出了與體制不合作但是非暴力抵抗的姿態。

我說過，在夜深人靜的時候聽陳小春的現場，會毛骨悚然，渾身的汗毛都豎起來。可是我聽過很多男人的聲音，我還是最喜歡陳小春，以前我喜歡齊豫，她是如此地奇異，輕度的神經質，現在我喜歡陳小春了，所有敢於說自己找不到老婆的男人都是討人喜歡的。

在西安的整整五個小時，我聽到的都是陳小春一個人的聲音。他反反覆覆地唱，唱完「我沒那個命」就唱「一把年紀了，一個愛人都沒有。」

所有的人都睡著了。

我比別人聽更多他的聲音，因為司機故意捉弄我，他把每個人都送到他們要去的地方，最後只剩下我。他和他的車載我走遍了西安的角角落落，最後把我放在一個名字叫做竹笆市的地方。他以為我不熟西安。

我確實不熟西安，可是我非常非常熟竹笆市。

我去過竹笆市的春發生，為了看傳說中的葫蘆頭，我在春發生對面的類型小店裏洗了頭，我還在在竹笆市附近的清眞大寺古董街買了一串紅珊瑚石的印度鍊子，現在我有兩串了，一模一樣的鍊子，之前的那串是在鄭州買的，那時候它叫做紅珊瑚石的西藏鍊子，當然鄭州的鍊子要比西安的貴很多，不知道為什麼。

我在西安住了很長時間，我發現我應該永遠都留在西安，它太適合我了。

每天我都接到很多支支吾吾的電話，他們都是要告訴我，他結婚了。但是他們說的版本都不一樣，他們有的說，他的妻子是四川人，有的說，她的妻子是湖南人，還有的說，他的妻子是山西人。他們唯一說的一模一樣的話，就是，他罵你。

我說怎麼會？我在一年前就聽到你們說，他在罵我，怎麼過了這麼久，他還在罵呢？或者，要麼是你們在說謊，要麼是他在說謊。我說完了才開始後悔，因麼我不可以懷疑一個我愛過的男人，我怎麼可以不信任他呢？兩年前，就是因爲我們互相不信任，才導致了我們不再相愛。

我打電話給他，我說，是我。

他啊了一聲，再也沒有說過一句話。

我說，你可不可以不要再罵我了，你心裏也知道，事實並不是你所說的那樣。

他說，我從來都沒有說過什麼，更沒有罵過你，你所聽到的一切只是因爲有很多閒人在搬弄事非，你怎麼還和以前一樣，喜歡聽傳聞，並且相信，那是眞的呢？

我沈默了一會兒，說，對不起，我錯怪了你。

我掛電話，開始流眼淚。

我一直都認爲，我的北京情人是我唯一應該嫁的男人，可是愛上他，卻是我這一輩子最大的錯誤。

我居然會找一個與我一樣，寫字爲生的男朋友，我眞是太蠢了。

大部分寫字的男人和女人成爲了夫妻都不會幸福。據說，端木蕻良在最危難的時候拋棄了蕭紅，使她在很年輕的時候就死去。據說，張愛玲得以成名是因爲胡蘭成寫了吹捧文章，可是後來胡蘭成變成了漢奸，又跑到農村去另尋了新歡，張愛玲還得拿自己的稿費接濟他。據說，杜拉斯的某個過去了的情人認爲她品格很惡劣。最幸福的大概只有薩特和波伏娃了，可是他們各自又有各自的外遇，這樣的奇蹟，我這一生都無法創造。

我只知道，再怎麼轟轟烈烈的愛情，都可以結束得這麼慘澹。

可是無論他做什麼，即使他殺了我，我都會原諒他。

我始終都相信，我愛著他的那個年代，是我這一生裏最純眞的年代。而我們的愛情是在北京的大街上走出來的。我再也不敢去北京，是因爲我只在心裏面想一想，都會痛苦。

我甚至爲了愛他背叛自己的父親，第一次唯一的一次也會是最後一次，那對於我來說比死都要嚴重。我說過，我被家庭遺棄就如同我被整個社會遺棄，我的家庭，它比什麼都重要，無法言說的重要，我生活在一個沒有親戚也沒有兄弟姐妹的家庭中，我和我爸我媽的全部，就是我，和我爸我媽。

我居然坐在回家的飛機上哭，我認爲自己有罪，並且希望我的飛機掉下來，讓一切都消失，可是飛機沒有掉下來。只是後來，我非常奇怪地，自殺了一次，又被救活了。

大概是因爲我背叛了他的愛情，還用「我生活在一場侷限中」欺騙他。微弱的懲罰，眞是不夠。

也許我眞的會像那個等待了十一年的日本女人，她的母親在臨終前告訴她眞話，神在最初就給了你愛，可是你從一開始就錯了。

我坐在石家莊看到的那部電影，仍然與陳小春有關。電影裏，陳小春的女朋友出去吃飯，覺得飯很好吃，就又要了一盒飯，捧在手裏，然後坐飛機，去他的身邊，她到的時候天已經黑了，而且雨一直下，她翻過牆去，爬在窗臺上，終於，把飯送到他的手上。

這是一個日本故事，來自吉本芭娜娜的《我愛廚房》，書裏是這麼說的，一個女人，她愛的人在另一座城市，有一天，她獨自出去吃飯，覺得飯很好吃，就又要了一盒飯，捧在手裏，然後坐上計程車，去他的城市。

是啊，很遠。她說，可是我要去。

她愛的男人聽到敲門聲，開門，發現她站在門口。

她把那盒飯給他，說，我在吃飯，覺得這飯很好吃，就買了一盒給你送來了，現在，我要回去了，計程車還在樓下等著呢。

這個故事是我的北京情人在電話裏告訴我的，他最喜歡日本小說，我沒有想到我們分手以後，我會看到由書改編的電影，我不知道世界上的事情爲什麼要這樣安排。

這是一部很好看的日本電影，很多人都笑起來了，陳小春一出場他們就笑，只有我泣不成聲，我一直在想，也只有日本女人，才有這麼瘋狂的想像力。

我的工作夥伴問我爲什麼不跟車去北京？我說我要看電影。可是在我哭出來的時候，他們又問我爲什麼哭？我說很多年前了，我愛過一個男人，他離我那麼遠，但如果坐飛機，也只需要兩個小時，可是我不能每天都坐飛機。

在我愛著他的時候，我一直在想，我會不會像一個日本女人，吃了好吃的飯就想與他一起分享？我已經很久沒有出去吃飯了，他那麼遠，不在身邊，一切都是興味索然的。

現在一切都過去啦。我說，我們繼續看電影吧，這些日本電影，它們眞是好看極了。

我想起來我還告訴過念兒和雅雅，即使一切都過去了，我仍然相信，他是這個世界上最愛我的男人，以後再以後都不會有一個男人像他那麼深地愛他。

可是現在，他結婚了。

所以，我的純真年代真的已經過去了。

我直到走的那一天，才去看大雁塔，儘管它就在我的旁邊，我每天都看著它入睡，可是我從來沒有靠近過它。

那是一個很奇怪的日子，所有的車都堵在西影路，動都動不了。有人告訴我，他們都要去墳場，今天是一個看望故去親人的日子。

我想那個怎麼Call也不回電話的司機原來也有他的道理，這裏風水不太好，所有的車去墳場，都要經過這兒。

我看完了大雁塔，然後蹲在路口吃我的早飯，一隻烤得很好看的紅薯，我攔了幾次計程車，都沒有攔得住，那些車憤怒地從我面前飛過。

我想起了我的夢，我做過這樣的夢，在去墳場的路上，我招計程車，可是他們不停，他們亮著空車的標誌牌，他們也不停。

我所有的夢都會實現，真令我高興。

我蹲在路口，又給自己買了第二隻紅薯。當又一輛空計程車飛過來的時候，賣紅薯的老頭兒跳上了大街，為我攔下了它。

我有點驚奇，因為這個畫面沒有出現在我的夢中，它只在現實中發生，賣紅薯的老頭兒，他為我攔了一輛計程車。

這個時候我已經很熟很熟西安了，我熟所有的路，書院門，東大街，解放路，我也熟所有的商場，民生，世紀金花，我熟悉西安的一切，我很樂意變成一個徹徹底底的西安女人。小念也很快樂，它吃了很多，連一種名字叫做晶糕的東西它也吃，我知道小念也很樂意變成一隻徹徹底底的西安狗。

我告訴司機雖然現在堵車，我們得繞道走，但是我知道有一條隱蔽的小路，可以使我們少繞五公里路。

在西安的最後一個晚上，我的一個西安朋友打電話給我，他說他看到了一個很像我的女人，在街上走來走去，已經兩次了，都在南大街上，是你嗎？

我說，是我吧，我已經在西安住了一個月了，可是再過幾個小時我就要離開了。

我的朋友執意要請我吃點什麼，他帶我來到一家西餐廳，我又要了一碗生滾牛肉粥，我想知道，是廈門的牛肉粥好喝，還是西安的牛肉粥好喝。

我的朋友要了一壺茶，在他喝第二口茶的時候，小姐端來了一碗豬肝粥，我沒有說什麼，因爲現在是我的朋友請我吃粥，我不可以生氣。

我的朋友說他聽到了一些傳聞。

我說爲什麼我走到哪裡都有傳聞呢？而且它們飛來飛去，走得比我還要快，他們這次說什麼？

我的朋友笑了笑說，他們說，小妖那個女人很古怪，她去青島的時候，只帶著一隻筆記本電腦，她衹和她的電腦說話，誰都不見，誰也不理，她去西安的時候，只帶著一條狗，她衹和她的狗說話，誰也不見，誰也不理。

還有一個葷段子，他們都說那是你原創的。

年輕夫妻的新婚之夜。男人對女人說，你疼嗎？女人說，疼。男人就說，那就，算了吧。女人說，不要嘛⋯⋯

我不笑，我皺眉，說，你看過我三年前的小說《你疼嗎》嗎？

我的朋友說，有點印象吧，好像所有的人都說那是你最好的小說。

我說，不錯，那是我這一生寫得最好的小說，小說裏的女人是一個處女，她問所有的女人，你疼嗎？

我低頭喝粥，我無法分辨得清楚牛肉粥和豬肝粥，它們誰比誰更好吃。

我左手拖著行李箱，右手抱著小念，我和我的狗，我們都很髒，可是我們終於回家了。

我穿越馬路，突然發現平安站在我的樓梯口，他像上次那次，捧著花。

我沒有什麼表情，我說，等了多久了？

平安說，昨天才到，我在網上查到了你的航班，居然要飛四個小時，還經停武漢，根本沒必要嘛，坐火車都會比坐飛機快，本來想在機場接你的，想想，還是在這兒吧，給你一個大驚喜。

我淡淡一笑，說，上來坐吧。

我開門，放下東西，開始收拾房間，當然我的房間裏也沒有什麼可收拾的，然後我打電話叫淨水，然後我抱歉地說，要過一會兒，我們才有水喝。

平安說，沒關係。然後他環顧我的房間，然後他說，離開這個泥沼般的地方吧，來北京吧，我們結婚。

我說，這兒不是泥沼，這兒是我的家，我愛它。

我想起了我的非洲男朋友，我已經開始厭惡他了，不過是因爲他在電話裏說，他想念我的信想瘋了，於是他不管有多忙，都會偷個空去郵局取信，自己開車，三十公里啊，顛來顛去的，每天。

我說，爲什麼？要自己去取信的嗎？難道當地的郵局不送過來？

他居然就說，我不信任他們，我總是怕他們遺失我的信，黑人辦事不行的，不可以信任他們。

我說，你現在自我感覺這麼好嗎？你在一個比我們還窮的國家，你可以爲所欲爲了？你可以斜著眼看他們？歧視他們了？？你太過份了，你知不知道，你在巴黎的時候，法國人看你的眼神就如同你現在在雅溫得看黑人的眼神，在你歧視黑種人的時候，白種人也在歧視你，這個黃種人。

就如同，再落魄的臨近下崗的夜班女工，望見街邊拉客的小妓女，也是有優越和虛榮的，就因爲這一丁點兒的優越和虛榮而掙扎著過下去。

我說完，開始後悔，我想我不可以這麼傷害他，我的話太難聽了，於是我準備道歉。可是我的非洲男朋友什麼都沒有意識到，並且他高聲爲自己申辯，我不是這個意思！我不是這個意思！！我不是歧視黑人，而是眞的，他們這種人種，他們天生的懶，就是辦事不牢靠，也不是他們自己可以決定的，他們生來就這樣，就像他們的文化，非洲沒有文化，他們有的，只有殖民文化。

我歎了一口氣，說，你別跟我談文化，我不懂這個。

可是我開始厭惡他，很多時候，越瞭解才會越遙遠，我發現我和他，即使我們結婚，我們也不會幸福。

我對平安說，這兒再怎麼破，也是我的家，你不可以歧視它。

平安，我們應該好好談一談。

平安微笑，我也正想跟你好好談一談。

我說，我們不可能的，愛情不可以這麼隨心所欲，太快了。

平安的臉很錯愕，他說，我的愛情就是這樣。我喜歡網路，也就是因爲網路比較舒服，自由主動，我屬於酷恨章法的人，我就是這樣，隨心所欲，不顧一切，要表達我的情感。

我說，我也喜歡網路，可是現在我們是在現實中，不是在網路裏。即使我們每天都在網路裏看到很多像閃電一樣的愛情，它們就在我們的身邊，可是它們與我們無關。而且，網路也是一個藏汙納垢的地方，每一個地方都有骯髒的東西，網路也不例外，很多人不過是在網路裏找尋性伴侶和婚外情人。

平安說，可是我們不一樣，沒有人能夠比得上我們，我已經越來越意識到我們之間愛的不同尋常，越來越意識到這種愛的眞實。你不是普通的女人，我是配得上你的男人。

我苦笑，所有的人都以爲只有自己的戀愛才不同尋常，比任何其他人都高尚。

其實平安，我眞的已經在想，我是不是應該接受這段突如其來的網路愛情，眞的，我已經想了很久很久了。

平安認眞地看著我，他有一點兒緊張。

我說，也許我們眞的可以成爲網路情人，可是，你知道我們的問題在哪兒嗎？

你心太急了。

如果你不是這麼快地，兩次飛來看我，如果我不是這麼一個慢熱的女人，也許我們就眞的變成情人了。我們開始得很好，像所有網戀的一開始，可是我們沒能處理好許多中間的問題。我們太快了。

即使很多時候不是愛情。從一開始就不是愛情的，那麼到最後也不會是愛情。那種慢慢地培養出來的，牽牽扯扯磕磕碰碰的感情，不是愛情，只會是婚姻。就如同同居久了，兩看相厭了，最後還是結了婚。

可是我們也不可能結婚了。我們做朋友吧。

平安很傷感地望著我，說，小妖當不了我老婆，這點我一下子還接受不了，以後我可以按照情人的方式愛你嗎？求你無論如何別離開我……

我大笑，卻又開始流眼淚，做不了老婆，就要做情人？笑死我了。你們男人就只有這麼一種處理女人的方法？太搞笑了。不做不做，就做朋友。

然後我說，回北京去吧，我們都有很多事要做，別浪費時間，你也可以重新去找一個網路情人，如果你動作夠快，手段夠狠，目標夠準，她又像火一樣熱情和新新人類的話，你會在二〇〇

年之前找到，並且幸福。

平安最後對我說，小妖，不要把寫作當做工具，它能實現你的虛榮，但實現不了你的夢想。

嗯。我說，這是只有朋友才說得出來的漂亮句子。謝謝你。平安。

我和我們都寂寞

Peace road在環市路上，有很多硬木椅和方格桌布。我們還看到了一支樂隊的演出，他們發出了震耳欲聾的聲音。

我和我的女朋友坐在一起，那是很怪異的感覺，很久以前她來到了廣州，除了她做的節目偶爾會賣到我們的調頻電臺，沒有任何她的消息。現在我們坐在一起，好像我們從來就沒有離開過我們自己的城市，我們還是在老地方，坐在一間小酒吧裏，無所事事。

她坐在那裏，抽很多煙，喝很多酒，我為她擔著心，但我說不出來，我只是注視著鼓手的手指，細棒翻滾得很快，出神入化。

我去洗手間，我看見一個孩子，深褐色的頭髮，背著雙肩包，對著手提電話絮絮地說話，我不知道她在說什麼，我發現我和一切都格格不入，酒吧，酒吧音樂，還有酒吧裏打電話的孩子。

褐色頭髮的孩子和她的父母一起出去了，她走在最前面，什麼都不看，仍然背著她的雙肩包，從我的身邊走過去了。

酒吧外面有露天的座位，慘白的塑膠圓桌和圈椅，圍在木柵欄裏面，木頭已經很陳舊了，纏繞著綠色的枝蔓，都不是真的。廣州深冬的夜晚也這麼寒冷，沒有什麼人再在外面，這裏卻坐著很多人，夜了，看不分明他們的臉。走過那些柵欄和桌椅，他們中有人說廣州話：「告訴我你的電話號碼好嗎？」

我走開，沒有搭理他。他又用普通話問了一句：「你的電話號碼？」

我已經走到大街上了，我回頭張望，什麼也看不見，只有Peace road 的燈火，繁花似錦地閃著亮光。晚上很冷，沒有人會坐在外面。

《從這裏到那裏．Peace road》

我打電話給幸福，我問他小念好不好？幸福說小念死了，它不吃飯，後來就死了。

我不說話。

幸福又說，小念太小了，很難養活。

我仍然不說話。

幸福說他十二月七號的飛機到上海，他開完會，就來看我。我說我知道了，然後我掛電話，我的手裏拿著我的機票，十二月六號，飛廣州的機票。

我開始收拾我的行李，我帶給雅雅一盒蘿蔔乾，她說她想家鄉的蘿蔔乾都想瘋了，還有蔥花小餛飩，如果不太麻煩，她希望我能夠端一碗過去，她會在機場等。

我說那不行，安檢不會讓我端著湯湯水水的一碗餛飩登機，而且飛到廣州也已經涼了，兩個小時啊，什麼都涼了。

那麼，雅雅說，你就帶點有江南風味的工藝品過來吧。然後她問我，我們有什麼？可以送朋友們送得出手的工藝品，蘇州有蘇繡，無錫有泥人，宜興有茶壺，常州有什麼？我說常州有宮梳名篦，還有一座貞觀年間的天寧寺，要不要搬過來？

空服是一個很帥的男生，可是他心情很壞，看得出來，有人問他要水，他惡狠狠地說，沒有。有人問他要面紙，他惡狠狠地說，沒有。

我怯怯地看著他，我希望過會兒送餐的時候不要是他，然後我閉上了眼睛。

然後我聽到一個女人哭泣的聲音，我解開安全帶，站起來，往後面看，一個孕婦，她抱著自己的肚皮，哭得越來越厲害。

有人拍我的肩，讓我坐下，繫好自己的安全帶。我回頭，看到了那個惡狠狠的空服，我很乖地坐下了。

在兩個空服的幫助下，孕婦停止了哭泣，可是她昏迷了，空服們架著她往前艙走，那時候飛機剛剛飛了幾分鐘，我不明白，她哭什麼？她有了身孕，她還要哭什麼？我沒有丈夫，也沒有孩子，我都不哭，她怎麼哭了？

幾分鐘以後，我也開始哭，眼淚流過的地方，緊繃繃的，可是沒有人管我。我哭得睡著了。

當我醒來的時候，我發現我的午餐送來了，居然是那個惡狠狠的空服，居然就是他。一切都很自然，他把一盒飯都翻到了我的身上，我以爲他會說對不起，我看著他，衣服上沾滿了紙巾和水，那盒飯在我的膝蓋上，已經一塌糊塗了。可是他沒有，當事故發生的時候，他說，啊——。另一位空服奔過來，連連地說對不起，並且用濕紙巾拼命地把那些汁水揉進我的套裝裏。

我推開她的手，直視那位惡狠狠的空服。他終於說，對不起。

我進洗手間洗那些油漬，當我路過第一排座位的時候，我發現了我父親的朋友，也就是我曾經打過暑期工的那家民營呼台的老闆，他安祥地坐在那裏，咀嚼那盒很硬並且很難吃的飛機餐。

他看到了我的臉，他很激動地想站起來，可是安全帶牽住了他，他說，你也去廣州啊？我很嫵媚地笑了一笑，然後說，您還認得我呀？

他最喜歡的娛樂活動就是給呼台的小姐們看手相，我想如果不是那天我衝進他的辦公室找他理論，撞見了我爸，那麼他遲早也會對我下手的。可是我卻把我爸嚇壞了，我爸居然逼著我要禮貌一點，管他叫叔叔，而且我爸說，小孩子玩鬧。

我笑完，去洗手間，一邊洗衣服，一邊暗暗地對自己說，他爲什麼選擇今天這趟航班去廣州？如果我和他死在一塊，眞是不明不白。我想完，發現那塊油漬洗也洗不掉，我想我不得不再一次在飛機的洗手間裏換衣服了。

我第二天一早還得從廣州飛三亞去，自從我從三亞回來以後，我就一直念念不忘那個美麗的地方，這次我想再過去住幾天。可是我沒帶什麼衣服，只兩件旗袍，當然不是每個女人穿旗袍都好看的，而我有很多很多旗袍，因爲我的身材最適合穿旗袍，可我也不能每天都穿著旗袍。

我要求那位惡狠狠的空服把我的行李箱拿下來，然後我蹲在走道裏翻我的箱子，我找出了那件旗袍，我想我現在所做的一切都很有理。

當我換了旗袍出洗衣間以後，我昔時的老闆眼睛發亮，他又一次試圖站起來，我像一個空姐那樣請他坐下，然後微笑，問他，娜娜現在怎麼樣了？

娜娜就是那位喜歡排我值夜班的小姐，當年我還是一個學生，沒什麼姿色，她也警惕我，她警惕每一個女人，怕她們搶走她的榮寵。我知道。現在那位娜娜小姐已經成功地被她的老闆，也就是我面前坐著的這一位包養了，她終於沒有任何顧慮了。

他很專業地說，她很好，她很好。

我說，那就好，那就好。然後我回自己的座位，然後坐在我後面的小姐生氣，她說我的靠背太斜傾了，壓到了她的身體。我請求她說普通話，於是她又說了一遍，然後我說完對不起就換了一張座位。飛機實在太空了。

我一下飛機就打電話給雅雅，雅雅說她來接我，我說不用了，我另約了人，我們深夜再見吧。我約了Tina，我在電話裏說我只有一個晚上，明天我就飛三亞，我們晚上去吃上海菜吧。

當我走進那家上海菜館的時候，所有的服務小姐都看我，我也看她們，因爲我們穿著同一系的服裝，旗袍。

我飛快地跑到座位上去，我很怕有人招呼我埋單。Tina已經坐在那兒了，戴著眼鏡，氣色很差。我笑，我說Tina你原來是一個近視啊。說完我才發現不對，Tina戴著一副太陽眼鏡，現在是冬天，她戴了一副太陽眼鏡。

Tina說她現在和Kenny 同居，可是Kenny 打她。

我悲傷地看著Tina，我說你不是已經和他分手了嗎？

Tina搖頭。結果我們的上海菜吃得很糟糕，我要Tina離開他，可是Tina說她離不開他，她越來越愛他，即使他打她，她還是愛他。他也愛她，他打完她就和她做愛，做完愛他也許會撫摸她，也許又會打她。我說Tina你找了一個施虐狂，可是你沒有受虐傾向。Tina說她慢慢地就會有了，像O娘。

我說我有點上火，Tina問我要不要喝點涼茶，我說我的火涼茶澆不了。

這時幸福打電話給我，問我在哪兒？我不說話。他說你到底在哪兒？我打了你一天電話，一天都是電話錄音。我說我在廣州。

幸福吃了一驚，然後說，我要見你。我說我不想見你。然後我關了電話。

我說Tina我們去和平吧消磨時光吧。Tina說她不去。我說只隔了一個月你就變成一個陌生人了。Tina說你也變成陌生人了，只隔了一個月你就不愛幸福了。

我說，我不見他不等於不愛他，我就是太愛他了才不見他。

Tina說她不懂。我說那就算了。我們不歡而散。

我發現我和Tina的友誼只有在手寫的信裏才最純眞，現在我們見面了，通電話了，用電筆通短訊了，什麼都變質了。我想起來我們已經很久不寫信給對方了，我唯一的寫信聯繫的朋友，我已經失去了她。

我和雅雅約在和平吧，我仍然等了很久，我發現我經常得等我的女朋友們，大部分的女人都有遲到的惡習。

雅雅終於來了，染著紅髮。我說你每次染頭髮之前通知一聲好不好，我會認不出你。雅雅說她平均每個月染一次，怎麼通知？我說算了，你這麼染下去，最後你就沒有頭髮了。

雅雅笑了，說，我聽說你染了頭髮以後，你們機關食堂裏有人把勺子都吞到肚子裏去了。我說雅雅你怎麼知道的？雅雅說她偶爾也看報紙，一看就看到了。

我把那些木梳交給雅雅的時候她很漠然，她說其實我已經沒有一丁點兒家鄉的概念了，我越來越像一個廣州女人。

我問雅雅我是不是可以住在你那兒？雅雅很爲難地看著我，不說話。我說沒事，我們聊點輕鬆的吧，你的那個他會不會煮飯？

後來我坐在酒吧裏，對著尋歡說，這是一個同居的時代，沒有性伴侶的人是可恥的時候，尋歡說張楚會找你要這句話的版稅。

那個時候雅雅已經回家了，我不打算再爲自己找一個衹睡三個小時的房間，我很感謝尋歡，他一直坐在我的旁邊，當和平吧裏已經沒有一個人的時候，他又帶我找到了另一家通宵營業的酒吧，我不熟廣州，所以我感謝他。

我不問尋歡是做什麼的，他也不問我是做什麼的。我問他叫什麼名字，他說他叫尋歡。他問我的名字，我說我叫小念，我的狗和貓也叫小念，不過我的貓已經死了。

尋歡就說，小念，你很美，我想吻你一下。

我說不行，除非我喝醉了。

然後尋歡就爲我叫了很多瓶啤酒，可是我都喝下去了也不醉。醉不了也是一種痛苦。可是我對自己說，就當是已經醉了吧，開始笑吧。

我沒有把人民幣扔到他的臉上，唯一的一次。

尋歡沒有碰我，他一直陪著我，在我去機場的時候，他說，願你幸福平安。

我的飛機延遲了，也不知道是爲什麼，沒有任何通知，直到九點，我才開始登機。我靠在牆壁上，等待機場車，在我走向通道口的時候，我往右邊看了一眼，我就看到了幸福，只隔了兩條通道，他在等他的機場車，就像神話一樣，他是九點的飛機，飛上海，我也是九點的飛機，飛三亞，我們擦肩而過。

我一直看著他，他在抽煙，和我一樣，等待機場車。我已經看到他了，可是我喊不出他的名字，我緊張得喘不過氣來，我想我要窒息了，我張著嘴，就快要喊出他的名字來了。我見到了他，我才知道，我還是這麼地愛他，我還是這麼愛他。

我的通道口已經打開了，我必須要走，不得不走。

幸福終於看到了我，他扔了手裏的報紙，那些報紙散了一地。他喊我的名字，橫跨那些欄杆，向我跑過來。所有的人都看著我們，還有很多人站在機場車上等我，他們將要和我一起去三亞。

我拖著自己的行李箱飛快地逃走，我太匆忙，行李箱都翻過去了，我不管了，我跑起來了，我跳上了車，車開動了。

幸福最後看到我的樣子，就是我拖著箱子逃跑的樣子。

也許就像我們的關係，我不得不走。我走了。

我一進房間就哭，我哭了整整一天，天都暗了。我打電話叫送餐，那時候已經很晚了，電話那邊問我要什麼？我說我要什麼？他們很人情地等待著。我說，對不起，給我一盤沙拉吧。什麼沙拉？他們固執地問。廚師沙拉吧，我說。

一個月前，在幸福煮飯的時候，我做了一次沙拉。我會做一手漂亮的水果沙拉，我一直都以爲哪個男人吃過了我的沙拉就會娶我，就如同我以前認爲煲一手靚湯，就會牽住男人的心。我總是犯錯誤。

我給服務生小費，他說他不要，No tips。我坐在床上吃我的沙拉，看電影頻道，我在石家莊的時候也坐在床上看電影頻道，每一次我看完電影，都得結束些什麼。

夜已經很深很深了，我又讓服務生送一瓶健力啤酒來，可是他送來了一瓶可樂娜，我也不埋怨他，我想是我的發音有問題，我的口語實在是太糟了，中國人和不是中國人都聽不太明白。

我就把那瓶啤酒藏在睡袍的大口袋裏，然後下樓，去海灘。

有人站在游泳池旁邊，他告訴我現在海灘上很冷，我不理他。

我坐在海灘上，我仰頭看天上的星星，我想找到我的水瓶星座，可是我找不到，我不懂那個。

然後我開始喝啤酒。我的電話一直在響，我看一看上面的號碼，一個都不接。

十二點，我的電話上顯示了一個很奇怪的數位，我知道那是一個國際長途，我接了，是我的非洲男朋友，他說他在巴黎，他很想我，他會很快回來，娶我。

我說我已經不記得你的樣子了，你不用回國，你就呆在你的科麥隆或者肯尼亞吧。

他說你怎麼了？他說他不喜歡非洲，他不會永遠都呆在那兒的。

我咳嗽。

他說你喝了酒了。

我說，我沒事，我們分手吧，你不用娶我。然後我關掉了電話。

我在床上醒來，我頭痛欲裂，我已經記不起來我是什麼時候回房間的，我頭痛得厲害。我想起來我把電話忘在海灘上了，我立刻起床，去海灘。

我沒有找到我的電話，我想它也許被海浪捲走了，也許是被工作人員收走了，最好的可能是被人收走了，這個五星級的渡假酒店，一定會有人收拾海灘。

我坐在遮陽棚的下面，想讓自己徹底醒過來。我想我已經把所有賣書的錢都花完了，這五個月，我所有的版稅，一分錢都沒有剩下，我得重新開始寫作。

一個淡黃頭髮的小男孩跑過來，問我午安，我也說午安。小男孩又問我叫什麼名字？我說我叫Jill，你叫什麼？他說他叫Jack，我說你很可愛。他笑了一笑，說，Jill你很不快樂。我說沒有啊，我很快樂。Jack說是啊，這裏有太陽，海，沙灘，爲什麼不快樂呢？我們沒聊幾句，Jack說他要走了，最後他祝我這個女孩快樂，我就確實快樂起來了。我喜歡女孩那個詞，我多麼希望我能夠回去，做一個女孩。

我回房間刷牙，洗臉，然後去餐廳吃飯，我看到了Jack，他和他的父母在一起，他們給他要了一個椰子盅，他正在研究裏面的東西，我就想起了我的父母，不知道他們怎麼樣了。

我吃完飯，在大廳買了一件手織的筒裙，那個織掛包和筒裙的女孩子，我看了她好一會兒，她每天都在那兒上班，她的身體眞柔軟。

然後我去前檯要了一張紙和一個信封，我趴在大堂副理的大桌子上寫字，沒有人問我問題，我想大概是因爲我穿旗袍，而這裏所有的酒店服務生都穿大花薄襯衫，戴花環。一件衣服，在不同的地方，會有不同的遭遇。

我寫「爸爸媽媽，我愛你們」，寫完，我交給前檯寄出去，前檯的男孩子很帥，他說沒問題。我點頭，走開，我走出去一兩步了才回頭，我問他沒有人撿到手機交到前檯？他說什麼型號什麼顏色的手機，我說松下５００，寶藍色。我不敢相信自己的眼睛，他果眞掏出了我的手機，我不知道說什麼才好。

我用了很多年的機器，它很老了，可它是我爸送我的二十歲生日禮物，是我爸給我的愛，如果眞丟了它，我一輩子也不會原諒自己。

還有那台電腦，它們都是生日禮物，每一年我都會得到非常昂貴的生日禮物，可是我從來都沒有快樂過。我唯一帶出來的兩樣東西，就是電腦和電話，可是我砸上了家門，我還恨恨地說，我會自謀生路，我什麼都不要，你們的東西，我一樣都不要。我沒敢說，我會回來的，我成爲了一個作家以後，我會回來的。

我在四歲的時候聽我的提琴老師說，她十九歲離開家門，她絕決地推開門，一隻腳踏出門外，又回過頭微笑著說，我回來的那一天，就是我功成名就的日子。

我四歲，我望著她，腦海裏就出現了一個年輕美貌的憤怒青年，門板碎裂著，而主角又幻變成了我自己，我想我長大了以後，一定也要那麼幹一回。

而我的提琴老師，她沒有實現她的夢望，她很快結婚，生了一個孩子，又被那個男人拋棄，那個男人每天都打她，打得她終於答應離婚，她不再拉琴，獨自帶著孩子，生活在一間小閣樓裏。很多年以後，她的家人終於讓她回家了，她的母親在電話裏流眼淚，回家吧，一切都過去了，我們給你找了個人嫁，你回來吧。

她回家了，可是她永遠都不再拉琴了。我的最後一課提琴課，拉的是《羅德二十四首隨想曲》第二十四頁，Allegro brillante，我永遠都記得。

我沒有想到，長大了以後，我眞的成爲了一個憤怒青年，像她那樣，重重地砸門，可是我與家庭絕裂，我微笑不起來，我每走一步，眼淚都灑在地上。

只有眞的離開了家，才知道，做一個憤怒青年的代價，是那麼地慘重。

不是夢，一切都是眞的。可是我多麼希望是一場夢啊，我可以在夢醒以後，把眼淚擦乾，一切都回到從前，像我的童年，只要給我一架玩具飛機，我就可以飛。

於是我希望我能夠在夢裏回家，可是我夢不到，每天早晨，我的眼淚都會把枕巾弄濕，可是我回不去。我可以控制自己的夢境，可是我的夢不讓我回家，我一直都在幻想，我可以回家。

而我一直帶在身邊的，電腦和電話，還是我爸的愛。

如果不是大廳裏豎著醒目的No tips的大牌子，我眞要掏出點什麼來表示我的興奮了。我以前在自己的小說裏說念兒從海口回來就有了掏錢包的惡習，現在我有些明白是爲什麼了。

我回房間拿了幾本雜誌就又下樓了，去海灘。

我看到很多人在太陽下睡覺，他們睡得很香甜，我很高興，如果每個人都睡得著，吃得下，不需要酒精和藥，多麼好。

我走了很遠，才找到一張空床，我躺上去，舒展了自己。太陽多麼美，傘都是多餘的，我聽著海說話的聲音，心裏安靜極了。

我很少見到海，我們那兒只有園林，小橋小水，所以我總是不明白，陽光，沙灘，音樂，好心情，什麼意思？念兒住在海口的時候也是這麼想的吧，可是她說不出來，可是現在，什麼都不同了。

我睡著了。

想要享樂，是這麼簡單，又是這麼的艱難。

我把所有的飯廳都吃了一遍，我沒有像在鼓浪嶼時那麼囂張，請他們端奇怪的動物出來吃，這裏的菜都是很貴的。

我走的那天，碰到了那個交還我手機的前檯接待，我告訴他，我前幾天坐在床上吃沙拉的時候，一個小蛇果滾出盤子，掉到床底下去了，我沒辦法弄它出來，我的手不夠長，可是你們得把它弄出來，不然它會在床下暗暗地腐爛。

他笑的時候很上海，臉上出現了酒窩。

我回到廣州的時候已經下午五點了，雅雅打電話給我，說，來我這兒住吧，他有事出門了。

我說不用了，我已經訂了房間，我只在廣州住一晚，第二天一早我就飛回去。

雅雅說你別這樣，我們都幾十年了，你在廣州過千禧夜吧。

我說我要回家去過千禧夜。

我一個人，逛了逛天河城，那個賣小貓的人還在，他已經不認得我了，我看了看我吃過飯的湘菜館和上海菜館，還有一些我去過但是不知道名字的菜館，我發現我很熟廣州，我去過了這麼多的地方，可是我不願意再看到它們。我不是一個廣州女人。

夜深了，我叫了車，我說師傅，請載我去一個有趣的酒吧吧。

他把我帶到了海印，有大湖，很多人在寒風中吃燒烤，他們都抬起頭來看我，我穿著短旗袍，裸露著腿，我的鞋跟太高了。

我重新叫車，那個司機載我去了一個新酒吧，裏面有一個大電視機，我看到了「美在花城」的選美比賽，他們都披掛著綠顏色的魚網狀薄紗，走來走去，我不覺得好笑，也不覺得不好笑，我不想笑。

我再一次叫車，這次我和計程車在廣州遊來遊去，我們遊得太久了，後來司機都很不耐煩了，他說，靚女，你到底要去哪兒啊？

我冷冷地說，別叫我靚女，我不是廣州人，我不適應你們的語言習慣，我們去和平吧。

我看到了尋歡，他還坐在那張桌子上，像上次一樣，我喝酒，他喝木瓜珍珠奶茶。

這次尋歡問我是做什麼的了。

我說我是一個歌女，來廣州發展，想簽一個唱片公司，可是他們都不要我。

尋歡說，小念，也許我能幫你。

我說，你是做什麼？尋歡說，你會知道的。

尋歡又問我在哪兒唱過？我說我沒唱過，但我會拉小提琴，我基礎很好。

當我說自己是一個歌女的時候，我真的很像一個歌女，我穿著銀色的旗袍，銀色的高跟鞋，好像馬上就要上臺去賣唱一樣。

我喝醉了。我開始嘔吐。

尋歡說我需要喝一杯熱紅茶，然後他帶我換地方，他帶我去了他住的地方，我知道會發生什麼，我知道，可是我一點兒也不喜歡他。

他把我壓在身下，他吻我。我推他，我推他，我發不出一點兒聲音，我推他，他像一座山推也推不掉，後來我閉上了眼睛，我就看到了幸福的臉。

尋歡說對不起，然後他放開了我。

我捋我的頭髮，它們亂了，我說讓我走。

他說小念不要走，我想和你做愛。

我很茫然地看他的臉，他很帥，可是我一點兒也不喜歡他。

我看到他的房間裏有很多書和電腦，我說你是做什麼的？尋歡說他活在網路裏，寫字爲生，他寧願活在網路裏。

我就慘澹地笑起來了，我說我很崇拜你們寫字的人，你們品格很高尚，可是我要走了。

尋歡不放我走，在我開門鎖的時候他再一次抱住我，吻我，他說，小念，好孩子。

我踢他，他不放我。

很多年前，我在酒吧裏看到了我的偶像，我就抖起來了，我喝了一大杯酒，我仍然在抖，我沒想到我能夠親眼看到他，在我眼裏，他帥呆了。

那時候我像一個孩子那麼美。後來他帶我回家的時候，我還在抖。

可是後來他動我的時候我踢他，我不想踢他的，我愛他，愛他的思想，愛他的一切，他是我的偶像，我不想踢他的，我還是踢了他，本能的防備。他喘著氣問我是不是處女？我小心地點頭。他歎了口氣，他說他最怕處理處女。

然後我們談了點別的，我們沒有做愛。可是過了一會兒，他的一個朋友來看他，那個時候我正在釘我的扣子，它們被他扯掉了，我不想我回去的時候被我爸媽看出什麼來，所以我在釘我的扣子，儘量使我和我的衣服看起來沒有任何變化。他的朋友看了我一眼。

可是後來他們都說，我和他做過愛了，他們說我是一個壞女人。

所以我在小時候眞的很笨，我想我再也不會了，如果我沒有和那個男人做愛，我必須得馬上離開，至於扣子，它們可以到外面去解決。

尋歡問我爲什麼？我說我性冷感，我不想做。

尋歡說小念，我愛你，我們不是一夜情，我們有將來。

我說我累了，我不能做，也不可以做，我想回去睡覺。

可是我們做愛了，像惡夢一樣，眞像一場惡夢。我一直在想，我不能發出聲音，我會叫錯名字，我不能發出聲音。我一閉上眼睛，就是幸福的臉，他會殺了我，就讓他殺了我吧，如果我實在也傷不了他，傷不重他，那麼我只能傷害自己的身體，他會不會感覺到受傷呢？

多麼悲慘的一件事情。我和一個陌生男人做愛，像一個徹徹底底的婊子。

我重新畫好唇紅，然後我打開他的影碟機，裏面是Jennifer Paige的聲音，我不愛聽，我換片子，一張最拙劣的色情片，放進去，螢幕上出現了鬼怪，性交，醜惡的生殖器和臉，我忘不了，太醜惡了，像惡夢一般。

在我打開電腦的時候，尋歡給我倒了一杯紅茶，我不看他。

我在他們虛假的淫聲浪語中上網，我說，我被人操了，大家一起喝一杯吧，爲我的婊子的生活乾杯吧。

尋歡很悲涼地抽煙，看著我，他說，小念我愛你，眞的，我愛上了你，你在宣洩什麼？

我不理他，我想起來我要誤航班了，我還得回我的酒店去拿行李。

我穿衣服，我在發抖，我知道我很美，我知道尋歡會眞的愛上我，可是我在發抖。

廣州的早晨，也這麼寒冷，尋歡脫他的衣服給我，我沒有拒絕。

我在車上，我的電話響了，是幸福的聲音，他說他回廣州了，問我在哪裡？

我失聲痛哭，我一邊哭一邊咳嗽，我說對不起對不起，我是一個壞女人，我對不起你，幸福你忘了我吧，我對不起你。

尋歡皺著眉抽煙，他望著窗外，廣州的早晨，霧茫茫的一片，沒也看不見誰。我十五歲發表的第一首詩，就發在廣州，那時候我還沒有來過廣州。

我是在長大了？還是墮落？長大是最大的懲罰，讓人永遠失去某種快樂，無比珍貴的快樂，沒有任何一種其他的快樂可以替代。

尋歡問我餓不餓？我搖搖頭。

我進機場，已經很遲了，我是跑著過安檢的，我聽到尋歡叫我，小念！

我回頭了，看著他，他給我一塊DOVE黑巧克力。他說，你沒吃早飯，會餓。

我說我不要，我只喜歡霜淇淋，不喜歡巧克力。

他說，小念……

我嘶啞地說，我已經把嗓子哭壞了，我說，別再叫我小念了，我不叫小念。

我會給你寫電子信。這是尋歡最後說的一句話。

飛機延遲了，他們說，很抱歉，CZ3815航班的乘客們，因爲對方機場的氣候沒有達到飛行標準。

我打電話給雅雅，我說我的飛機延飛了，飛上海和南京的都飛了，就我的不飛。

雅雅說，那你出來吧，我們一起吃午飯。

我說我得等通知，又不是簽轉，今天不飛了，說不定過會兒就飛了。

雅雅說，你的聲音不對呀？

我說，沒事，有點感冒，你過春節回家吧。

雅雅說，我不回來了，我不想回家，太冷，我只想呆在廣州。

我說好吧，然後掛了電話。我又打電話給Tina，沒有人聽電話，打她的手機，關著。我買了一份《南方周末》，看完，開始登機了。

我回來了，眞冷啊，我的家鄉，已經開始下雪了。

尋歡的電子信早已經來了，很淡很淡的幾句話：居然會有點想你，希望還能見到你，吻你。這麼淡的句子，卻使我的心裏，動了一動。可是我與他的愛，只發生在瞬間，即使是瞬間的愛，也那麼稀薄。

我媽打電話來，說，信收到了，你爸爸把那張信紙放在床頭櫃上，每天都看，下個月的二十八號是你二十四歲的生日，你知道你爸給你買了什麼生日禮物嗎？

我說，什麼，先告訴我吧。

我媽笑，說，兩個好消息，第一，我說，小茹這次回家吃一頓生日飯吧，你爸沒有再發火，他默許了。第二，你爸馬上就出去給你買禮物了，一支易立信T18SC的手機，寶藍色的，你最喜歡的顏色，你爸說你的手機太老了，你爸說茹茹這孩子戀舊，他知道，你捨不得換，所以這次還是爸爸給你換。

我媽說，你還出去嗎？

我一邊寫字，一邊聽電話，

我說我不出去了，我沒敢告訴我媽我已經沒錢吃飯了。

我媽又說，小然從巴黎打電話回來，說你要和他分手。

我說，我們已經分手了，我從來都沒有愛過他，一切都是你們安排的，我也沒法跟一個影子談戀愛。

我媽說，不管怎麼樣，你不是一個小孩子了，你得明白，結婚以後，什麼都不同了。

我說，媽，你知道嗎？我一直在找尋我厭倦婚姻的原因，我想我生活在一場婚姻假面中，厭倦極了。

我小時候偷看你們年輕時候的情書，會感動，兩個年輕男女，身在愛中，什麼都不顧了，什麼都不管了。可是現在，結婚那麼久了，兩看相厭了，再沒有激情了。一起過著，因爲老了要作伴兒，因爲老了不得不這麼過了，因爲要負責任要過日子要承認，夫妻兩個人過了幾十年，就是親人了，沒有愛情還有親情，很多時候，孩子也擺出來做過下去的理由和藉口，可是，愛在哪裡？

我在自己的小說中爲這一切圓場，我說愛情是不會消失的，愛情轉變啦，變成親情啦，多好多好多好啊，我們一起笑吧，為美好的生活，我們笑吧。所有的家庭和婚姻，都這樣，只是有人放縱了，有人克制了，有人擺脫了，有人還看不清！

我媽說，你怎麼跟你媽說話的？我是你媽！然後我媽扔了電話，我知道她開始流眼淚。

我責備自己，我要這樣的婚姻和小孩子嗎？我將來也生這麼一個像我這樣不聽話不懂事的小孩？這種會流眼淚的婚姻和家庭？

我不要。

我在千禧夜做什麼

我有一個朋友，她生活在有罪中。因為她有很多問題，最重要的問題就是她沒有愛。不是不愛什麼人，而是根本就沒有愛。可是她從不愛，卻與不愛的男人做愛，她解釋說，她被欲望戰勝了，她被誘惑了，於是那個做愛的女人不是他，是她心裏面的惡。而那個男人卻誤認為她愛他，他深陷其中，所以她覺得還是傷害了他，覺得有罪。

我無法解釋這些問題。我給我的朋友寫信，我說，你沒有投入到愛情中去，所以你不會明白身體和愛情的關係。這樣吧，如果你愛，你去愛，如果你從來都是不愛，或者是已經不愛了，就不必要再愛下去了，總之，不要用「愛」這個字來欺騙你們和我們，你自己知道你在做什麼，你也非常清楚你該做些什麼好，你又是這麼聰明的一個孩子。

我的朋友說，不管怎麼樣，我都是有罪的。

我說，那我就不懂你的意思啦，如果沒有愛，與他做愛就是有罪的，若是有愛，與他做愛也是有罪的，因為你不想要結婚。我不懂，我只相信你是沒有愛的，卻去做愛，是因為肉體和魔鬼引誘了你，你沈迷在欲望中，可這迷戀也只是一時。愛，再想想，還是沒有的。偶爾的鬱悶，也多是出於曾做過愛的原因，那種全不是愛的東西。

我的朋友說，我希望他忘掉我。我要求他恨我，可是他說他不恨，我要求他愛我，可是他說他不愛，他說要我怎麼恨你和愛你呢，我真是一頭霧水。

我說，那我就懂啦，你碰上同道中人了，你們誰也不愛什麼人，你們都根本就沒有愛。

我的朋友說，那我就開始痛苦了，你明不明白你明不明白？你明白什麼是痛苦吧。

我說，我的痛苦比你少嗎？你的神救你，我自己救自己。我把自己弄瘋了。

我的朋友說，不管怎麼樣，我還是有罪的。

我說，這樣吧，你要相信，你與任何一個什麼人做愛的時候，你是愛他的，雖然只是一瞬間。好了吧。

《身體和愛的關係》

一個電話，上海男人的聲音，問我，你會在千禧夜做什麼？

眞讓我疑惑，他是誰呢？對我來說每一個上海男人的聲音都一樣，所以我從來都搞不清楚他們誰是誰。

我說你可不可以再多說幾句話。

他說他有點兒想我。

他說我是喜歡你的。

他說現在的上海女人眞無聊，說了沒幾句話，就跟回家，就不走了（不走了？）他說我有一個計畫，我要在這剩餘的幾天裏，轟轟烈烈地愛一次，愛那個女人，眞正地愛，然後在千禧夜的時候，和她千禧之交（性交？）然後在新千禧年的第一天，對她說再見。

他說我要緊鑼密鼓地找，一定要找到。

他說算了還是我們倆愛一次吧，眞正的愛，我太想知道了，愛人並且被人愛，是一種怎麼樣的滋味。

我說可是我不愛你。而且我們似乎都一樣，我們都沒有愛，一丁點兒愛也沒有，愛不起來也不要愛。

他說可是我多麼想知道啊。

我說我都不知道，你也配知道？然後我說，你是葉葉？

葉葉說是啊，你終於猜出來啦。

我說，我寄我的書給你了，葉葉，我在小說裏寫你很唯美，長得像印度人，如果在月光下談論鬼魂就很像一尊佛。

我說葉葉長得像印度人是因爲他的眼睛和耳朵太大，我發現我所有的男性朋友，他們的眼睛和耳朵都太大了，我不知道那是什麼原因。

葉葉說，我可從不跟你談論鬼魂。

我說，可是我記得，你說你新死了一個朋友，那個朋友年輕，有前途，但是他突然死了，死了以後還化做一縷清魂到很多人的夢裏去告別。你說過那句話以後我就再也睡不著了。

葉葉在電話那邊笑，然後說算了，去他媽的千禧之交，我還是去買兩公斤大麻，抽死掉算了。

我說，兩公斤太多了吧，一斤就夠了，別太浪費了，好孩子。

葉葉眞是一個奇怪的男人，一切都如我小說中所說的那樣，梅花到常州來做主題派對的時候帶來了葉葉和葉葉的樂隊，後來音響燒起來了，梅花讓我不要煩她，我就和葉葉出去喝酒了。

我一直在想，如果有些事情從一開始就沒有發生，那麼以後就再不會發生了。即使葉葉的手指像蛇一樣滑上我的肩，他摟著我的腰，吻我的臉頰，而且我的朋友和葉葉的朋友都說我們應該幹點什麼，他們說燭光多麼美，可是我一直在笑，笑得眼淚都流出來了，可是我很嚴肅地問他，你在幹什麼？

很久以後，在一個下雪並且下雨的冬天，我和葉葉見了第二次面，在他空蕩蕩的房間裏。眞奇怪，他的房間裏什麼也沒有，沒有唱片，也沒有唱機，只有一個煙缸和一張看起來溫暖極了的床，我發現煙缸是葉葉還很年輕的時候得的一個MTV獎，他就用那個獎盃做煙缸。

我說葉葉你眞奇怪。

即使我已經在他的手指下盛開，我被他挑逗得顫抖起來，欲死欲仙，可是我仍然說，眞糟糕，我還是不想和你做愛，眞的，無論如何都不想，而且我安慰他，我說以後我愛上你了就會做了。多麼寒冷的冬天，我裹著葉葉的大棉襖，飛快地逃走了。

難以置信。

後來我趴在一個冷清的酒吧裏快要睡著了的時候，我旁邊坐著的一個女人說，眞難以置信，她說，茹茹是一個很冷酷的女人。我的朋友們眼神和耳朵都不大好，他們中間的一個問，冷漠？而另一個問，殘酷？她搖了搖頭，說，冷酷。

我已經站都站不起來了。我想說其實我這樣的女人眞好，不愛就不會做愛，身體和愛，怎麼也分不開，眞好。如果我還站得起來，我會吻她，她眞可愛，她說我冷酷。

關於身體和愛的關係，我早已經解釋過了。如果你和不愛的男人做愛，心裏非常不安，並且覺得自己有罪，那麼就必須安慰自己，你要相信，你在與他做愛的一瞬間是愛他的。

很多時候我眞不明白自己，我總是花很多時間去解釋別人的問題，我好像從來都不解釋我自己的問題。

後來我收到了一本名字叫做《心理輔導》的行業內雜誌，他們告訴我，關於您解釋的這種身體和愛的關係，很抱歉，我們沒有經過您的同意就轉載了它，我們認爲它很有道理。

我很得意，我保存著那本雜誌，如果再有人稱呼我小瘋子，我就會把雜誌扔到他的臉上，我會說，現在我是一個心理輔導啦，我不是瘋子。

凌晨六點，我過馬路，差一點被車撞死，我聽得懂他們說的話，他們很溫柔地問我，尋死啊？我搖了搖頭，我搖了很多次，仍然清醒不過來，於是我繼續搖搖晃晃地，又過了第二條馬路。眞可怕。在這個時間，凌晨六點，所有的酒吧和咖啡館都下班了，而所有的商場和餐廳都還沒有上班，我沒有地方可去。

周潔茹

小妖的網 288

只要我離開自己的城市，我就是一個孤兒，沒有地方去了。現在我在上海，這個令我厭倦的城市，我從網上看到一句話，那個悲傷的傢伙說，早安，這個操來操去的上海。

我大概走了兩個小時，最後我找到了一家麥當勞，我抱住他們門前的一根柱子，我再也走不下去了。我目不轉睛地盯著他們的玻璃門看，當他們把「Closed」小紅帽的小男孩嚇嚇了，他給了我一杯熱紅茶，然後我趴在他們可愛的卡通桌子上睡著了。

後來葉葉上網了，他打電話告訴我他的電子信箱和他常去的聊天室。

後來我去他的聊天室看望他，那是一個很小的聊天室，只有一百多個人，可是所有的人都用上海話說話，葉葉在裏面叫Q，我在很多年前寫過一個魔幻小說，小說裏那個神通廣大無惡不作的魔鬼就叫Q。眞奇怪。我一直都認爲Q是全部字母裏最好看的字母，可是它在我的小說裏是惡魔。

葉葉一看到我的名字就尖叫起來了，他變換了一種顏色，他說他很快樂。

可是除了葉葉別人也很快樂，我知道他們都是第一次看到我，尤其是一個名字叫做桂園的，他（她？）比葉葉還要快樂，他（她？）不停地呼喚我，小妖精茹茹。小妖精茹茹。小妖精茹茹。

葉葉說我們私聊好不好？我說我不喜歡私聊。

網路上的小妖精茹茹就像一種名字叫做Happy99的病毒，那是我見到過的最可愛的病毒，它不過是喜歡傳播和暴露，它把自己僞裝成一張會放煙花的小卡片，紅的綠的黃的藍的煙花，喜氣洋洋地放，放完了它就在你的電腦裏安了居，可是它會生很多孩子，它的孩子們就和電子郵件的附件一起，再傳遞給下一台電腦，它從不作惡，眞的，也許偶爾地，會在某一個它喜歡的日子裏搗一搗亂。

這個瘋狂的小病毒，它不過是有一點兒自暴傾向，就這樣。

我相信《午夜凶鈴》作者的靈感一定來自Happy99，他不過是把煙花改換成貞子的詛咒，它們都一樣，不可避免地傳播和殺人，一時之間，絕找不到破解的方法。

其實我並不喜歡《午夜凶鈴》，可是我所有的新聞都來自於網路，如果影視論壇上的每一個人都在談論它，我也會去找來看一看，但是很奇怪，很多別人身上不會發生的事情都會在我的身上發生，我不得不有一點兒害怕。

就像有一天我正在看《去年煙花特別多》，突然，窗子外面眞實地放起煙花來了，我以爲我做了一個夢，因爲太戲劇化，我已經有十年沒有看到煙花了，可我在看電影裏的煙花時，我也看到了眞煙花。他們要告訴我什麼？

我也很久沒有見到彩虹了。《聖經》上說，我把彩虹作爲與你們立約的記號，只要天上出現彩虹，我就會記住與你們所立的約，我就不會用洪水滅絕你們，也不會毀壞這地。沒有什麼可說的，沒有彩虹了，是人自己做的惡。這句話是我說的。

我愛陳果，我從他的電影《香港製造》裏學會了說「早晨八九點鐘的太陽。」一九九八年十一月，于南京召開的江蘇省青年文學創作會上，領導和我的講話中都深情款款地提及了那段話。可是，那位領導說完了這句話以後，全場掌聲雷動，而我說完了這句話，他們的臉卻如此緊張，我不知道那是爲什麼，我想我再也不能參加任何會議了，我會使別人的臉很緊張。

很多時候我都這麼想，陳果和我一樣，我們都很關心社會問題和青少年的成長。我試圖不流眼淚，當電影中的那個男人被子彈射穿頭部，他綣在地上回憶往事，我的眼淚還是流下來了，可是另一個孩子，他被殘酷地虐殺，我一點兒也不可憐他。

我有很多次在自己的小說中說，那些比我們小的孩子，他們用冷峻的眼神看我們，他們說，你們老了。他們使我怵目驚心。可這是事實，我一閉上眼睛，就老了。

《去年煙花特別多》說的是六十年代出生的那些人，他們的生活和苦痛。我還是不太明白，他們爲什麼要那樣活，如果他們願意妥協一點的話，也許就不痛苦了。

在電影的最後，男人失去了一切記憶，他不愛，也不恨，他的臉上充滿了幸福，向著陽光，健康地走。我想起來我看過的一幅廣告畫，畫的旁邊有一行字：幸福生活，就是白癡的生活。

也好。

一切都如我所願，在我觀看《午夜凶鈴》的時候，我接到了無數電話，每一個電話都沒有聲音，可是我偏偏不拔掉電話，我對自己說，眞好，愈恐懼愈快樂。

貞子說，我不過是要你們感受一下，我所感受到的黑暗和恐懼。

我不過是喜歡在網路上暴露自己，我喜歡所有的人都看到我說話。

桂園孜孜不倦地呼喚我。

我說桂園我不認識你從來也沒有認識過你我也不想和你說話請你不要再叫我的名字了，然後就像所有現實中的流氓一樣，桂園開始說一些奇怪的話。

他說小妖精茹茹你是不是潮濕了呢在我的撫摸下。

他說小妖精茹茹我眞喜歡你劈開著腿在我的身體底下的樣子。

他說小妖精茹茹你會不會叫床你尖叫了嗎或者你呻吟了嗎。

他說小妖精茹茹你會不會感受到高潮不會吧因爲你是性冷感。

他說小妖精茹茹我這麼操你你高不高興。

他說小妖精茹茹你這個淫婦賤貨婊子。

我就在那個陌生的聊天室裏，在那麼多陌生的眼睛的注視下，被那個名字叫做桂園的陌生傻逼這麼操了一把。

我目瞪口呆。

我相信葉葉和我一樣，我們都目瞪口呆，而且葉葉一定比我還要吃驚，我已經上網三年了，而葉葉只有三天，他最初只是想使用電腦來作曲，聊天不過是我們的娛樂生活，誰也不想深陷網路出不來，可是誰也出不來了。

我說桂園您似乎患有一種勃起機能障礙的疾病，如果您每次都必須使用這種方式才可以勃起並得到快感的話，我希望您去看一看醫生，不看醫生對您的身心健康是很不利的……

葉葉在旁邊讓我閉嘴。我說葉葉你眞奇怪，你不讓他閉嘴，卻讓我閉嘴。

我說那麼葉葉我再也不來這兒了，因爲這兒沒有網管，而且最大的可能是，桂園就是這兒的網管。

這時候出現了一個荔枝，荔枝安慰我說，不要走，小妖精茹茹，我們這兒的大部分人還是挺好的，眞的，你別走，小妖精茹茹，你是中國醫科大學畢業的嗎？如果眞是這樣的話，我們就是校友啦……

桂園很冷靜地看著我們，不再說一句話。

我非正常地離開了。

後來葉葉打電話給我說他已經不喜歡上網了。

我說，哦。

葉葉說，都一群孩子，前兩天他們玩得不爽，就把一個網管的眼睛打瞎了。

我說，哦。

我突然意識到，只剩下幾天了，就要跨世紀了。新禧年了。新世紀了。新新人類了。我比誰都要茫然。

尋歡在電子信裏說，你在酒吧裏說過，男女關係，是一種很簡單的關係。可是，我想破了頭也不明白。也許用做愛來表現會更直接更乾脆一些。

小念，別再唱了，你應該去做點別的，看你的信，那麼淡若止水卻又韻味深長的文字，你應該去寫字，把你的生活都寫下來，或者你去做一個DJ，你知道嗎？你的聲音很迷人，是那種，帶著纏綿而又散發出誘惑的，那種聲音。

我大笑起來，笑得眼淚都出來了。

我給尋歡回信，我說，好吧，我不唱了，我已經把嗓子哭壞了，我也唱不了了。可是我也做不了女作家，我沒那麼幸運，我是一個很平凡的女人。我只喜歡網路，我願意像你，活在網路裏。別再叫我小念了，叫我小妖吧，是我網路裏的名字，也是我最純眞時用的名字。

尋歡說，小妖，我在千禧之夜有一個決定，很迷人也很童話，完全與新人類無關。

我翻雜誌和報紙，我想知道別人的打算。我看到的最聰明的一個答案是，睡覺。我看到的最傻的一個答案是，千禧之夜隨便撥個電話號碼，祝那個不認識的人快樂。而最多最常見的一個答案，他們說，做愛，從二十世紀做到二十一世紀，做一個世紀。

我想我要在世紀末找到一個不討厭的男人做愛眞是比登天還難，我想我無論如何也來不及了，我開始覺得我被整個新新人類社會拋棄了，當然我早已經被他們拋棄了。

我打電話給尋歡，我說你告訴我吧，你會在千禧夜做什麼，告訴我吧。

尋歡說我不告訴你，我就是不告訴你，即使我什麼都不做我也不告訴你。

我又打電話問了問其他的所有人，眞奇怪，他們居然都不告訴我。但我知道他們會幹什麼，即使他們什麼都不說我也知道。當然，我們實在也沒有什麼別的可幹。

我又打電話給尋歡，我說，我知道你要幹什麼，你別來，我不喜歡突然襲擊。

尋歡愣了一下，然後說，我機票都訂了。

我說，你可以退掉，總之，你別來，我最恨這種突然的襲擊。

尋歡說，我只想要你知道，所有的人都懼怕在千禧年來臨的時候飛，誰也不知道會發生什麼，我為了去看你，決定在最危險的時候飛，只為了看你一眼，你讓我退掉？

我說，對不起，我不是這個意思。

我說，算了，總之，你別來。

我上網，我很想問一問聊天室裏的孩子們，你們會幹什麼？可是如果我問就會很蠢，我當然也知道聊天室裏的孩子們會幹什麼。

他們是這個世界上最孤獨的人，千禧夜他們當然仍然在網上，也許他們也會慶祝一下，以一種獨特的方式，和某個比較親密的異性或者同性開一個單獨的窗口，說，跨世紀啦，眞像一場鬧劇，可是身在鬧劇中，不投入也難呀，總也得為快樂找一個合理的藉口吧，這個墮落的時代啊，如果沒有千禧的希望，也許就什麼都沒有啦。

祝你新世紀快樂。

貓的前生是小姐

我在夜晚聽音樂，十一點鍾的時候，他們播放了布宜諾斯艾利斯的探戈，說的是一個放蕩的女子，失去了少女的小辮，又沒有女人的快樂。有一個男人的聲音。他說，哎啊，米隆加。

我想起了兩個相愛的男子，他們的故事就發生在布宜諾斯艾利斯，那真是一個放蕩的城市。

我在等待男人的電話，我等待他們說，愛你啊。我不管那是一個什麼男人，他說，睡去吧，好好的。我就會去睡，我從不管他是誰，即使男人每天都在變換著，即使那愛還是假的。

我的女朋友，她也許在十年前就應該死了，可她到現在還活著。我很怕她死去，在睡夢中，我怕她睡著了就再也醒不來，我怕極了。我很孤單。

我們住在一起的時候，她說，我睡不著，所以我每天都要聽著鼓點睡著，那些有規律的節奏，像我心跳的聲音。我看著她的樣子，她說過，有一天我醒來，我發現我變成了另一個女人，我看她的樣子，其實，每天醒來，她都變成了另外一個女人。

每天，我都要路過一片夜店。那些店很類似，紫色的燈光，門面和女人的臉都模糊著，我看得見那些女人們，她們很胖，妝很濃，她們生意清淡，她們互相仇恨，她們有競爭。我穿著保守的衣裳走過去，我看她們，她們看我，各自生出一些奇怪的恨來。但是又有什麼不同呢，她們用身體取悅男人，我用文章取悅男人。

張愛玲說，上等婦女，有著太多的閒空與太少的男子，因之往往幻想妓女的生活為浪漫的，那樣的女人大約要被賣到三等窯子裏去才知道其中的甘苦。

我同意。

《上帝的孩子都有槍》

千禧年終於來到了，眞好。不停電，不斷水，商店裏有東西賣，電腦還可以用。

幸福打電話給我，問我，爲什麼會是這樣的結束？

幸福說，我們不可以結束。

幸福說，你是故意的，我知道，我不可以娶你，我就不得不選擇分手，可是，看上去，卻全部都是我的錯，我無話可說，只因爲我娶不了你，我就犯了天大的錯誤，什麼都是你對。

我的心在隱隱地痛，我按住心口，不讓它痛。

幸福說，你也有過想嫁人嗎？有過嗎？一瞬間，有過？沒有過？你根本就不想嫁人。

我說，算了，別說了，婚姻對於我們兩個人，卻是一種武器，用來互相殺害。

幸福說，如果我說，好啊，我離婚，娶你，你還有什麼話可說？你根本就不想嫁我，一天到晚放在嘴裏說的，偏偏就是最虛假的。

我努力按住心口，它越來越痛，變成了生理的痛，疼痛極了。

我說，你沒有錯，是我的錯，全部都是我的錯，是我對不起你。我已經犯了大罪，不可以再犯下去了。我們結束了。可是你不要像一個壞男人那樣，把答應離婚做爲對付我的最後一個招數，你自己也知道，你不過又是在拖延，你根本就做不到，所以你不要再用這一招了。你眞是壞得不夠。

我們的電視臺現在有了一個新的頻道，電話點歌的MTV頻道，二十四小時都有歌。我想起來我住在北京的時候，每天都經過一家飯館，那家飯館的名字就叫做二十四小時都有飯。現在我不僅可以聽音樂了，我還可以看圖像。眞好。

可是那個值夜班的孩子眞可憐，一定會有人捉弄他，他們會在夜已經很深很深的時候還打電話進去點歌，他們故意地，不讓他睡覺。

沒有一種電腦可以自己值夜班，它們都還在成長中，沒有完全發育好。

可是每個人對夜的認識都是不同的，我曾經在晚上十點半打電話給念兒，念兒的後媽接了電話，剛從夢中驚醒的沙啞聲音，你是誰？你太過份了，你知道現在幾點？你怎麼可以在半夜三更來電話？？念兒後媽的話把我嚇壞了，我一直都以爲我的生活還沒有開始，十點半，一切都還沒有開始。

我才知道，原來別人的日子和我過的日子是不一樣的。

也許值夜班的孩子像我，我們的生活要從凌晨一點才開始，我們都在黑暗裏工作，在陽光裏睡覺，我們有很多人，每一個人都這麼過。那麼他就不可憐了。

我從沒有撥過那個號碼，我只是喜歡看別人撥號碼，聽別人點的歌，我很想知道別人在想什麼，喜歡什麼，不喜歡什麼。可是電話越來越少了，也許是因爲所有的人都聰明起來了。於是値夜班的孩子只能自己爲自己點歌，我總是看到他點謝霆鋒的歌。

每次音樂響起來的時候我就會笑，我會對電視機說好孩子你又點他的歌了，你眞可愛。

新新人類就是IN。新新人類就是IN。新新人類就是IN。新新人類說。

我最喜歡看的網路新聞就是娛記和明星鬥智鬥勇，可是無論如何他們都是這個世界上最痛苦的提問者和被提問者，他們每天都得提很多問題和回答很多問題，如果問題和答案不驚天動地，就沒有人看他們。

他們問謝霆鋒，什麼是新新人類？謝霆鋒說，IN。

我得到的最IN的問題就是怎麼在電話裏做愛。

問題來自一個八十年代出生的孩子，他往我的163信箱裏發了一個手機號碼，只有一個號碼，單獨的一個號碼，除此之外，什麼都沒有。

只要去過我的主頁就會知道我的信箱，我很容易被別人找到，可是回不回覆，決定在我，或者那封信的奇怪程度。

我打了那個電話，我聽到一個小男孩的聲音，很奶油地說，我想和你在電話裏做愛。

我說我不懂。

他說，你要麼答應和我做愛，那麼現在就開始，要麼就不答應，我離開，我不會浪費時間和你拐彎抹角，我要很直接的答案。

我沈默了一會兒，說，你多大了？

他說他生於一九八〇年。

我說好孩子，早點睡吧。然後我扔了電話。我對自己說，我應該悲傷，因爲這個比我小四歲的孩子，我已經不知道他們在想些什麼了，他們的生活，小男孩的生活，也許他們就是這樣，一夜情，什麼痕跡都留不下來的一夜情，或者連情都沒有吧，只是一夜身體與身體的關係，肉欲，性欲，與野獸果然沒有什麼分別。

我悲傷了一會兒，然後睡著了，可是八十年代出生的孩子把我吵醒了。他說，對不起，我想問你一切有關作家和寫作的問題。

我說，你想知道？

他說是啊，我想知道，想極了。

我笑了一笑，說，可是我不知道。然後我想再一次扔電話，可是我突然意識到，那個孩子有我的號碼，他眞聰明，他把我的號碼保存在他的手機上了，他可以孜孜不倦地打電話給我。

於是我盯著我的電話看了很久，我對自己說，我眞生氣。

八十年代出生的孩子說，好吧好吧，我們不談做愛和寫作了，我們談一談木村拓哉吧，我們總還有一點點共同語言的吧。

我說別跟我提，千萬別提，日劇，日本人，日本小說或者日本電器，什麼都別提。

我以前有一個很愛我的朋友，可是我從認識他的第一天就開始感冒，然後他得以每天都打一個電話來問我感冒好了沒有？我知道他很愛我，可是他越愛我就越喜歡煩我，我知道不是他的錯，可是我實在也受不了了，我終於在一個曖昧的傍晚逃離了他，和他的城市。

我想我付出的代價總是那麼慘重，我經常會因為失去一個男人而失去一整座城市。

甜蜜蜜也說過這種話，她在那篇令所有的人心都碎了的小說裏說，我把自己打扮得很美，可是老蘇沒有來，我覺得自己失去了一個夏天的美麗。

我逃掉以後他就悲傷地去了日本，可是他還會打電話給我，每次他來電話，我就會得一場感冒，像神話一樣，我就很怕別人在電話裏跟我提日本，我很怕他會突然出現。

類似的事情還發生在我與念兒的約會中，每次我和念兒約會就下大雨，我們早就預訂的約會，我們臨時的約會，不管我們怎麼約，到時候，就會下雨。

我在第二天就收到了八十年代出生的孩子寄來的一個MP3，一分鐘的音樂，卻花費了我五分鐘的接收時間，電子郵件就是這麼一種東西，它逼著你接受，什麼都由不得你，即使知道對方故意搞你，他們寄垃圾給你，他們寄廣告給你，他們寄病毒給你，不管他們寄什麼給你，你都要接受，不得不接受。

八十年代出生的孩子給我來電話，他說，你收到了嗎？我給你寄了柏原崇的MP3音樂，那個自稱世紀末最後的一個美男子。

我說眞不要臉。

他說你是說我？還是柏原崇？

我果眞又接到了我的日本朋友的電話，他在電話裏說，你好嗎？然後我就又感冒了。像神話一樣。

八十年代出生的孩子問我千禧夜做了什麼？

我說我拔了電話睡覺。你幹了什麼？

他說，我和一群不太熟的人跳舞，跳了一半，我們都累了，有一個女孩子說她要找一個地方睡覺，我就帶她回家，然後我們做愛，然後我送她回家，我們走了一半，她說她爸爸媽媽還在家，要再過一會兒，家裏就沒有人了，然後我們就找了一個地方唱歌，然後我送她回家，我們又做了一次愛。

我說，你說完了？

他說，是啊，我說完了，可是我還是想和你做愛。

我說，別再這麼想了，你要做一個好孩子，你和你的女孩開始談戀愛吧。

他好像想了好一會兒，然後說，也許吧，昨天我們又在一塊兒了，可是她來月經了，我們不得不用另一種方法做愛。

我說，那麼那個女孩子已經開始愛你了，你應該對她好一點。

他說，可是我很煩她，她太黏我了，一天到晚找我。

我笑了一笑，然後什麼也沒有說。我們很禮貌地互道了晚安，然後掛電話。

我在上床前總是會想一想甜蜜蜜和老蘇的愛情，很多時候我還是不明白自己，我總是花很多時間去想別人的愛情，我好像從來都不想一想我自己的愛情。

我想老蘇並不愛她，可是我安慰她，我說一個還會說對不起的男人，心裏總還有一塊柔軟的地方，他就在那一塊柔軟裏愛你。

甜蜜蜜說她看了我的這一句話就哭出來啦，在我被網管踢出去以後，她就抱著電腦出去找老蘇了，並且把那一句話點給他看。

可是我再也不想跟甜蜜蜜說任何一句什麼話了。

可是一個只會說謝謝你的男人，他的心裏也有一塊柔軟嗎？

尋歡像以前一樣，每天都寫電子信給我，每一封都很長很長，可是他在電話裏什麼也不說，不管我說什麼，他都說，謝謝你。

我說謝我什麼？謝我和你做愛？謝我給你愛？

他就又歎了口氣，很悲傷的聲音，說，謝謝你。

我在想，我好像開始和他談戀愛了，在做了愛以後。或者我們的愛已經結束了，在做了愛以後。

尋歡說他E了一篇很重要的信給我，我說我忙得連上網的時間都沒有，你可不可以把你E給我的東西直接告訴我。

尋歡說他昨天晚上又去做了一回派對動物，他跑到吧臺上去和一個自稱自由畫家的女人聊天，她的眼睛很大，不是像貓的那種，而是像貓頭鷹，他產生了與她對眼的欲望。這是我屢試不爽的招數，他說，只有一次，我敗在了一個長著像貓一樣可愛眼睛的女人瞳子裏。

我沈默了一會兒，然後說，你喜歡我？

他也沈默了一會兒，然後說，是啊，我喜歡你。

我說，那麼你什麼時候才開始愛我呢？他說他不可以愛我。我說爲什麼？他說因爲你不愛我。我說你眞聰明，聽過你的電話就覺得一切都很絕望。

然後我喝了一口水。我說，今天有一個小壞蛋打電話給我，我要他和做了愛的女孩子談戀愛，可是不管我說什麼他都不明白。

尋歡笑了一笑，說，那就算了，你不用管他。你還是應該看一看我E給你的信，很多時候寫的東西和說出來的是很不一樣的，電郵的主題是《貓的前生是小姐》。

小妖，你是什麼樣的一個女人？爲什麼你會那麼痛苦？你的痛苦像魔鬼一般潛伏在你心靈最脆弱的那一根神經處。

想到了你的眼睛，有點像貓。幼時我最喜歡與貓親嘴，我深深地愛著它，因爲我的母親告訴過我，貓的前生是小姐。看你在我懷裏的樣子，看你瞳子裏流出的眼淚，我想到了那隻貓。

你說你是一個歌女，所以崇拜寫字的人，認爲我們品味高尙，可是小妖，你錯了。我有幾個好朋友，都是所謂的文化人。一個見女孩便要交換電話，然後逐個擊破，他常常與我交流心得，儘管我什麼精采的故事都沒有，他會在做完愛後打電話給我，說他今天是如何如何的爽。還有一位，身邊美女如雲，但都與他無關，也有願意與他上床的，還沒解掉扣子便一本正經地說，上我可以，但不能講出去，好歹我也算個影視名流。但我這位朋友卻一下子變得陽萎起來。

你很女人地向安檢處走去。我慢慢地踱到一邊，偷偷地看你安檢。本來我想擁吻你一下的，但我們都沒有，很絕情的樣子，這有點像我們骨子裏所滲出的那種虛僞，即使在乎也會作無情狀，有點像迪克牛仔歌詞裏的味道。

然後我昏天黑地般睡了。睜開眼我以爲自己在做一場根本沒有發生的夢。打電話給你，你說，別煩我，我在睡覺。原來這世界上如我一般疲憊的並不只我一人。

我笑了。小妖。

其實，我很愛你。

第一代網路情人

我不談那麼高深的問題，我不會參加網路生存測試七十二小時，我不會競選網路小姐，我不懂電子商務，也不經營網上書店，我不過是使用網路談戀愛

一九九九年一月二十八日

我明明記得我關緊了所有的水龍頭，可是現在，我所看到的，就是我的房間裏到處都是水，那些水把所有的東西都淹沒了，還有我的鞋，它浮在水上面，只有一隻了。

我不知道是哪兒出了問題，我淌著水，把所有的房間都走了一遍，然後我搬了一把椅子，坐在水中央發呆，我都要哭出來了。

有人砸我的門，我開門，發現是我們管區的派出所民警，姓王，我認得他的臉，我曾經交給他一隻撿來的錢包，在四年前，可是他不認得我了，

他說他是接到一一〇報警趕來的，然後問我是哪裡來的？有沒有暫住證？

我給他看身份證。

他驚奇地瞪著我。他說，那你爲什麼在這兒住？他環顧我的房間，他只發現了電腦和電話，還有一張床。他說，你有家，上這兒來住幹什麼？

我不知道說什麼好，我只可以說，家裏環境不太好，我搬出來住一陣子。

他體諒地點頭，說，我也知道，你的那個情況，也有大半年了吧。

我點頭，有點緊張。

他說，我知道，那個情況。也是，就你們家樓旁邊的那家臥龍KTV嘛，天天唱到深更半夜，你也打了幾次一一〇了吧，不過我們的工作也難開展，你要說他們這是嚴重擾民吧，它偏偏又在居民區的外面，被小區那圈鐵欄杆擋出去了，你要說他們和居民區沒關係吧，誰又都知道，只離你們家樓五十米，再說，這種雜訊污染問題，還不是我們公安局的事兒，你還得找環保局，或者街道辦事處。

我鬆了口氣，說，哦，那事兒，是啊，我環保局也打過電話，可沒用，他們不管，那時候我還在宣傳部，就託了同事去打招呼，才提儀器上門來了，要換普通老百姓投訴，他們根本就不理你。可是環保局的人還在房裏，他們居然就大開了窗，拿一支高音話筒衝我喊話，就你事兒多，人家都睡了，你凌晨兩三點不睡，幹什麼呀你？

也太張狂了吧。

王民警大笑，說，知道知道，這些情況我都瞭解。

我又說，這家KTV既然與西市路街道辦事處共用一幢樓，可能也是相熟的。

王民警斂了笑，一本正經地說，這可不能亂說，借了街道辦事處的地方開店，就和街道辦事處熟啦，他們也是規規矩矩交租金的嘛，一切都照合同上辦事。

我說，總之到最後，什麼也沒有解決，我只能給自己的窗多加了一層玻璃。

王民警又笑，說，你們小區那麼多樓那麼多人，他們都不投訴，耐著忍著，大不了捂著耳朵睡，就你有意識。

在王民警盤問我的時候，樓下的老太太在窗口張望，張望了一會兒，就縮回去，一會兒又探頭出來張望。我說阿婆什麼事？您進來說吧。

老太太有點尷尬，慢慢地走進來，說是她打的一一○，因爲樓下大雨的時候她跑上樓來敲我的門，可是沒人開門，她看到水慢慢地都溢出來，一急，就報了一一○。

王民警瞪她。

我說對不起，是廚房的水管爆破了，我剛用膠帶纏上，過會兒，我會把積水都鏟出去。老太太陪著笑，下樓去了。

王民警站起來，上廚房看了看，說，膠帶是沒用的，管子還在漏，你得叫個管道疏通公司來，把這根水管修一修，下水道也通一通。

我不說話，然後王民警說，我走了。

我送他到樓梯口，聽到老太太和鄰居們說話，她說，那個小姑娘笨得要命，都水漫金山了，她居然搬了一把椅子坐在客廳當中發呆。

王民警走了幾步樓梯，又回頭，說，我知道你，我看過你的書，你應該回家，別再在這兒呆了。

我抓著電話，我想打電話給所有的人，問他們，我應該怎麼辦？馬上就要過年了，我會在哪兒？

也許我眞的應該去布宜諾斯艾利斯，我發現一個人只要徹底消失幾個月，那麼關於他的一切，緋聞，負面報導，所有的一切也就會消失，多麼好。

我的那個喜歡百合花的聽眾終於投資移民去了加拿大，他到了加拿大才打電話給我。他說，我直到現在才敢給你打電話，我怕我又嚇著了你，其實我有你的一切資料，電話，住址，所有的一切，我都有，可是我怕我嚇著了你，我只去廣電中心找過你，可我還是嚇著了你。現在我離你這麼遠，你不會再害怕了吧。你不應該對所有的人都懷有過份的戒心。

可是我說，無論你們有多遠，我仍然害怕。

平安說過我們將會是第一代網路情人。我說，這怎麼能夠算是呢？我早在兩年前就知道了，我的那個北京書商，他就是和他的老婆在網上認識的，當年他們倆都是網癡，重傷也絕不下火線，他老婆發高燒躺在床上，還念念不忘網路，遙控指揮丈夫上網代說話。

平安說所有在千禧年之前成功的網戀，都是第一代網路情人。

我說我們不是沒成功嗎？我們說好了只做朋友，即使我們開始過，我們也已經結束了。

我已經結束了一切，我的錯誤的北京情人，我的錯誤的廣州情人，我的錯誤的非洲男朋友，他們都結束了。我要開始我的新的戀愛了，和一個活在網路裏，寧願活在網路裏的男人，他直到現在都以爲我是一個歌女，可是他不歧視我。

我眞的很喜歡我的網路身份，一個歌女，從四歲開始拉小提琴，從此以後，再也沒有幹過別的，沒有寫過詩，也沒有寫過小說，她不喜歡讀書，只喜歡到處遊蕩。

網路上有一個眞正的歌女，我們都是老朋友了，我，杜鬱，鷺絲，甜蜜蜜，菩提樹，平安……我們像現實中的朋友那樣瞭解對方的眞相，很少的一部分人，只有我們，才互相瞭解，互相熟悉。我們用了很久很久的時間，才得到對方的信任，成爲朋友。再有新人來，他們進不來，我們也不願意告訴他們眞相。

在網路上，隔了五個月，就像隔了五年那麼，所有的人都在變化，很多老人走了，很多新人來了，很多人談過戀愛，從此開始互相仇恨，很多人正在談戀愛，誰也不知道將來。

那個歌女名字叫做紫衣，我看到過她的照片，長相平平的一個女子，可是像我這麼張揚。杜鬱說過，紫衣是一個極度無恥的女人，她不可以沒有男人。

我說杜鬱你的脾氣太壞了，大家都是兄弟姐妹，不可以互相傷害。

可是後來，紫衣一上網就說，小妖精茹茹，我認爲一個女人做成你這種樣子，眞是悲哀。

我很吃驚，因爲我從沒有想過自己有什麼悲哀。我寫作，自己養自己，就像蘇青所說的，連買一根釘子也是自己的錢。

不僅釘子，我住的房子裏連下水道都是我自己通的，我自己裝門鎖，自己扛煤氣罐，我付自己的房租，上網費，電話費，從來都沒有拖欠過，我一個字一個字地寫，用自己的手養活了自己。

我有房子住，我又有飯吃，我悲哀什麼？

可是我仍然很慎重地反省了一下子自己，我回答她，我說，謝謝你，紫衣，我明白你的意思了，可是沒有男人，也不是什麼悲哀的事情。

杜鬱就在旁邊說，紫衣你太過份了。

甜蜜蜜也在旁邊，說，紫衣你這個壞女人。

我讓杜鬱和甜蜜蜜不要說話，我說，紫衣也很可憐，所有的女人都很可憐，很多時候我們都得互相寬容。

可是紫衣又說，哼。杜鬱，甜蜜蜜，小妖精茹茹，我們早就看你們不順眼了，你們也太張狂了，別以爲你們有什麼了不起。

後來杜鬱在與我談到這種問題的時候就說，我也覺得很奇怪，畢竟紫衣只是一個小公司的小職員，業餘時間在三流歌廳駐唱，有一群捧她的閒人，她就這麼囂張，我猜測她是在嫉妒我們，而且一定還有很多女人，她們都嫉妒我們。

我說，也許我們的確太張狂了，令所有從事其他職業的女孩子們生氣，可是杜鬱，你怎麼什麼都知道麼我們和紫衣又不熟。

杜鬱說，網路上的人，到最後，總會互相瞭解。

杜鬱又說，他們只在網路上佔優勢，如果在現實中，我理都不會理他們，我什麼身份？他們也配？說完，又說了一遍，如果在現實中，我理都不會理他們。

我笑了一笑，我說，對，非常不配。

杜鬱又說，現在有網路文學大賽，你趕快去參加吧。

我說我不參加。

杜鬱問我爲什麼，現在到處都有網路文學大賽，這麼多的比賽，你不參加？

我說我不是一個網路作家。我也許會寫與網路有關的小說，可是我不在網路上寫小說。所有不進入網路的作家做評委，也沒有什麼不好。網路寫作，不能因麼它是網路寫作就可以享受某種特權，就如同手寫與電筆寫作的分別，它們果然沒有什麼分別。

而所有X代或者Y代的孩子們，他們更沒有什麼分別了。給他們貼標簽只會使他們痛苦，當他們永遠都無法撕掉標簽，他們的臉會笑，他們的神情會飛揚，可是他們的心很痛苦，而他們的靈魂，會哭泣。畢竟那是他們的生活，與任何人都無關。

任何沈重的標簽都會使我嘔吐。

所以我喜歡極了莫言說過的話，他說，網路？像夢一樣。

所有的第一代都很艱難，有很多問題和矛盾，都由第一代人來解決，而第二代，就簡單多了。

杜鬱問我還記得菩提樹嗎？我說我記得，我永遠都記得他，菩提樹是一個完全生活在網路中的人，他已經眞正地，成爲了一個網人。

一個從早到晚都在網上的人，連睡覺的那四個小時，他的電腦都不關上的一個人，算不算一個眞正的網人呢？

只有一次，我有整整一個小時都沒有見到菩提樹，我寫信問他，你病了？

菩提樹在幾秒鐘以後就回信說，我很好，令我飛舞的是我的愛琴海。

菩提樹問過很多人，什麼是Haagen-Dazs？

他們都不告訴他，他們在暗底裏取笑他。

我不笑，我認爲菩提樹是這個世界上最可憐的人，儘管他有一點兒錢，比國內的很多人都有錢，他在海牙和阿姆斯特丹都有自己的房子，他也有性伴侶，可是，他不知道什麼叫做Haagen-Dazs。

Haagen-Dazs冰淇淋最小份是三十一元人民幣，如果菩提樹回北京住，就可以在國際俱樂部的甜品店裏買到。我一直在想我要不要告訴他。我沒有告訴他，因爲他會想三十一元人民幣眞是不夠貴。

爲什麼網路裏的人都在談論Haagen-Dazs，就如同網路裏人都在談論輕舞飛揚一樣，那是一個故事，與愛情有關。

美國的冰淇淋，Haagen-Dazs，小小一桶，也許也有人認爲它太貴，畢竟只是一小桶冰淇淋，可是如果從中國運霜淇淋到美國，也會那麼貴。

即使它這麼貴，我仍然不喜歡它，我只喜歡麥當勞的蛋捲冰淇淋，我這一輩子都只喜歡蛋捲冰淇淋。

所有的人都恨菩提樹，他們認爲他無恥。

因爲菩提樹喜歡女人，他喜歡所有的女人，他勾引每一個女人，使她們心裏存著美好的希望。後來所有的人都識破他了，因爲菩提樹太喜歡誇耀自己了，他喜歡告訴所有的人，他有多麼大的魅力，他會一邊打電話給那個女人，一邊又在公眾聊天室裏告訴大家，他正在勾引那個女人。他的愛，果然就沒有一分是眞的。

男人們更恨他，男人們說，菩提樹的品行中有許多是眞正的男人所不齒的，不懂得義務，不爲自己的行爲負責。

而被他騙過的女人們雖然也恨他，卻仍然表揚他。女人們說，菩提樹有才華，內心敏感。可是後來，再也沒有女人愛他了，新來的女人也不愛他了，他太著名了，卻成爲了一個悲劇。

所以在過中秋節的時候，菩提樹告訴大家他給比利時的父母買了月餅。

卻有人公然問他，你是爲過去贖罪還是爲將來的罪惡做預支？

菩提樹說他是贖罪。

他們卻告訴他，算了吧，你還不是爲將來犯罪時心裏踏實點，到時候你可以勸自己說，我已經交過罰款了。

我和杜鬱站在旁邊看，杜鬱很小心地說，菩提樹被我們傷害了。

他們就勸杜鬱說，菩提樹這傢伙，說個「愛」字和說「來瓶啤酒」一樣輕易，說完就忘。別理他。

我在很久很久以後才知道，杜鬱愛他，他們短暫地相愛過，每天都通很長時間的電話。可是後來，杜鬱也成為了一個大笑柄，在杜鬱之前，還有很多女人，她們都成為了笑柄。

可是，不是菩提樹的錯，菩提樹生來如此，沒有一個女人可以改變他。

對於杜鬱，卻是一個更大的悲劇，從此以後，我再也沒有見過杜鬱，我不知道都發生了一些什麼，我問過平安，他說他也不知道。

後來，菩提樹寫信給我，他說他從來都沒有喜歡過杜鬱，他很累，他為小妖寫了一首長詩。

不要問我沈睡之外瀰漫的是什麼／那些紅色的棋子或者豁嘴的星／它們不是／也不是小妖精佈置下的迷香酷似某個春夜／紅色的石榴突然綻放……

我就大笑起來了，我說，菩提樹你眞的很有才華，你知道對付不同的女人應該使用不同的方法，可是你喪失了愛的能力，沒有人比你更無恥。

雖然我理解你，可是我不得不也遠離你，我怕我也成為一個笑柄。

我似乎看到了菩提樹憂鬱的眼睛，我想菩提樹眞可憐，眞的，沒有人比他更可憐。

葉葉在酒吧打電話給我，他說他看到有人在做秀。我問他，做的什麼秀？

葉葉說，有人在酒吧裏寫作，濃妝豔抹。

我說，如果我有很多錢，我也會去酒吧寫作，有空調，有音樂，有酒。可是我現在冷得要命，我的手上長滿了凍瘡，而且我的左腿膝關節正往死裏痛。

葉葉說，你應該買一隻取暖器，用取暖器烤你的關節。

我說，沒用的，這是老毛病了，因爲我小時候喜歡坐在陰濕的地板上看《西遊記》，看了二十年，就患了二十年的關節炎，這一輩子都好不了啦。

現在我痛得死去活來，這該死的陰天。

而且我只剩下幾百塊錢了，如果我買了米，我就沒有取暖器，如果我買了取暖器，我就沒有飯吃了。而我的小說還沒有寫完。

我聽到了葉葉啜泣的聲音，我說葉葉不要，你是一個男人，不要在酒吧裏哭。

葉葉說，我哭是因爲我做了對不起你的事情。

我說，沒事的，無論你做什麼我都不生氣，你是一個奇怪的人嘛，你可以什麼都幹得出來，是什麼？

葉葉說，我用你的書擋住所有人的目光，我把粉藏在你的書裏，我在最暗的角落裏吸粉，我現在不抽大麻了，我開始吸粉，我進了兩次戒毒所了，花了很多錢，我戒不掉，現在我又開始吸了。

我強裝冷靜地吐了一口氣，我說，哪一本書？

葉葉說，《我們幹點什麼吧》。

心破碎的聲音

二〇〇〇年一月二十八日

我們聽到你在千里之外哭

奇怪

我媽打電話來。我接電話，我說，好了好了，我知道，我會回來過我的生日的，我沒忘，我正在寫我的網路愛情小說，最後一小段了，我要給它一個最完滿的大結局。

昨天我媽也打過一個電話來，讓我別忘了，要回家過生日，還有，過完生日，我們全家就去澳門過春節，機票都訂好了。

我說我怕，我不敢回家，我害怕極了。

我媽問我爲什麼？

我說，我很恐懼，我又矛盾又恐懼，我怕我回了家，吃飯的時候表現不好，我爸又趕我出去，我不敢再經歷一次了，我害怕得很。

我媽說，不會的，你爸對你多好，你爸又給你買了一隻手機。

我說，你們從來就只知道買東西給我，從小到大，你們只管我吃飽穿暖，你們看到我吃得下睡得著，你們就快樂了。可是你們從來都不想一想我的感受，你們永遠都不知道，我到底要什麼？總之，我就是怕，我就怕我爸又一次趕我出家門，再來一次，我會死的。

我媽說，回來吧，不會的，一切都過去了，回家來吧。

我掛完電話，有點激動，我想我得連夜寫完我的小說，我希望我能夠飛快地寫完它，明天，我就可以回家了，可是我不知道會發生什麼，我和我爸，我們會不會再吵一次，他會不會再提知識份子和流氓無產階級，他會不會再讓我滾，滾了就永遠別再回來了？我不知道。

我的心動盪極了，我朝思暮想，希望自己能夠回家，可是，現在我要回家了，我又害怕，可是無論如何我都得寫完我的小說，

我已經寫了十個小時了，我沒有喝過一口水，也沒有闔上過一次眼睛，我不能停下來，一停下來，我就會睡過去，我就再也完成不了了，我的小說。

所以我很不耐煩地接電話，我說我馬上就來，就快好了，我換件衣服就來，放心，媽，我不會穿旗袍的，不然爸見了我又生氣。

可是我媽在電話那邊哭，我媽說，你爸出事了。

我扔下了電話，我什麼都不管了，我披頭散髮，開了門就跑出去了。

我從樓梯上滾了下去，然後我又重新爬上樓，我穿上了鞋，然後上街攔計程車。

我和很多人搶計程車，我從來沒有這麼瘋狂過，我管他們叫傻逼，都給我滾！我像一個眞正的瘋子那樣，搶到了一輛計程車。

我來到了第一人民醫院。

這個著過火的第一人民醫院，在它著火的同時，念兒抱著她的狗站在外面看，她看到了煙霧，大火，很多人在砸玻璃，很多人在尖叫，還有很多人跑來跑去，那些坐在窗臺上猶豫的人，他們全部被燒死了，而那些從樓上跳下來的人，他們全部都摔死了。

還有個漂亮的懷了孕的護士小姐，她也跳下來，她和她肚子裏的孩子都死了。念兒說，我永遠都不要懷孕，我想一想，就會想到那個跳樓死的孕婦，我看到了她的腿骨，碎裂了，慘白。

他們試圖遮掩一切，他們不說話，可是他們沒能遮掩得住，一切都發生了，火燒過的地方，在幾百年以後，一定會有奇怪的事情發生，可是他們假裝什麼都不知道，他們若無其事。

我很恨這個醫院，可是現在我又要來了。我多麼恨它。

兩年前，我遞過一份辭呈，在一個陽光燦爛的早晨，我等待著與領導的又一輪戰事，我已經準備好了一切答辯的資料，我深呼吸，然後微笑。

可是有人打電話來，他們說，你不要急。我說什麼？他們又說，你不要急。我說你們再說不要急我就眞急了，到底發生了什麼？他們說，是這樣，你不要急啊，你媽現在在我們醫院裏，已經搶救過來了……

我爸那個時候在南京，而我媽在昨夜告訴過我，她有點不舒服，她需要去吊一瓶鹽水，儘快好起來。我冷冷地說，哦，我知道了。我正在和我的領導進行著最艱鉅的戰爭，我要辭職，他們不許我辭，他們每天每天都找我談話，他們說，如果你辭，你就會是我們機關裏第一個辭職的公務員，你會使我們很難看。

早晨，我媽獨自一人，來到了醫院。醫院裏有很多很多人，醫生護士們都忙瘋了，於是我媽做了皮試兩分鐘以後，他們就給她吊點滴，我媽很多時候就像我這麼笨，她沒有告訴他們，她的嚴重的心臟病史，她什麼也沒有說，就讓那根針刺進了自己的身體，她什麼都沒有說。

我媽那個時候唯一思考的問題就是，這裏怎麼會有這麼多人呢？所有的座位都坐滿了，連站的地方都沒有，於是我媽舉著她自己的鹽水瓶，站在了走廊裏。

過了一小會兒，她的嘴唇開始發紫，她的心跳也開始減弱，我媽很輕微地喊，護士小姐，護士小姐，沒有人理她。我媽就從包裏掏手機給我打電話，可是她已經沒有力氣按號碼了，她一下子就暈過去了，摔在地上，鹽水瓶也碎了，那些使她過敏的液體流了一地。

後來我坐在我媽的病床旁邊流眼淚的時候，鄰床的病人對我說，你不要哭，小姑娘，你媽還算是幸運的，因麼他們搶救她，很多時候他們在搶救前都會問一問病人的家屬，你們有沒有支付醫療費用的能力？可是當時只有你媽，一個人，躺在地上，已經完全昏迷了，可是他們搶救了。所以，你和你媽多麼幸運啊。

我媽坐在病床上，在我哭的時候，她安慰我，沒事了，已經沒事了。

可是我再也不提辭職的事情了，因爲醫生把我叫到了他的辦公室，他對說，你是病人的女兒吧，你要聽話，不要惹你媽生氣，不然，病人的心臟病就會發作，你懂嗎？這次已經非常非常危險了，如果不是我們搶救及時，你媽就……

我瞪著他，我說，這是一起明明白白的醫療事故，我要告你們。

於是那個醫生非常迅速地跑掉了，從此以後我再也沒有見過他。

我陪我媽在醫院裏住了兩天，沒有人管我們，給我們藥，也沒有人趕我們走，沒有一個人，能夠告訴我和我媽，我們現在應該怎麼辦？

我到處找那個醫生，找不到，他們無論如何都不告訴我，他在哪兒？於是我媽就出院了，也沒有人來問我們收取病床費，就像是一個故事。

可是它真實地發生了，在第一人民醫院。

從此以後，我再也沒有提過辭職那兩個字，我媽的心臟病在一年以後又發作了一次，又過了一年，她沒有再犯病，我就果斷地辭了職，用最快的速度。

可是我被這個醫院拖延了整整兩年，於是我仇恨它，我發誓我再也不來這個地方了，可是我現在，又得來。我比以前更恨它。

我衝進醫院，電梯怎麼按也按不下來，我找樓梯，我想立即就找到樓梯，跑上去，我不管，我要找樓梯，我到處找。

電梯門終於開了，我衝了進去。他們問我要兩角錢，電梯費。

我強裝冷靜地看著他們，可是我一直在發抖。

兩角錢。他們又說，還不給？馬上就要到啦。

我開始哭。他們被我嚇壞了，可是他們絕不放棄，他們又說，二角錢。

我一邊哭，一邊說，我不給，我也沒錢，一分錢都沒有。

電梯門開了，我跑出電梯。走廊裏有很多人，他們都看著我，我推開他們，從他們的身邊跑過。我跑到走廊盡頭，推開門，我看到我爸躺在床上，還在昏迷中。房間裏有更多人，他們都是我爸的朋友和下屬，他們每一個人都捧著碩大的鮮花和水果籃，他們把我爸的病房弄得滑稽極了，我不願意看到這幅場面。

我說什麼時候的事情？到底怎麼回事？？

我媽從那些人中間走出來，紅腫著眼睛說，今天早晨的事情。

我說爲什麼？爲什麼到晚上才告訴我，爲什麼？

我媽一邊哭，一邊說，我都亂了我都亂了。

我爸的現任的副職，一個戴眼鏡的胖子，擠到了我的面前，對我說，小茹，是這樣的，今天早晨，你爸和你媽一下樓，就有三個人從一輛車裏跑出來，摁住你爸就打……他們還捅了你爸一刀，幸好你爸的手機，擋住了那一刀……他們坐上車，飛快地逃離了現場……早晨，太早了，沒有人看清楚兇手的臉，也沒有人看到那輛車的車牌號……

我站著，連連地搖頭，我不願意相信，這是眞的。

他又說，我們現在都在排查，你爸有什麼仇家……

我衝上去踢我面前的這個胖子，我踢他，我說你這個傻逼，你會不會說話？我爸這麼好的人會有什麼仇家？

我媽拼命拉住我，她又開始哭，她說，小茹小茹，別這樣。

深夜，我和我媽，我們一起回家，我們誰也不說話，冰冷的夜，我的生日，我的二十四歲的生日，就發生了這一切。

我媽不睡，她坐在沙發上，眼睛紅著，突然說，給你訂了生日蛋糕，也忘了去取了。

我說，我以後再也不過生日了，我這一輩子，再也不吃生日蛋糕了。

我媽又開始哭，我媽說，這和你的生日沒有關係，小茹，這和你沒關係。

我說，是我的錯，我做了壞事，都是我的錯，這是給我的懲罰，卻發生在我最愛的人身上。

我媽無力地看著我，小茹，你是一個好孩子，聽媽媽的話，這和你沒關係，這是一場報復，是你爸以前的副職，他幹的，這一切。現在事情終於發生了，我也應該告訴你一切，半年前，你爸因爲他的一些經濟問題把他調離了原崗位，從此他就懷恨在心，這大半年來，他一直在外面放風，要對付你爸，絕不讓你爸過好這個年，還有你，小茹，誰都知道，你是你爸唯一的孩子，你爸愛你甚於一切，他甚至也揚言要對你下手，他的風聲放得有多緊！知道嗎？小茹，那幾天裏，你爸爸的朋友們都跑過來，他們坐在小客廳裏，關著門，竊竊私語，他們每一個人的臉都很緊張，他們談的，就是這事兒。

我說，爲什麼我不知道？爲什麼我什麼都不知道？

我媽苦笑，就是怕你知道，我們就是怕你知道，我們唯一瞞的人，就是你了。所有的人都聽到了他放出來的話，誰都知道，是他。

我說爲什麼每一個人都知道是他，還要裝模做樣地排查呢？

我媽說，因麼沒有證據，揚言的話是不能做爲證據的。

我說，可是我們有很多線索，我們一定會找到證據。

我媽說，確實，這是一起最典型的雇傭傷人案件，可是我們一點證據也沒有。他們計畫得太好了。他們的車就停在正對面的建設銀行門口，當他們下了車以後，那輛車緩慢地開到西市路口，當他們動完手，就抄小區花園的近路跑到了西市路口，然後上車，逃掉了。這一切都是精心籌劃了大半年才能完成的，時間，地點，一切都掐算得剛剛好。

我說，媽，你沒事吧。

我媽說，我沒事，他們一上來就把我推倒在樓梯上了，只管對你爸動手，我的腰撞到了樓梯扶手，我只能躺在地上打了一一〇，可惜的是，一一〇到的時候，他們已經跑了。太快了。

我發現我媽的手掌都磨碎了，那些血凝固著，像乾枯了的花，我還看見我媽的腰間，已經青紫了一大片，我的眼淚就滾滾地流下來了。

第二天早晨，我坐在西市路派出所裏，接管這個案子的，是王民警，我從派出所的宣傳欄裏看到了他的職務，他是一個探長。

我掏出一張紙，上面寫著所有的線索，我一夜沒睡，我把所有的線索都整理出來了。

我說，這是熟人做的案，因爲他們選擇了在我的生日動手，他們瞭解我爸我媽什麼時間下樓，他們熟悉我們家的地型，知道在哪兒動手，從哪兒逃走，他們認得我爸我媽的臉，所以一上來就動手，絕不會認錯人。只有一個非常非常瞭解我爸的人，才能夠做出這樣的案子來。

我說，這是一起買兇傷人案，因爲那些兇手們非常有經驗，反刑偵的經驗，他們知道應該選擇早晨，因爲街上的人會非常少，大部分的店鋪還沒有開門，他們不會留下任何證據。而且，他們第一拳打的是我爸的眼睛，第二拳打的是我爸的太陽穴，第三拳打的是我爸的心口，而第四刀，就捅我爸的後腰，然後，他們很從容，並且熟練地逃走，這麼專業的手段，不是職業打手又是什麼？

我說，所以，這是一起有組織有預謀的黑社會賣兇傷人案件，性質極其嚴重，手段極其毒辣，社會影響極其惡劣。

王探長皺眉說，你倒是已經給這個案子定了性質嘛。

我說，我知道你們都是按後果的嚴重程度來辦案，我不說得嚴重一點，你們會重視這個案子嗎？你也體諒一下我的心情好不好？馬上就過春節了，我們家還有過年的心情嗎？

王探長沈默了一會兒，問我，你爸好些了吧。

我搖頭。

王探長說，可是現在不同以前了，可以抓他過來，關上二十四個小時，打出證據來，問得出來還好，問不出來，他就會反過來告我們。

王探長又說，總之，現在沒有任何證據，抓人過來，效果不會太好，現在我手裏還有個殺人碎屍案，才十七八的小姑娘，被人殺了，連一丁點兒的線索都沒有……

我打斷他，我說，我和碎屍案有什麼關係，我現在關心的是我爸這個案子。

王探長一臉不悅，說，你聽我說，我們是一定會重視這個案子的，可是……

我說你是在應付我，我不愛聽。我站起來，走出了西市路派出所的大門，我從來都沒有這麼張揚過。

我決定自己去找證據，我一定要找到論據。

我每一間店都問過去，我問他們有誰看到過那輛車的車牌號碼？他們都很好心，他們問我，你爸怎麼樣了？沒事吧。他們還告訴我，儘管我們沒有看清楚車牌號碼，可是我們看到，那是一輛黑色的桑塔納，自備車，A字頭的牌照。

還有個賣水果的老太太，告訴我，那三個人都只有二十多歲，其中的一個，穿著一件黑色的皮茄克，染著一撮黃頭髮。我向她道謝。

可是我找到的這一切，都只是線索，不是證據。

我又重新走了一遍，那一大片店，我想我不可以放過任何一個人。

我終於找到了一個重要的線索，它可能會成爲一個證據。建設銀行的保安，他說他看到了一個三四十歲的男人，坐在車裏，他說如果再看到那個人的話，他能夠指認得出來。

我就開始發抖，我抖得話都說不出來了，我跑到醫院去。我爸已經醒了，他躺在床上，睜大著眼睛，想心事。

我沒想到我和我爸的見面會是在這樣的情形下，我爸沒有再罵我，讓我滾，可是我付出了這麼慘重的代價，我的心都碎了。

我很小心地坐到我爸的旁邊，叫，爸。

我爸應了。我的眼淚就又流出來了。我想止住眼淚，我拼命想止住，可是怎麼也止不住，怎麼也止不住。

我和我爸一起呆了很久。

我爸問我，你媽呢？

我說昨夜我媽和我一起收集整理線索，她忙了一天一夜，她太累了，睡著了，我沒吵醒她，我爸說是啊，這事兒把你媽嚇壞了。

我說沒有，媽很聰明，也很鎮靜，她知道打一一〇，也知道分析案例，提供一切可能的線索。

我爸說可是我們去不了澳門啦。

我說等你好了我們再去嘛。

我說爸你還疼嗎？我伸出手去摸了摸我爸被單外面的手，冰涼，慘白的手。

我爸笑了一笑，說，不疼了，女兒回來了就不疼啦。

我說既然他這麼囂張地揚言，爲什麼不讓保安部抓他起來呢？

我爸說保安部也找他談過，可是保安部也沒有扣留一個人的權利呀，他們只可以問他話，找他談一談，他們只有這個權利。而且我也沒想到，他還眞敢。

我爸的臉開始抽搐，我知道我爸疼，他的臉上有很多深極了的傷口，我不知道那是什麼尖利的東西劃的，我只知道，那些兇手很惡毒。

我說別，爸您別說話了。

我爸說沒事，他心裏高興。

我說您那麼狠心趕我出去，是不是也有這個原因在裏面呢？這次他們選在我生日那天動手，可能就是以麼我生日總會回家的，就可以連我一起對付了……

我爸不笑了，說，不是，趕你出家門跟這件事情無關，是你這個孩子眞的太令我失望了。

我說，爸，我沒餓死，我每天都有飯吃，我又剛剛寫完了一個長篇。

我爸笑起來了，那些傷口使他疼，可是我爸說他心裏高興。

我最後告訴我爸，我說，我找到證據了，過會兒我就再去一趟派出所。

我爸擔心地看著我，我爸說，你要小心。

我甜甜地一笑，我說，沒事的，很快我們就會抓住兇手了。

我走出醫院，我有點快樂，我掏出我的二十四歲的生日禮物，我的寶藍色的新手機，我想打電話給我媽，告訴她一切。

我要開始我的新生活了，我的一切，都重新開始，從二十四歲開始，一切都是嶄新的，我要回家了，我要永遠離開那幢租住的破房子了，我也要開始新的戀愛了，我在想，我可以和尋歡在網路裏談戀愛，我們會越來越相愛，我們的關係，眞的很像革命時期的愛情，先結婚，後戀愛。

我笑了一聲，然後我按號碼，它的聲音很好聽，是我爸給我的愛，從來都沒有改變過。

同時我伸手，招計程車，我想我得儘快去派出所，希望王探長不要這麼早下班。

我看到一輛黑色的桑塔納向我開過來，我在微笑，然後我看到了那個A字，越來越大。可是我的腦子裏一片空白，我仍然在微笑。

我最後看到的，只是一道寶藍色的弧線，飛出去了。

後記

我在醫院裏完成了這篇小說，我沒什麼事，不過是些輕度的軟組織挫傷，我剛剛拿到了我的CT報告，我沒事，一切都好好的。

那是一場令我茫然的車禍，一切都是眞的，不是夢境。

可這一切導致了我的小說延遲到現在才出版，那輛黑色的A字開頭的桑塔納使我受到了輕微的驚嚇。至今爲止，我們還沒有找到那輛車。

我只知道，我還活著，這比什麼都重要。

小妖的網

著　　者◇周潔茹
出　　版◇生智文化事業有限公司
發 行 人◇林新倫
登 記 證◇局版北市業字677號
地　　址◇台北市文山區溪州街67號地下樓
電　　話◇（02）2366-0309　2366-0313
傳　　真◇886-2-2366-0310
印　　刷◇鼎易印刷事業股份有限公司
法律顧問◇北辰著作權事務所　蕭雄淋律師
初版一刷◇2000年10月
定　　價◇新台幣250元
郵撥帳號◇14534976 揚智文化事業股份有限公司
ISBN　◇957-818-178-7
網　　址◇http://www.ycrc.com.tw
E-mail　◇tn605547@ms6.tisnet.net.tw

北區總經銷◇揚智文化事業股份有限公司
地　　　址◇台北市新生南路3段88號5樓之6
電　　　話◇（02）2366-0309　2366-0313
傳　　　真◇886-2-2366-0310
南區總經銷◇昱泓圖書有限公司
地　　　址◇嘉義市通化四街45號
電　　　話◇（05）2311949　2311572
傳　　　真◇（05）2311002

國家圖書館出版品預行編目資料

小妖的網／周潔茹著. — 初版. — 臺北市 ：
生智， 2000〔民89〕
面 ； 公分

ISBN 957-818-178-7 （平裝）

857.63 89010733